신은 자신을 위한 기도는 들어주지 않는다.

연희동 5163

초판 1쇄 인쇄 2024년 05월 20일
초판 1쇄 발행 2024년 05월 23일

지은이   유원진
펴낸곳   도서출판 책장너머
주소   서울 서대문구 연희로63 체스트빌 310호
전화   02-332-5231
E-메일   4thmeal@hanmail.net

ISBN   979-11-987710-0-1

■ 저작권법에 의해 보호를 받는 저작물이므로 무단전재, 무단복제를 금합니다.

연희동

유원진 단편집 1

5163

차례

14일의 바라밀다　008

거북이 날다　032

거짓말쟁이들　056

김 교수의 연애 시계는
거꾸로 간다.　082

달콤한 세상　109

사랑이 무어냐고
물으신다면　145

티벳의 힘　169

집으로 가는 길　197

마지막 주문　222

무제 (2015년 한겨레 공모전 수상작)　250

연희동
5163

14일의 바라밀다

착륙. 입국장의 높은 벽 위에 걸린 안내판의 파란 글씨가 찰칵하며 하얀 글씨로 바뀌었다. 방금 착륙을 했으니 아무리 빨라도 저 문을 나오려면 반 시간이다. 입국장 오른쪽 끝에 있는 찻집으로 발길을 돌렸다. 입국장에 걸려있는 상황판만큼이나 목을 뒤로 꺾어야 보이는 주문 판을 올려다보며 커피를 주문하려다가 아쉬운 마음으로 녹차를 주문했다. 정말 불면증이 커피 때문일까. 병원에 가서 심각한 정신질환이 있는 사람처럼 의사 앞에 앉아있기는 싫어서 일단 커피부터 끊었다. 아니 끊는 중이다. 베트남에서 온 전화를 받은 건 어제 아침이었다.

베트남 스님 한 명입니다. 코로나19 때문에 한국에 도착하자마자 14일 동안 격리를 해야 한다는데 뭘 어떻게 해야 하는지도 모르고,

주한 베트남 대사관에 연락할 수도 없는 사람이기 때문에 한국에서 누가 도와줄 사람도 없습니다. 잘 좀 부탁드립니다.

입국 사실을 대사관에 연락하면 안 된다고? 범죄자야 뭐야? 그나저나 나도 격리나 해외입국자에 대해서는 잘 모르는데 라는 말이 목구멍까지 올라왔다가 내려갔다. 베트남에서 콧구멍 만 한 사업이나마 하고 다니면서 귀찮은 일이 생길 때마다 전적으로 의지하는 공무원의 부탁이니 무엇이든 들어주어야 한다. 더군다나 그는 사소한 부탁 따위로 누군가를 성가시게 하는 사람이 아니다. 오히려 너무 공과 사가 뚜렷하여 서먹한 사람이다. 이거 나한테는 기회가 맞다. 노 프러블럼. 돈 워리.

시야가 좀 멀기는 하지만 내가 앉은 곳에서는 입국장 문을 나오는 사람들이 잘 보였다. 거품이 하얗게 앉은 녹차라테를 아주 천천히 다 마셨지만 드문드문 나오는 사람 중에 승복을 입은 사람은 없었다. 그 앞에 바짝 다가서서 잘 보아야 한다고 생각은 했지만 새벽같이 일어나 운전을 해서 그런지 엉덩이가 의자에서 떨어지지 않아 눈으로 회색 승복을 입은 사람만 찾았다.

30분이 넘자 불안한 마음에 준비해 간 이름이 적힌 종이를 들고 입국장 경계에 바짝 섰다. 한 시간이 다 되어도 나오지 않는다. 지난 십여 년 동안 이런 식의 공항 만남에는 이골이 나서 아무 사전 지식이 없이도 해당 베트남 사람을 짚어내는 실력인데다가 스님이라는, 될 수밖에 없는 외모가 있으니 내가 놓쳤을 리는 없다. 한 시간 반이 넘어갈 때쯤 베트남에 전화를 했다. 개인적으로 못 나가게 하고 공항에서 바로 인천 지역의 어느 병원으로 데리고 갔답니다. 미리 알았어야 했는데 죄송합니다. 조금 짜증이 났지만, 티를 내서 내게 이득이 없을 뿐만 아니라 한국인인 나도 모르는 일을 그가 어떻게 알았으랴. 문자로 받은 주소를 네비게이션에 입력을 시키고 주차장을 빠져나왔다.

병원 아닌 보건소 앞에 커다랗고 흰 천막이 세워져 있고 그 안에도 밖에도 사람들이 가득 차 있었다. 코로나 방역이 시작되고 방송에서 매일 난리를 쳐도 심드렁했는데 눈 앞에 펼쳐진 광경은 놀랍고 공포스러운 것이었다. 주차장은 엄두도 못 내고 멀찌감치 떨어진 곳에 차를 대고 시동도 끄지 않은 채 내려서 주머니에서 마스크부터 찾아 썼다.

천막 근처를 두리번거리며 찾았지만 스님 같은 사람은 없어서 허둥대는데 아까부터 천막 뒤쪽에 앉아있는 조그만 여자 하나가 신경이 쓰였다. 지 덩치보다 더 큰 여행 가방 두 개를 옆에 세워 놓고 빨간 플라스틱 의자에 앉아 멍하니 하늘을 보고 있었다. 설마 하는 심정으로 다가갔는데 나를 보자마자 마치 아는 사람 만난 듯이 방긋 웃으며 일어선다. 얼굴이나 표정이 스님보다는 동자에 가깝다. 머리에는 진한 갈색 천을 둥그렇게 말아서 모자같이 쓰고 있었고 같은 색의 옷을 입고 있었는데 회색의 승복만 찾고 있던 내 선입견이 스스로 어이가 없었다. 그건 그렇지만 여자라는 말도 없었지 않냐 말이다.

이름을 확인하고 같이 보건소 안내 창구에 가서 데리고 가도 되느냐고 하니까 가도 된단다. 아니 격리라면서 정해진 장소가 아니라 아무 데나 가도 되느냐고 하니까 안내장을 하나 주는데 호텔 같은 다중 이용 시설은 안 되고 가정집은 되고 어쩌구 저쩌구. 뭐 이런 격리가 다 있나 하고 자세히 물으려 했지만, 너무도 바쁜 방호복에게서 들은 그럴듯한 대답은 이런 것이었다. 현재 베트남은 방역 모범국으로 분류되어 강제 격리가 아니라 자가 격리입니다. 나머지는 안내장만 따르시면 됩니다. 말은 친절했지만, 바빠 죽겠는데 빨리 좀 꺼져주라 하며 독촉하는 눈빛에 주눅이 들어 잽싸게 현장에서 꺼져주었다.

자기 덩치보다 더 큰 캐리어는 내가 끌고 가는데 그보다 더 작은 것에 매달려 낑낑거리는 그녀를 보면서 도대체 저것들을 베트남에서 여기까지 어떻게 끌고 왔는지 신기하다고 생각하는데 갑자기 뜬금없이 법정 스님이 생각났다. 무소유가 불자의 기본 아닌가. 저렇듯 세속을 이고 지고 끌고 다니며 언제 용맹정진하여 부처가 되려는가.

옆자리에 앉히고 시동을 거는데 종이 하나를 불쑥 내민다. 이곳으로 가자는 뜻이렸다. 한국 사람이 쓴 것 같이는 보이지 않는, 글자 아닌 그림을 해석하고 있는데 연신 종이를 손가락으로 가리키며 한국말로 '제자! 제자!'라고 말하더니 갑자기 주머니에서 무엇을 꺼내는데 내 것보다 더 최신형의 갤럭시 폰이었다. 안전벨트를 매다 말고 보고 있는데 무엇을 열심히 만져 대더니 내 귀에 바짝 들이댄다. 지금 가는 곳은 나의 신도입니다. 이곳으로 가자. 존댓말, 반말이 섞인 어설픈 한국 발음을 듣다 말고 나는 '제자 아니고 신도'라고 크게 말하고는 출발했다. 나는 스님, 이거 제자. 아니 당신 스님 이거 신도. 신도건 제 자건 뭔 상관이람. 네비게이션에 10분 후면 남이라고 찍혀 있는데.

"아니 제가 14일 동안을 책임지기로 한 것은 아니구요. 베트남 친구가 부탁을 해서 공항에서 이곳까지만 모셔다드리는 것으로 알고 있습니다. 그런데 언제 집으로 오시는데요? 오후 5시요? 난 지금 바빠서 스님 내려 드리고 바로 가야되는데 큰일 났네. 네? 관리사무소에 가면 문 열어준다고요? 그럼 관리사무소에 전화 좀 부탁합니다. 문 열리면 안에 모셔다드리고 가겠습니다. 예예, 아닙니다. 고맙습니다."

종이쪽지에 적힌 제자인지 신도인지가 산다는 인천의 오래된 아파트는 문이 굳게 잠겨 있었다. 이게 뭔 격리냐? 해외입국자를 아무 조치 없이 아무나 데리고 갈 수 있도록 던져 주고는 그것이 격리라고? 하지만 그건 내가 알 바 아니고. 이상한 눈빛으로 나와 스님의 아래위를 훑어보는 관리사무소의 영감에게서 백 년은 된 것 같은 골동품 열쇠를 받았다. 엘리베이터도 없는 계단을 3층이나 올라가 열고 들어간 집은 일단 두 개의 캐리어 들어갈 공간도 없어 보였다. 허나 그것 역시 내가 참견할 건 아니다. 녹차라테 한 잔 먹은 기운으로 두 개를 끌고 올라가 아무 데에나 놓고 잠깐 쉬는데, 여자가 이리저리 기웃거리며 보는 눈에는 실망을 넘어 절망하는 빛이 역력하다. 여기 사는 가족이 몇 명인지는 모르지만 아무리 넓게 봐줘도 10여 평 남짓 되는 크기에 작은 방 두 개가 붙어 있고 한쪽에 씽크대만 덜렁 있는 구조인데 콧구멍만 한 집안 여기저기에는 테이프로 단단히 포장된 박스 따위의 짐들이 산더미같이 쌓여 있었다. 그러거나 말거나. 그런 거에 공연히 신경 쓰면 지는 거다. 궁둥이를 털고 일어서며 나는 그만 간다는 뜻으로 손을 흔들었다. 씬짜오 행갑라이. 완전 빈말이지만 그래도 스님이 아니냐. 돌아서 계단을 내려오려는데 갑자기 뒤에서 급하게 여보시요 하는 소리가 들린다.

"아니 그러니까 고기 안 들어간 음식이 하나도 없다는 겁니까?"
"짜장은 갈아놓은 고기를 넣어 미리 만들어 놓기 때문에 골라낼 수가 없구요, 군만두도 들어가고 짬뽕도 해물이 들어가서... 그 세 가지는 다 고기가 들어가요. 안 들어가는 메뉴도 있긴 하지만 스님이라면서요? 내가 골랐다가 안 먹어도 환불 안 할거지요?"

대충 고기를 골라낸 짜장면과 짬뽕 그리고 군만두를 시켜서 방안의 잡동사니를 한쪽으로 쓸어버리고 신문지를 깔았다. 밤새 비행기를 타고 오고 그 비행기를 타기 위해서 저녁도 제대로 안 먹었을테니 맛도 있을 법한데 그녀는 비벼 놓은 짜장면만 몇 젓가락 뜨더니 안 먹었다. 베트남 사람들이 한국에 오면 맛있게 먹는 음식들이라서 자신 있게 시킨 것인데 안 먹으니 은근 짜증이 났다. 오늘 새벽 댓바람부터 뛰어다녔지만 아무래도 이리 끝나지 않고 뭔가 짐 하나를 떠맡게 될 것 같은 불안감이 점점 더 커져갔다. 그런 내 표정도 좋을 리가 없었던지 나를 흘깃 한 번 보더니 군만두를 하나 집어 먹는다. 어 그건 내가 먹을라고 하며 제지할 틈도 없었다. 그러나 그 역시 스님은 고기를 먹지 않는다는 내 고정관념이었을까. 그녀는 고개를 한 번 갸웃거리긴 했지만 맛나게 먹더니 몇 개를 더 집어먹었다. 하기야 밤새 비행기에서 시달린 데다가 아침도 못 먹고 점심때가 다 되었으니.

다 먹은 그릇을 모아 문 앞에 내어놓고 잠시 앉았다가 이제 정말 가려는데 딩동 하고 벨이 울린다. 문을 여니 진짜 땅콩만 한 여자애가 문 앞에 놓인 그릇들과 내 얼굴 그리고 내 허리쯤에서 삐죽이 내다보는 여자 얼굴을 번갈아 보더니 나를 밀치고 들어서며 누구세요 한다. 아이 엄마는 베트남 여성이 분명한데 아이는 베트남 말을 못 하는지, 스님이 무슨 말을 하는 데 아이는 전혀 알아듣지 못하는 게 분명해 보였다. 내가 간단히 설명하자 갑자기 아이가 스님을 보더니 코로나 하면서 얼굴을 찡그린다. 여자는 다시 한번 집안을 휘 둘러보고 어린아이를 쳐다보더니 휴대폰을 열심히 두드려 내게 보여 준다. 나는 여기에서 지낼 수 없습니다. 이런 젠장.

"보건소지요? 오늘 베트남에서 입국한 사람인데요. 아니요. 제가 아니라 베트남 사람입니다. 입국 전의 검역에서는 음성 나왔구요. 14일 자가 격리 명령을 받았지만 지금 지낼 곳이 마땅치 않아서 그러는데 그냥 아무 숙소나 다 가능한 건가요? 예? 호텔은 안된다는 거지요? 아니 집으로 데려갈 수 없는 사정이 있으니까 그렇지요. 게스트하우스는 된다구요? 혹시 지금 신촌 근처에 가능한 업소 전화번호 좀 있으면 가르쳐 주세요. 인터넷이요? 뭐 이런..."

전화가 끊겼다. 코로나가 사람도 미치게 만드는지 아니면 전화를 받은 사람이 공무원이 아니라 알바생인지 오랜 시간 쌓아 올린 대한민국 공무원의 친절은 코로나 때문에 하루아침에 무너져 버렸다. 여자는 조수석에서 두 눈을 지긋이 감고 그림같이 앉아있다. 분위기를 보면 자기 때문에 내가 이리도 생고생을 하는 줄 눈치챘을 만도 한데 얼굴 어디에도 나에 대한 감정의 흔적은 없이 마치 대웅전 부처님 앞에 앉아있는 듯 평온한 얼굴을 하고 있었다. 나에게 이 짐 덩어리를 맡긴 베트남 공무원은 연락이 되지 않았다. 이럴 때는 연락이 안 되는 것이 상책이라고 생각하고 있을지도 몰랐다. 오랜 경험에서 나온 지혜일 것이다.

너는 항상 니가 감당 못할 부탁을 거절하지도 못하고 덜컥 받아서 끙끙거리고 사는 거, 그게 문제라니까. 니가 무슨 세상을 구하는 것도 아니고 아니면 기쁜 마음에 남을 돕는 것도 아니고 거절도 못하고 선뜻 들어주지도 못하고 어영부영하다가 떠맡는 거 아냐? 해주고도 생색은커녕 제대로 대접도 못 받는 부탁들 말이야. 그래서 너보고 허당이라고 하는 거야 인마.

어떻게든 호텔에만 맡겨 놓으면 만사형통이라는 것을 그간의 경험상 알고 있다. 별 네 개쯤 되는 호텔에 밀어 넣고 손 털면 누가 와서든 해결을 하고, 호텔의 특성상 전 세계 어느 나라 손님이 와도 또 그 손님이 영어 한마디를 못 해도 굶어 죽거나 사고가 나는 일이 없다는 게 호텔이 비싼 이유가 아닌가. 그런데 호텔은 못 들어간다니.

"그러니까 여기가 코로나 격리 허가 업소라는 거지요? 은행 계좌로 돈 입금하면 방 비밀번호로 문 열고 들어가고... 그러면 업장에는 일하는 직원이 따로 없나요? 아침에 청소하는 아주머니밖에 없다고요? 아니요. 제가 묵을 게 아니라 베트남 스님인데 한국말을 전혀 하지 못하니 식사 문제를 어떻게 해결하지요? 일단 알겠습니다. 입금 후 전화를 드리지요."

말로만 듣던, 게하라고 부르는 무인 게스트하우스에 송금을 하고 주소와 방 비밀번호를 받아 찾아간 곳은 유동 인구가 많은 신촌의 시장통 골목에 있었는데, 3층 건물에 층마다 객실 세 개가 있는, 그야말로 콧구멍만 한 업소였다. 입구부터 방까지 올라가는 계단 역시 두 사람이 마주 지나갈 수 없을 정도로 좁았고 방에 들어서서 짐을 부려놓자 어디에 앉아있어야 할지 난감할 정도였다. 공간에 비해 생뚱맞게 큰 침대가 주요 고객들이 어떤 사람들인지를 눈짓하는 것 같았다. 그러나 여자는 무엇이 좋은지 빙그레 웃음기를 띠며 나에게 감사합니다를 연발했다.

나는 핸드폰의 번역기를 틀어놓고 이 방값이 하루에 얼마인지, 지금부터 하루 세끼 밥은 어떻게 먹을 건지 등, 그녀의 14일에 대해 고난의 행군을 설명하기 시작했다. 서로 번역기를 틀긴 했지만, 베트남에 십여 년을 다녔기에 기본적인 소통은 가능한 상황이었다. 밥 먹었냐, 이건 얼마냐 등 배낭여행에 필요한 기본 영어처럼 그것들은 어느 나라 말이나 상황은 비슷했기 때문이었다. 영어를 할 줄 몰랐으면 베트남 다니는 동안 말을 열심히 배웠겠지만 늘 영어로 거래하고 지인들과도 영어로만 소통하니 베트남에서조차 그 언어는 내게 거의 필요치가 않았다. 그나마 베트남 친구들끼리 주고받는 말을 귀동냥하고 혼자 하노이 거리를 돌아다닐 때 필요한 기초만 공부해서 알고 있는 정도였다. 그녀는 나보다 훨씬 빨리 번역기를 작동할 줄 알았다. 적어도 그거 하나는 연습을 좀 하고 온 모양이었다.

"여기 안내장에 보면 격리장소에서 10미터 이상 벗어나면 경보가 울린다는데 이게 무슨 말입니까? 아, 입국자 휴대폰에 지역이탈 방지 앱이 깔려 있다구요? 이분이 지금 베트남 사람이라 식사를 주문도 못하고 누가 돌보아 줄 사람도 없어서 숙소 앞에서 한 삼십 미터 정도만 가면 식당이 있는데 14일 동안 거기까지만 다니면 안될까요? 네? 식당 자체를 가면 안된다구요? 그럼 경보가 울리면 어떻게 됩니까? 강제 출국이요? 아니 가이드가 아니구요. 그냥 지인 부탁으로. 근데 검사를 철저히 했으면 정상적으로 입국을 시키던지 아니면 격리장소에 강제 수용을 하던지, 뭐 이런 격리가 다 있습니까? 백신도 안 맞은 내가 오늘 하루 종일 같이 차를 타고 다녔고 지금도 한 방에 같이 있는데 뭔 격리입니까?"

통역기를 틀어놓고 몇 시간을 씨름했더니 지금 상황에 대해서는 서로 어느 정도 이해가 되었지만 정말 난감한 일이었다. 나로서는 이 정도 했으면 그냥 두고 가는 게 정상 아닌가? 내가 초대한 손님도 아니고 지인도 아니고 그렇다고 앞으로 계속 볼 일이 있는 사람도 아닌데 내 일에 막대한 지장을 초래하면서까지 챙겨 준다는 것은 일반적이지 않다.

짐 두 개를 바닥에 놓고 보니 구석에 있는 조그만 냉장고를 밖에 내놓지 않는 한 우리 둘이 앉을 곳은 침대 위밖에 없었다. 내가 침대에 걸터앉아 있고 여자는 아직 열지 않은 큰 캐리어에 앉아있더니 영 불편한지 나를 한 번 힐끔 쳐다보고는 그냥 자신도 침대에 걸터앉았다. 법의는 모든 욕망으로부터 벗어나고자 하는 또 다른 욕망이라는 어느 철학자의 썰이 떠오르되 어쨌든 그녀의 승복은 나름 남녀가 한 침대에 앉아있어도 별로 대수롭지 않을 수 있는 마력을 가지고 있었.

나는 그녀가 좀 더 편히 앉을 수 있도록 얼른 벽 쪽으로 붙은 침대 귀퉁이로 멀찌감치 올라가 양반 자세를 취하고 앉아 이 난국을 모면하려고 열심히 베트남에 전화를 걸고 있었다. 그나마 침대가 둘이 올라앉아도 거리를 둘 수 있을 정도로 넓어서 방바닥에 앉아있는 것보다 훨씬 편했고 그녀 역시 오늘 중 가장 안정된 모습을 보이고 있었다.

밖에 잠시 나가서 저녁을 먹고 오자고 했더니 절대로 안 된다면서 입국할 때 보건소에서 휴대폰에 깔아준 앱을 보여준다. 방 밖에만 나가도 다시 베트남으로 강제 추방을 한다고 했다는 것이다. 그건 그냥 공무원들이 늘상 하는 공갈이고 조금만 나가는 것은 괜찮다고 꼬드겨도 막무가내다. 할 수 없이 혼자 나가 편의점에서 햇반 몇 개하고 고기 안 들어간 도시락 등속을 샀다. 전자렌지도 1층에만 있어서 밥그릇을 들고 오르내리며 데워 주려니 갑자기 내가 이거 뭔 짓인가 싶어서 내

던져 버리고 가고만 싶었다. 햇반과 물에 헹군 김치 조각으로 저녁을 먹이고 나머지를 냉장고에 넣으면서 내일은 1층에 내려가 데워 먹으라고 말하고는 숙소를 나왔다. 새벽부터 설치고 다녔는데 밖은 이미 초겨울의 저녁이 깊어 있었다.

"아니요, 어제는 내가 너무 바빠서 가보지를 못했습니다. 처음부터 상황을 자세히 설명했으면 나도 준비를 했을텐데 공항에서 픽업만 하면 되는 줄 알았다가. 아 당신도 잘 몰랐군요. 하여튼 뭐 잘 있겠지요. 네? 전화기는 가지고 있던데요? 그러잖아도 오늘은 들르려던 참입니다. 그런데 그 스님은 국장님하고 어떤 사이입니까? 보지도 못한 사이요?"

자동차가 꼬리를 물고 있는 8차선 큰길에서 몇 걸음만 들어가도 갑자기 후미진 뒷골목이 되는, 그런 양극화가 일상화된 곳이 서울이긴 하지만 이 동네는 더 심하다. 꺾어진 골목에 발을 들여놓고 고개를 왼쪽으로 돌리면 눈앞에 휘황찬란한 빛으로 도배를 한 백화점과 그 양옆에 늘어선 화려한 점포들이 누가 더 태양을 닮았는지 빛을 경쟁하고 있는데 오른쪽으로 고개를 돌리면 어두컴컴한 막다른 골목이 여기는 우범지대니 함부로 들어오지 마 하면서 이빨을 으르렁거리고 있는 것이다. 해가 진 지 얼마 되지도 않았는데 맞은편 시장 쪽은 다 철시를 해서 건물 1층에 자리 잡은 식당 몇 개만 속이 빈 채로 멀거니 앉아있었다. 코로나 탓일 것이다.

게하의 대문 격인 입구 문을 번호를 누르고 들어가려는데 건물 옆쪽에서 마스크와 모자를 푹 눌러써서 눈도 제대로 보이지 않는 사람이 나에게 다가온다. 양손에 든 쓰레기봉투와 빗자루만 아니면 골목을 벗어 달아날 뻔하였다. 알고 보니 게하의 청소를 담당하는 아주머니였는데 내가 302호의 보호자인 줄 어찌 알았는지 그 방에 대해 말하는 것이었다. 방에 사람이 들어간 지 이틀이 되어도 쓰레기가 전혀 나오지 않아 이상해서 문을 두드렸는데 아무 대답이 없다는 것이었다. 말을 모르니 대답 못 했을 것이고 무서우니 문도 못 열었을 것이다. 나는 대충 사정을 설명하고 방으로 올라갔다.

무인 숙박업소가 편리한 점은 모든 문을 비밀번호로 열 수 있으니 문 열어 달라고 할 필요가 없다는 것이다. 방문을 똑똑 두드려 보았으나 열어주지를 않아서 순간 불안한 마음을 억누르고 할 수 없이 번호를 누르고 들어갔다. 그녀는 벽에 바짝 붙여놓은 침대의 중간쯤에서 벽을 보고 가부좌를 틀고 앉아있었다. 쇠로 만들어진 문을 두드리는 소리도, 너덜너덜해진 싸구려 철문이 바닥에 끌리며 열리는 소리도 결코 작지 않은데 돌아보지도 않고 저렇게 앉아있는 건 뭐냐? 누가 중 아니랄까봐 유체 이탈을 해서 정신이 지금 우주를 유영하고 있는 게야? 대응이 없으니 조금은 어색한 동작으로 침대 끝에 걸터앉는데 방바닥에 널브러져 있는 캐리어들은 이틀 전 모습 그대로 조금도 움직이지 않은 것 같았고, 무엇보다 그제 사다 주고 간 먹거리가 편의점 봉투째 그대로 방 귀퉁이에서 그녀와 똑같이 가부좌를 틀고 벽을 보고 앉아있었다. 나는 순간 이상한 사건에 연루된 거 아닌가 하는 생각에 정신이 퍼뜩 들었다. 스님! 하고 불러도 대답이 없어 다가가 몇 번을 망설이다가 어깨에 손을 얹었는데 그녀는 마치 돌부처가 앉아있다가 그대로 옆으로 쓰러지듯 가부좌를 튼 다리를 채 풀지도 못하고 내 쪽으로 쓰러졌다.

엉겁결에 붙잡은 그녀의 몸에서 뜨거운 열기가 느껴졌다. 나는 순간 당황한 중에도 그녀의 상태보다 코로나라는 단어가 전광석화처럼 머리를 스쳤는데 그것보다 더 빠르게 전염이라는 단어가 내 소심한 심장으로 덜컹하는 문소리까지 내며 뛰어 들어왔다. 지금 상황에서 내가 코로나에 걸리면 모든 게 끝장이라는 공포감 때문에 손가락 하나 까딱할 수가 없이 몸이 떨렸다.

일단 침대에 반듯이 눕혀놓고 머리를 만져보았다. 펄펄 끓는다는 말이 무슨 말인지 새삼스러웠으되 하여튼 이렇게 뜨거운 머리에 손을 대 보기도 처음이었다. 당황하기는 했는데 허둥대지도 못하고 그냥 멍하니 그녀의 얼굴만 한동안 쳐다보고 있었다. 어떻게 해야 하는지, 경찰에 연락을 해야 하는지 아니면 오던 날 통화했던 보건소에 연락을 해야 하는지 그저 머릿속이 어지럽더니 잠시 후 온몸에 맥이 빠지면서 머리가 하얗게 비워지기 시작했다. 나는 그냥 땀을 뻘뻘 흘리고 있는 그녀 옆에 누워버렸다. 배멀미같은 어지럼증이 밀려와서 잠시만 수습하려 누웠는데 몸이 빙빙 돌면서 땅속으로 꺼져 들어가더니 오래된 브라운관 티비처럼 팟 소리를 내면서 화면이 꺼져버렸다.

꿈을 꾸었다. 심신의 상태가 안 좋을 때마다 늘 꾸는 꿈인데 평생을 꾸는 중이다. 수업은 시작되었는데 나는 여전히 교실을 못 찾아 미로 같은 학교 복도를 헤매고 다닌다. 학년이 다른 모든 층을 다 둘러

봐도 내 교실은 항상 또 다른 층이거나 또 다른 건물이다. 엘리베이터도 타보고 뛰어도 보지만 단 한 번도 교실을 찾은 적이 없다. 이 교실 저 교실을 뛰어다니는데 뒤에서 누가 툭 치길래 뒤를 돌아보니 땀을 뻘뻘 흘리고 누워있던 바로 그 스님이다. 비몽사몽이라더니.

눈을 뜨니 스님이 단정히 앉아 나를 내려다보고 있었다. 거짓말 같이 머리가 개운했다. 일어나 앉으니 나를 물끄러미 바라보는데 처음으로 여자의 얼굴을 자세히, 찬찬히 보았다. 여권에는 40대 중반이 넘었다고 되어 있는데 아무리 봐도 동자승 얼굴이다. 열에 들떠 있는데도 얼굴에는 천진난만한 웃음기가 있고 까까머리를 수건으로 닦는 손은 조막만 하다. 내가 실신해 있던 시간이 그리 길지 않았는지 손바닥만 한 창문을 가로막고 있는 옆 건물의 회색 벽에 갖가지 색의 네온등이 반사되고 있었다. 내가 잠든 사이에 열심히 번역기를 돌렸는지 스님이 내민 종이에는 썼다기보다는 그림을 그리듯 그려진 한글들이 수북이 쌓여 있었다. 그중 가장 여러 번 그린 내용이 코로나 아닙니다. 감기몸살. 해열제. 아무 데에도 전화하지 마십시오. 내일이면 튼튼. 하노이 안 추워 서울 추워 그래서 감기. 등등의 삐뚤빼뚤이 절박함을 뚝뚝 떨어뜨리고 있었다. 내가 종이를 읽고 있는 동안에도 옆에서 연신 노 코로나 노 코로나를 말하며 아기같이 보채는데 그녀는 아마도 자신이 열이 나니까 내가 바로 관계 기관에 연락할까 봐 걱정하고 있었던 듯 보였다. 해열제를 편의점에서 팔던가, 중얼거리며 나오려는데 내 손을 잡으며 또 노 코로나를 연발한다. 나는 그녀가 쓴 해열제라는 글씨를 손으로 짚으며 약 사러 간다고 베트남 말로 해주었다. 베트남 말을 들은 그녀의 얼굴이 금방 밝아진다. 소통의 힘이여.

"코로나 걸린 게 아니고 열이 많이 나는데 지금 시간에 어디 신고하긴 그렇고, 또 신고해서 만에 하나 코로나면 나까지 같이 격리돼야 하잖아. 말을 들어보니까 갑자기 추운 나라에 와서 감기몸살인 것 같다고 하니까 내일까지 상태를 좀 보려고. 내가 지금 집에 갔다가 만약 당신까지 진짜 코로나 걸리면 우리 망하는 거야. 본사 판촉 행사가 코앞인데 당신하고 나하고 둘 다 코로나 걸리면 어쩔래? 내일 오전까지 열이 안 내리면 바로 신고할거야. 나도 검사받아야지. 하룻저녁은 그럭저럭 버틸만해. 아직 밥도 못 먹었어. 애들은 자지?"

스님이면 스님인 거지 남자 스님인지 여자 스님인지는 묻지도 말하지도 않는다. 스님이라는 단어 속에 성은 증발하고 없는지도 몰랐다. 이런저런 일로 밖에서 자주 자는 편이라 외박 자체는 심각하게 생각하지는 않는데 베트남과 격리, 열이라는 여러 단어의 조합이 못내 마음에 걸리는지 확실하게 코로나가 아닐 때만 집에 오라고 하고는 전화를 끊는다. 해열제와 몸살약을 사고 정량인 소주 두 병과 안주를 사고, 닫으려는 식당 문을 밀고 들어가 고기가 안 들어간 김치 빈대떡을 몇 장 샀다.

문을 열고 들어가니 스님은 다시 가부좌를 틀고 벽을 바라보고 앉아있었다. 이번에는 문소리를 들었는지 뭐라고 중얼중얼하던 소리를 끝내고 돌아앉는다. 약을 먹으려면 먼저 음식을 먹어야 한다고 말하고는 침대 밑 방바닥에 널브러져 있는 널찍한 가방 위에 사 온 것들을 펼쳐 놓았다. 수발을 받아만 봤지, 누구 수발을 든 적은 없는지 내가 하는 양을 멀거니 쳐다만 보고 있을 뿐 거들어 줄 생각을 안 한다. 몸이 편치 않아서 그러려니 하고 적당히 상을 보았다. 나무젓가락을 쪼개서 손에 쥐여주고 나도 소주병을 땄다. 내 종이컵에는 소주를 따르고 그녀의 컵에는 생수를 따라 주는데 내 컵을 들고 냄새를 맡더니 이건 뭐냐고 묻는다. 술이 베트남 말로 뭔지 생각이 안 나서 번역기를 돌리며 버벅거리는 데 고개를 갸우뚱하더니 한 모금 마시는 게 아닌가. 그것도 조심스럽게 입만 대 보는 게 아니라 물 마시듯이 벌컥 마셔버렸다.

"아니요, 격리가 아니고 오늘 밤만 묵으면 됩니다. 그 베트남 스님이 여자 스님이라 같이 잘 수가 없어서 그래요... 방이 없다구요?... 내일은 필요 없고요... 스님이라 괜찮고 아니고는 사장님이 판단하실 일은 아니구요... 하여튼 알았습니다."
내가 인상을 쓰며 전화를 하는 것을 걱정스러운 표정으로 보던 스님이 무슨 일이냐고 묻는다. 오랜 시간 베트남을 자주 다녔고 수많은 베트남 사람들을 한국에서 접대했으되 소주를 눈도 찡그리지 않고 저렇게 맛있게 마시는 사람은 처음 보았다. 이 땅에서도 중들이 술을 곡주라고 하며 맛있게 마시는 것을 자주 보기는 했지만 대부분 그 지역의 전통주거나 막걸리를 분위기상 맛보는 게 대부분이었지 소주를 저렇게 맛나게 마시는 중은 본 적이 없다.
"스님 코로나면 나도 코로나. 코로나면 집에 못 간다. 내일 스님

열 안 나면 나 회사에 간다. 이제 술 그만 마시고 약 먹자."

번역기 없이 이 정도라도 소통을 하는 내가 대견했다. 쓸데없이 베트남 말은 배워서 뭐 하냐고 핀잔을 주던 사람들의 얼굴이 눈앞을 스쳤다. 쓸데없는 공부란 없으니. 내 주량을 반병 정도 빼앗겨 조금 섭섭한 마음에 소주병을 보고 있으니 그녀가 웃으며 이거 한 병 더 사오란다. 이 여자 땡초중 아냐? 잠깐 망설이다가 소주에 고춧가루 타서 먹고 감기몸살이 깨끗이 나았다는 민간요법을 핑계로 소주 한 병을 더 사다가 먹었는데 그녀에게서는 전혀 취기를 찾아볼 수가 없고 오히려 내가 취해가는 모습을 그녀가 즐기는 것 같았다. 팔을 뻗어 주춤하는 그녀의 머리를 만져보았다. 아까보다는 덜 하지만 여전히 손끝에 뜨거운 열기가 느껴졌다.

술, 밥, 약 세 가지를 순서 없이 먹고 또다시 가부좌를 틀고 앉으려는 그녀를 억지로 자리에 눕혔다. 내일 아침에도 열이 나면 병원에 가야 한다는 말을 여러 번 했더니 마지못해 눕는 것이었다. 시간은 새벽 한 시를 막 넘어가고 있었다. 먹던 자리를 대충 정리하고 일어서는데 집에 못 간다면서 어디를 가냐고 묻는다. 이곳에 빈방이 없어서 이 근처에서 자고 내일 일찍 온다고 했더니 벌떡 일어나 앉는다. 자기는 밤새 앉아있어도 되니까 나보고 자라는 거다. 방안에 소파도 없고 방바닥은 캐리어가 다 차지하고 있긴 하지만 침대가 하도 커서 둘이 누워 자도 충분하기는 한데 말이 안 되는 그림이다. 설마 여기서 자고 가라고 붙잡을 줄은 꿈에도 생각하지 못해서 내가 오히려 당황하고 있었다. 주량보다 더 마신 술에도 취기는 어디로 가고 선명한 욕망과 그보다 더 큰 불안감이 동시에 밀려왔다. 침대 끝에 외투만 벗고 옆으로 웅크리고 누웠더니 베개를 갖다 머리 밑에 넣어준다. 다시 벽을 보고 가부좌를 틀고 앉는 그녀를 보면서 불안감은 어디론가 밀려나고 욕망만이 남아서 보채다가 이윽고 나른한 졸음이 쏟아졌다.

또 꿈속이다. 여전히 나는 불량 학생이고 아무리 용을 써도 따라가지 못하는 수학 진도와 가다 말다 하는 학교 때문에 고통스럽다. 학교에 가니 이미 모든 교실에서는 수업 중이고 나는 여전히 내 교실을 찾지 못하고 복도를 휘젓고 다니고 있다. 손바닥만 한 까만 판때기에 4-3이니 1-3이니 교실 문패가 걸려있는데 나는 몇 학년 몇 반인지도 모른다. 빨리 수업에 들어가야 한다는 절박감만 생생하다. 갑자기 뒤에서 누가 불러서 보니 아내가 서 있다. 이런! 너무도 반가워 달려가 끌어안았다. 내 품에 안긴 아내의 목덜미에서 어린 아기의 젖비린내 같은 것이 꿈속 같지 않게 생생하다. 아내가 내 품을 벗어나려고 할수록 나는 더욱더 세게 끌어안았다.

그러다 꿈을 깨니 스님이 이제 막 일어나 앉으려는 동작 중에 있었다. 술이 덜 깬 중에도 환한 방 안에서 정신은 번쩍 나는데 앉아서 나를 내려다보던 그녀는 흐트러진 옷매무새를 만지고 있는 중이었다. 나도 벌떡 일어나 앉았다. 상황을 판단하는 데는 그리 오랜 시간이 걸리지 않았다. 이 민망하고 미안함을 어떻게 베트남 말로 모면하나 쩔쩔매는데 한동안 나를 보던 그녀가 펜을 찾아 들더니 내 팔뚝에 뭐라고 써주었다. 베트남 말은 그나마 조금이라도 하지만 글은 전혀 이해

하지 못하니 멀뚱 보고만 있는데 몇 글자 쓰더니 빙긋 웃는다. 그녀의 미소를 보자 내 입에서는 안도의 한숨이 나왔다. 이 난관은 넘어간 것이 되었다. 아기동자 같은 얼굴이 갑자기 큰 바위 얼굴처럼 위대해 보였다. 보건소에서 준 체온계로 재어보니 아직도 37도를 넘어가고는 있는데 만져본 머리는 그리 뜨겁지는 않았다. 오히려 내가 숙취인지 뭔지 머리가 아프고 열도 나는 것 같아서 내 머리를 내가 만져보니 그녀도 다가앉아 내 머리를 짚어본다. 나는 다시 옆으로 쓰러져 꿈도 꾸지 않고 편안한 잠을 잤다.

"나는 하루에 한 번 먹고 기도하고 절한다. 기도하고 절할 때 가만히 놔둬야 한다. 내일부터 여기 나갈 때까지 삼천 번 절하고 30시간 기도해야 한다. 사장님 아무 때나 와도 되지만 내가 기도 안 하고 절 안 할 때만 나하고 말한다. 내 전화 안 돼. 감사합니다."

　손바닥만 한 창문으로 쏟아져 들어오는 겨울 햇살에 눈을 부비며 일어나는데 그녀가 내게 다가앉더니 종이를 펴들고 읽었다. 글자는 베트남 글인데 발음은 한국말인 것을 보니 번역한 내용을 베트남 발음으로 바꾸어 놓은 것 같았다. 요즘 중들은 영민하기도 하지. 그녀가 읽기를 끝내고 나를 말끔히 쳐다보자 나는 동의한다는 뜻으로 고개를 크게 끄덕여주었다. 나는 오늘만 같이 밥을 먹겠다고 말하고는 밖에 나가 콩나물 해장국 두 그릇을 포장해 왔는데 황태 몇 가닥 들어있는 것은 개의치 않고 먹더니 맛있다며 빙그레 웃는다. 그녀의 얼굴은 이제 더 이상 동자의 그것이 아니었다. 중들에 대한 선입견이 아주 심한 내게도 그녀의 법의는 내 옷과 별반 다르지 않았다. 고춧가루를 탄 소주 덕인지 그녀도 나도 열이 말끔히 내려 있었다. 우리의 격리 아닌 격리는 5일째에 접어들고 있었는데 종이에 써서 읽어 내려간 그녀의 간곡한 부탁은 오히려 나의 부담을 덜어주어서 한결 가벼운 마음으로 숙소를 나서니 초겨울의 오후 햇살이 눈이 시리도록 아스팔트에 깔려있었다.

내가 방문하는 시간이 일정치 않아서 그렇겠지만 아무리 밥때를 맞추어 가려 해도 갈 때마다 그녀는 기도 중이거나 삼천 배를 하는 중이었다. 한 번은 중간에 쉬기를 기다렸다가 말 한마디 나누고 오려고 벼르며 세 시간을 꼬박 지켜보다가 그냥 오고 말았다. 소주를 마시는 것을 보고 땡중이 아닌가 했던 내 가벼운 사고는 그녀의 혼을 바친 기도와 정성을 다해 절하는 모습을 보고 머쓱해지고 말았다. 열흘이 가까워지도록 그냥 먹거리를 챙겨두고 청소하는 사람에게 자질구레한 부탁을 해주는 것 이외에는 아무것도 한 것이 없었다. 줄어드는 먹거리 양을 봐서는 하루에 한두 끼만 먹는 것이 분명한데 도대체 언제 먹는지 알 수가 없었다. 자주 들여다보지 않아도 되는 상황이 되었지만 나는 오히려 더 많이 그녀에게 갔다. 하루에 서너 번을 간 적도 있었다. 격리 해제가 가까워져 날짜를 꼽아보던 어느 날 방문해 문을 여니 화장실에 있는지 불이 켜져 있었다. 혼자 머리를 밀었는지 거뭇해 보이던 머리가 반짝반짝 빛이 나는데 내가 유심히 보자 멋적은지 그 작은 손으로 머리를 어루만지며 어색하게 웃었다. 저렇게 웃을 때는 경건함도 엄숙함도 다 어디 가고 자그맣고 귀여운 여자로 돌아오는 것이 신기했다.

　격리 해제를 하루 앞두고 갔는데 숙소 문 앞에 연예인들이 주로 탄다는 지붕이 높은 까만 승합차가 번쩍이며 서 있었다. 이상한 생각이 들어 뛰어 올라갔더니 열어 놓은 방문으로 검은 정장을 입은 남자 하나가 서 있는 것이 보였다. 남자가 문을 여는 나를 보더니 잠깐 자리를 비켜 달라고 손짓했다. 외모는 크게 티가 안 나는데 한국인은 아니었다. 내가 그녀를 보자 그녀가 고개를 끄덕였다. 나는 방을 나서며 문을 조금 더 열어두었다. 남자 혼자 조용히 하는 얘기를 가만히 듣고만 있던 그녀가 갑자기 큰 소리를 냈는데 내가 알아들을 수 있는 말이었다. 그 아이는 내 딸이라는 소리를 여러 번 했는데 마지막에는 울음이 섞여 있었다. 나는 공연히 엿들은 것 같아 얼른 계단을 내려갔다. 건물을 나오니 밖에는 남자 두 명이 승합차 옆에 서 있었다. 잠시 후 방에서 그녀와 얘기하던 남자가 내려오더니 내게 다가왔다.
　"스님을 도와주셔서 감사드립니다."
　유창한 한국말을 하고 있는데 내가 알고 지내는 대사관 사람은 아니었다. 한 달에 두어 번씩 대사관에 가서 내기 탁구도 치고 술도 같이 자주 마시고 해서 대사관 직원들은 대부분 알고 있었는데 세 명 다 한 번도 본 적이 없는 사람들이었다.

　격리가 끝나고 그곳을 나올 때도 절차 따윈 없었다. 그냥 문자로 격리 해제를 통보받고 짐을 꾸렸을 뿐이다. 그녀가 만나고 싶어 했던 사람은 지방 소도시의 작은 병원 안치실에 누워있었고 병원에서 정해준 절차를 통해 화장을 했다. 스님은 베트남에서 가져온 작은 목함에 분골을 담아 강원도의 깊은 산속에 있는 암자를 찾아갔는데 그때도 역시 내가 모든 뒷수발을 다 들어야 했다. 왠지 처음 만났을 때의 귀찮음은 어디 가고 꼭 해줘야 하는 것 같은 의무감이 들어서, 바쁘다고 투덜대는 아내의 지청구를 받아 가며 기꺼이 며칠을 희생했다. 암자에 도착해서야 여행 내내 끌고만 다니던 대형 캐리어를 열었는데 그것은 언젠가 나도 하노이에서 방문한 적이 있는 일주사라는 절의 축소 모형이었다. 기둥 하나 위에 대웅전이 올라앉은, 베트남인들에게는 신통한 효험이 있는 절로 사랑받는다고 한다. 일주사는 나무로 축소되고 분해되어 그 먼 거리를 건너와 무겁게 누워있었다.

그녀는 그 일주사를 목공예 끼우듯 조립하여 암자의 뒤뜰에 세우고 그 안에 앉아있는 부처 앞에 가져온 분골을 놓았다. 그리고는 반나절 동안이나 정성을 들여 염불과 절을 하면서 기름을 바르고는 저녁노을이 하늘을 붉게 물들일 때쯤 일주사에 불을 붙였다. 바싹 마른 데다 기름까지 먹은 나무는 밝은 화염을 내며 큰 불꽃으로 타올랐는데 그녀는 그 불길을 돌면서 끊임없이 염불을 외웠다. 파랗게 깎은 머리와 승복으로도 다 지우지 못한 고통이 그녀의 눈에서 떨어질 때 나는 그녀의 간절한 기도 속에 떠나는 사람이 정말 어디론가 여행을 가는 것같이 생각되었다. 머나먼 타국까지 와서 명을 다하고 화장 후 일주사에 넣어져 다시 다비식을 하고 있는 주인공의 사연에 대해서 나는 끝내 묻지 않았고 그녀 역시 말하지 않았다.

그녀가 베트남으로 돌아가던 날 차 안에서 나는 그녀가 내 팔뚝에 써주었던 글이 무슨 뜻인가 물어보았으나 그녀는 만약 하노이에서 다시 만난다면 알게 될 것이라며 수줍게 웃었다. 출국장을 나가는 그녀의 뒷모습을 보고 돌아서 나오다가 주한 베트남 대사관 상무부에서 일하는 직원을 만났다. 그는 갑작스러운 귀빈의 출입국 문제로 하노이에 가는 길이라면서 코로나 때문에 일이 너무 많아졌다고 투덜거렸다. 무슨 일로 공항에 왔냐고 묻길래 대답 없이 휴대폰에 있는 내 팔뚝 사진을 보여주며 이게 무슨 뜻이냐고 물었다. 그는 고개를 갸우뚱하더니 '나중에 하자'라는 뜻이라고 말하며 뭘 나중에 하냐고 되레 묻는다. 나중에? 뭘 나중에?

(끝)

거북이 날다

1.

바람이 숲을 훑으면서 지나가자 하늘에서 하얗게 꽃눈이 내렸다. 꽃잎 몇 개가 하늘거리며 떨어지는 것이 아니라 한겨울의 함박눈처럼 하늘을 온통 덮으며 함박 꽃눈이 내리고 있는 것이다. 때 이르게 피었다가 지고 있는 벚꽃 숲의 오솔길은 하양과 분홍의 벚꽃잎으로 흙이 안 보이게 덮여 있었다. 꽃눈이 내리고 있는 하늘을 올려다보는 영탁의 얼굴 위에도 꽃잎 몇 장이 내려앉았다. 아름다움과 슬픔은 동의어인지도 몰라. 왜 모든 아름다움에는 슬픔이 깔려있는 것일까. 오랜 세월 동안 수도 없이 올라온 산인데 이 오솔길은 처음 보는 길 같다. 꽃눈 길을 보며 서 있다가 영탁은 자신의 운동화를 내려다보았다. 나는 운동하러 올라온 거야. 아무 일도 없는 거야. 그저 평범한 하루의 시작이었을 뿐이야. 당신 오랜만에 운동가네? 잠이 덜 깬 아내의 나른한 목소리가 꿈결처럼 뒤따라왔다.

정상에 올라 내려다보는 서울 하늘이 뿌옇게 밝아오고 있었다. 남산타워를 한참이나 바라보다가 영탁은 깎아지른 듯한 낭떠러지 끝에 웅크리고 앉아있는 거북바위 쪽으로 다가섰다. 올라올 때 키 큰 나무 위에서 부드럽게 숲을 핥아주던 바람이, 봄날의 벚꽃이 무색하게 갑자기 북풍으로 돌변하여 영탁의 뺨을 매섭게 때렸다. 정상 봉수대 근처에서 아침 해를 기다리던 몇 사람이, 난간을 넘어 거북바위 쪽으로 접근하는 영탁을 유심히 보고 있었다. 그러나 간혹 거북이 등에 작은 돌멩이를 올려놓거나 거북이 등을 쓰다듬으며 무언가를 간절히 기도하는 사람들이 있어서 영탁의 행동이 특이해 보이지는 않았다. 거북바위를 눈앞에 두고 영탁도 작은 돌멩이 하나를 집어 들었다. 나는 실수로 떨어지는 거야. 바람 속에 그가 평생 들어왔던 여러 사람의 목소리가 섞여 윙윙거리며 소용돌이치고 있었다. 한 발을 거북바위 등에 올려놓았다. 아직 여명인데 수백 길 낭떠러지 허공을 황조롱이 한 마리가 유유히 비상하고 있었다. 나도 날고 싶다. 영탁은 두 발을 다 거북이 등에 올려놓고 날갯짓하듯 양팔을 올리며 눈을 감았다. 어디선가 그를 부르는 소리가 환청처럼 들려왔다.

2.

진흙탕 속에 빠진 손수레의 바퀴는 좀처럼 빠져나올 기미를 보이지 않았다. 영탁은 앞에서 끌고 있는 아버지의 발이 진흙에서 계속 미끄러지는 것을 보며 필사적으로 뒤에서 밀어보았으나 소용이 없었다. 어머니는 어린 동생을 데리고 미리 이사 가는 집에 가 있었고 누나와 둘이 수레의 양쪽에 달라붙어 밀고 있는데 이제 막 중학생이 된 누나는 남루한 살림이 실려 있는 손수레를 밀고 있다는 사실 자체가 창피한지 땅만 처다보고 미는 시늉만 하고 있었다.

"미는 거야, 잡고만 있는 거야? 좀 세게 밀어봐."

앞에서 아버지의 고함이 뒤로 건너오는데 수레는 앞으로 가기는커녕 조금씩 뒤로 밀리고 있었다. 경사가 가파른 언덕이라 만약 미끄러져 수레가 뒤로 굴러가기라도 하면 크게 다칠 판이었다. 그때였다. 수레가 올라가고 있는 언덕 오른쪽에 있는, 어른 키보다 더 높이 쌓인 축대 위에서 '야 이거 좀 밀어주자' 하면서 한 아이가 축대를 돌아 뛰어 내려오자 순식간에 십여 명의 아이들이 몰려와 달라붙었다. 어떤 아이는 그 높은 축대에서 바로 뛰어내려 영탁을 놀라게 했다. 아이들은 잡을 공간만 있으면 몸을 들이밀고 수레를 밀고 당기기 시작했다. 누군가가 영차영차를 시작했고 수레는 마치 엔진을 얹은 자동차처럼 순식간에 언덕을 올라갔다. 언덕을 다 올라와 평지에 수레를 세워 놓고 아버지는 아이들에게 고맙다고 말했는데 아이들은 올 때와 마찬가지로 공터로 다시 몰려갔다. 위에 올라와서 보니 축대 위는 밑에서 생각한 것보다 넓었고 아이들은 축구를 하는 중이었다. 그 공터의 끝자락 한구석에 영탁네 식구가 세를 얻은 집이 담도 없이 색바랜 붉은 기와를 머리에 이고 있었다.

"마누라 없이는 살아도 장화 없이는 못 사는 동네라더니, 비가 그친 지가 며칠 됐는데 아직도 이 모양이네, 거 참"

아버지는 이삿짐을 묶어 놓은 줄을 풀면서 혀를 내둘렀다. 어머니는 주인집 마루에서 돈을 세고 있었다. 집은 ㄷ자 형의 붉은 기와집이었는데 영탁네가 전세를 얻은 방 두 개는 가운데 있는 주인집의 양 날개 쪽에 하나씩 있어서 이 방에서 저 방을 가려면 신발을 신고 마당을 가로질러 건너가야 하는 구조였다. 방 두 개짜리 전세이긴 하지만 방 하나씩 가진 딴 집이나 마찬가지인 셈이었다. 부엌이 딸린 조금 큰 방을 안방으로 정했는지 그 방으로 장롱을 들이면서, 어머니는 건너편을 흘낏 보고는 살기가 불편하겠다고 하는데, 어쩐 일인지 누나는 그런 집 구조를 몹시 좋아하는 눈치였다. 그래도 단칸방에서 방두 개짜리로 이사를 온 것에 대한 뿌듯함이 있었는지 아버지는 곧 이것보다 더 좋은 집을 사리라고 호기 있게 말하고는 기운차게 짐들을 내리는 것이었다.

영탁은 주인집 마루에서 자기 또래의 아이 둘이, 짐을 나르느라 분주히 움직이고 있는 마당을 내려다보고 있는 것이 영 신경이 쓰였다. 뭔가 득의양양한 표정을 짓고 있는 것으로 보아 주인집 아들들이 분명했다. 주인집에 사내아이들이 많더라만 너 그 전 집에서처럼 또 싸우면 안 된다? 네가 순하고 착해서 싸움 같은 거 안 한다고 말했으니까 사이좋게 지내, 알았지? 영탁은 재차 다그치는 엄마의 말에 건성으로 대답하고는 공연히 풀이 죽어 자신을 쳐다보고 있는 두 아이의 시선을 피하고 말았다.

  이삿짐이 대충 들어가자 자질구레한 심부름이 지겨워진 영탁은 눈치만 살살 보다가 아이들이 놀고 있는 공터로 나갔다. 아이들은 두 패로 나뉘어 축구를 하고 있었는데 바람이 다 빠진 공은 축구공이라기보다는 그냥 찌그러진 밀가루 반죽 덩어리 같았다. 영탁은 공터 구석에 있는 바위에 앉아 아이들이 노는 모습을 바라보고만 있었다. 이곳으로 이사를 오기 전에 살던 집은 큰 길가에 판자로 지은 집이 서너 채만 늘어서 있을 뿐, 동네라고 할 규모의 집들이 없었고 손바닥만 한 길옆 자투리땅도, 포장이 안 된 길을 달리는 자동차들이 토해내는 매연과 먼지 때문에 놀 수가 없었다. 영탁은 동네 친구가 하나도 없이 지내다가 십여 명의 또래들이 모여서 공놀이를 하는 것을 보니 기대가 되는 한편으로는 두렵기도 하였다. 그리고 그 두려움은 너무도 빨리 현실이 되어 영탁 앞에 나타났다.
  "야 너 일루와 봐"
  공을 몰고 가서 돌멩이로 만든 골대에 밀어 넣는 것을 실패하고는 탄식을 하던 한 명이 갑자기 영탁을 보며 불렀다. 얼핏 보기에도 중학생인데 머리를 빡빡 밀어서 그런지 다소 험악해 보였다. 영탁이 조금 망설이다가 쭈뼛거리며 다가가는 데 한 번 더 소리를 지른다. 학교에서 애들이 공을 차고 놀아도 버스를 타고 통학을 하던 영탁은 늘 시간에 쫓겼는데 사실 시간이 없다기보다는 축구를 하는 것보다 학교 옆에 있는 만화방에서 주인에게 권수를 속여가며 만화를 보는 것에 더 열중했기 때문이었다. 그리고 집에 돌아오면 공을 찰 땅이라고는 없는 데서 살았기 때문에 축구라고는 해 본 적이 없었다.

"야! 얘 니네 편으로 해"

덩치가 한마디 하면서 영탁을 상대편 쪽으로 떠밀었다. 졸지에 십여 명의 아이들이 뛰어다니는 축구판에 휩쓸린 영탁은 그저 공이 오면 상대편 방향으로 걷어차고만 있었다. 사각형으로 된 공터의 한쪽은 수레가 올라오던 축대 길로, 반대편 끝에서 보면 집들의 지붕만 보일 정도로 축대를 높이 쌓아 올려 만든 땅인데 아이들은 신기하게도 축대 쪽으로 공이 가지 않게 차고 있었다. 결국 영탁이 걷어찬 공이 축대 밑으로 떨어지고 말았다.

"이 새끼 이거 완전 똥 볼만 차네"

덩치의 일방적인 말 한마디로 영탁과 같은 편이 된 다른 덩치 하나가 영탁을 보고 말했다.

"뭘 쳐다봐? 빨랑 가서 공 주워오지 않고?"

이삿짐 수레가 올라왔던 축대 옆길은 급경사라 만약 공이 바람이 제대로 들어가 통통 튀었으면 산 아래까지 굴러가서 아마 영탁이 찾지도 못했을 것이다. 영탁은 축대 옆에 얌전히 찌그러져 있는 공을 들고 돌아와 어찌지를 못하고 그냥 들고 있었다.

"너 바보냐? 야 이거 우리 편 안 할 거야. 차라리 한 명 없는 게 낫겠다."

공을 빼앗은 덩치가 영탁을 한 번 째려보더니 상대편 덩치에게 공을 던졌다. 밖으로 쫓거나 멍청하니 서 있는 영탁을 그냥 두고 아이들은 다시 흙먼지를 일으키며 몰려다녔는데 자세히 보니 아까 주인집 마루에 서 있던 두 명 중 하나가 보였다. 영탁보다 조금 작아 보여서 다소 마음을 놓았는데 얼핏 보아도 축구를 아주 잘하고 있었다. 상대편의 덩치가 이리저리 공을 빼돌리는 그에게 속아서 헛발질을 해대며 허우적거리는 꼴이 우스워서 영탁이 웃었는데 아뿔싸 덩치가 그 모습을 보고는 험악한 얼굴로 영탁에게 다가왔다.
"이 새끼가 똥 볼만 차는 주제에… 이게 웃기냐? 응? 웃겨?"
그는 발로 영탁의 정강이를 툭툭 차더니 손으로 머리통을 때리기 시작했다. 영탁이 뒤로 물러나며 멈칫거리자 따라오며 계속 머리를 쥐어박았다. 공을 따라다니던 아이들이 멈춰서서 재미있다는 듯 보고 있는데 아까 주인집 마루에서 보았던 작은 아이가 나서서 그만하라고 하자 덩치는 너는 또 왜 끼어드냐면서 그 아이 머리통도 쥐어박았다. 축구 경기는 중단되었다.

우리 이사 가는 동네가 사람들이 산동네라고 부르던데 텃세가 아주 세다더라. 아버지가 그 동네 근처에 일을 좀 다녔는데 그런 말을 여러 번 들었어. 뒤가 산으로 막혀서 동네 드나드는 길이 하나밖에 없고 서로 숟가락이 몇 개인지까지 알고 지내는 집들이라 새로 누가 이사라도 오면 아주 못살게 군다는구나. 누나는 몰라도 영탁이 너는 좀 힘들게 생겼다. 걱정하지 마세요. 안 싸울게요. 글쎄 너야 그러고 싶지 않아도 아이들이 시비를 걸 텐데 그냥 맞고 있을 리도 없고. 아버지가 할 말은 아니지만 웬만하면 그냥 몇 대 맞고 말아라, 응? 그러고 나면 친해질 거야. 여기가 서울이래도 변두리라 시골 아이들 같아서 원래는 착하다더라. 아무려면 만리동보다는 낫지 않겠니?

 영탁은 계속 몇 대를 맞다가 제법 큰 주먹을 머리에 맞고는 아픈 척을 하면서 머리를 감싸고 주저앉았다. 그동안의 경험을 보면 그렇게 하거나 울거나 하면 상황이 끝나는 경우가 많았기 때문이었다. 그러나 학교에 다니기 시작하면서부터 더는 우는 척을 하기가 싫었다. 시골 큰집으로, 고모 집으로, 여기저기 떠돌아다니면서 어린 시절을 보낸 이력 때문에, 어디를 가나 텃세 당하는 것에는 이골이 나 있었다. 영탁의 어디가 그렇게 건방져 보이는 것일까? 그들이 늘 영탁에게 공통적으로 하는 말이 건방지다는 것이었다. 영탁이 이해할 수 없는 말이었지만 그렇다고 그들에게 되물어 보지도 않았었다.
 "어 이 새끼 봐라? 똥 볼 만 잘 차는 줄 알았더니 엄살도 존나 잘 부리네? 빨딱 빨딱 안 일어서?"
 축구에서 보인 열등감을 주먹으로 회복해 보려는 듯 덩치는 그칠 기미가 없이, 주저앉은 영탁을 이번에는 발로 차기 시작했다. 궁둥이로 땅을 밀고 다니며 피해도 그칠 기미는 없었다. 영탁은 한숨을 쉬고 천천히 일어섰다. 키가 비슷하면 머리를 뒤로 쭉 뺐다가 용수철 팅기듯 앞으로 박아버리고, 너보다 키가 크면… 아버지의 말이 귀속에서 웅웅거렸다. 영탁은 자신의 머리를 때리는 팔을 잡으면서 일어나는 자세 그대로 용수철처럼 벌떡 일어나며 덩치의 턱을 받아버렸다. 단발마의 비명과 함께 덩치가 땅에 쓰러지자 영탁은 그의 몸에 올라

타서 그야말로 인정사정없이 주먹을 휘두르기 시작했다. 아이들이 말릴 틈도 없이 벌어진 일이었다. 덩치가 거의 피떡이 돼서야 영탁은 일어서서 아이들을 둘러봤다.

"어떤 새끼든 내 몸에 손만 대봐. 다 죽여버릴 거니까"

아이들은 멈칫거리며 물러나고 처음에 영탁을 축구에 끼워줬던 덩치도 멀찌감치 물러서 한마디도 못 하고 있었다. 영탁은 피 묻은 손을 옷에 쓱 문지르고 천천히 공터를 가로질러 아직도 이삿짐을 정리하고 있는 색바랜 붉은 기와집으로 갔다.

"아니 무슨 깡패 새끼도 아니고, 애를 어떻게 키웠기에 사람을 이 지경이 되도록 두들겨 팹니까?"

중학교 1학년짜리 아들을 데리고 온 여자는 아직 이삿짐도 정리 못한 영탁 엄마에게 달려와 난리를 치고 주인집 여자는 세를 잘못 준 것 같다면서 혀를 차는데, 정작 두들겨 맞은 중학생 놈은 얼마나 겁을 먹었는지 자기 엄마 치맛자락을 당기며 그냥 집에 빨리 가자고 재촉하고 있었다. 축구를 아주 잘하던 주인집 막내아들이 나서서 짱구가 먼저 얘를 많이 때렸다고 역성을 들지 않았으면 영탁 엄마는 아주 곤욕을 치를 뻔하였다. 영탁은 그를 쳐다보고 고맙다는 눈웃음을 보냈는데 그 아이는 받지 않고 시큰둥한 얼굴을 하고 있었다.

"너는 새끼야 저렇게 쪼끄만한 놈한테 맞고 다니냐? 이그 빙신아"

한참을 따지던 여자는 덩치로 보나 나이로 보나 자기 아들이 맞았다는 것이 오히려 창피해서 더는 따질 수가 없는지 단단히 여몄던

팔짱을 풀고는 이번에는 아들의 머리를 쥐어박았다. 엄마에게 끌려 나가면서도 덩치는 흘끔흘끔 겁먹은 얼굴로 영탁을 훔쳐보았는데, 그것이 훗날 미들급 동양 챔피언까지 올라간 권투선수 장규석과 영탁의 첫 만남이었다.

3.

머리맡의 전화벨이 요란하게 울렸다. 모닝콜도 안 했는데 또 뭔일일까. 영탁은 숙취로 빠개질 듯이 아픈 머리를 흔들며 팔을 뻗어 전화기를 들었다.

"형 오늘 신문 봤어?"

K의 허둥대는 목소리에 직감적으로 뭔가 큰일이 터졌다는 것을 느꼈지만 지금 방콕에서 자신의 몸이 멀쩡히 있는 한, 큰일을 당할 게 없는 영탁은 잠이 덜 깬 목소리만 낼 뿐이었다.

"아직."

"그 아파트에 한국 신문 보는 인간들 없지? 하기야 형도 안 보는데 누가 보겠냐? 지금 빨리 사무실로 나와. 벌써 다들 모여 있어. 난리 났다구."

내가 지금 한국에 처자식 놔두고 여기 자빠져 있는 것보다 더 큰 난리가 어디 있겠냐, 빌어먹을. 영탁은 팬티를 입은 채 욕실의 샤워기 밑에 섰다. 한참 동안 찬물을 뒤집어쓰자 비로소 정신이 좀 들었다. 사무실에는 거의 모든 직원뿐 아니라 회사 소속 가이드와 프리랜서 가이드들까지 다 모여 있었다. 영탁이 태국에 온 이래 처음 보는 광경이었다. 다들 일 나가는 지역과 날짜들이 달라서 가이드들이 이렇게 많이 한자리에 모이기는 사실상 불가능에 가깝기 때문이었다. 영탁을 본 사장이 손짓으로 부르며 큰 소리로 허둥대는데 그 모습 또한 지난 6개월 동안 처음 보는 것이었다.

"영탁씨! 빨리 차암 골프장에 전화해서 지난번 우리가 두고 온 계약서에 싸인을 했는지 확인하고 아직 안 가져갔으면 빨리 지금 내려가서 회수해 와요. 큰일났어. 지금 일 달러에 이천 원이라구. 우리는 800원에 계약했잖아요."

뭔 말인가 하고 멍하니 서 있는 영탁의 코앞에 K가 조선일보 1면을 들이대었다. 신문에는 그야말로 대문짝만하게 I.M.F라고 써있고 그 밑에 '1달러 2,000원 돌파' 라고 쓰여있었다. 이게 왜 큰일 난 건가 잠깐 생각하다가 영탁은 가슴이 덜컹 내려앉는 소리를 들어야 했다. 영탁은 허겁지겁 골프장 매니저에게 전화를 걸었다. 계약서를 회수해야 하니 혹시 가지고 있으면 태국 측 회사에 주지 말라고 신신당부를 하려는 것이다. 돌아온 대답은 간단했다. 올레디. 이미 서명해서 한 장만 두고 두 장은 가져갔다는 것이다. 한국인 변호사와 태국 변호사까지 대동하고 모든 서류작업을 마쳤다는 말까지 덧붙였다.

"그러게 내가 서두를 것 없으니 모두 모여서 도장 찍자니까 뭔 일을 그렇게 해요?"

사장은 '이제 망했네' 하며 허탈해하다가 영탁을 쳐다보고 넋두리했다. 후배가 소개해 준 여행사 사장은 그런 업계에 어울리지 않게 소탈하고 진솔해서, 영탁은 그가 소개하는 데로 골프투어를 위해 큰돈을 투자한 것이었는데 그야말로 땅 짚고 헤엄치기가 이런 것이구나 할 만큼 사업계획과 진행 과정 모두 순조로웠다. 자꾸 계약을 미루는 리조트 측을 압박하기 위해 싸인한 계약서를 던져놓고 온 것이 결국 엄청난 화근으로 돌아온 것이었다.

"한국에서 골프팀이 전혀 안 들어올까요?"

"99% 다 해약한다고 보면 됩니다."

"위약금 조항도 없었지요?"

"원래 랜드사야 사후 정산을 받으니 돈도 못 만져보지요."

"달러당 1,200원 차이가 얼마나 손실이 될까요?"

"3억 이상일겁니다."

"그렇게 큽니까? 전부 합쳐서요?"

사장이 영탁을 물끄러미 쳐다보더니 한숨을 쉬었다.

"그것도 한 사람당입니다. 영탁씨는 K부장 몫의 절반도 넣었지요?"

5억. 영탁은 하늘이 노래진다는 것이 이런 거구나 하면서 옆에 있는 소파에 털썩 주저앉았다. 사람들이 우왕좌왕하면서 떠들고 여기저기서 욕설이 튀어나와 사무실은 금방 시장 바닥보다 더 소란스러워졌다. 영탁은 한참을 앉아있다가 비척거리며 일어섰다.

4.

"짱구야, 이놈이야?"

학교에서 돌아오는 영탁의 앞을 막아서며 험악한 얼굴을 한 고등학생이 옆에서 고개를 숙이고 풀이 죽어있는 어제의 그 덩치에게 묻고 있었다.

"네..."

영탁은 교복 윗단추를 두 개씩이나 풀어 제치고 모자를 삐딱하게 쓴 고등학생을 무표정한 얼굴로 올려다보았다. 오르막길의 위쪽에 그들이 위치하기도 했지만 앞을 가로막은 그의 키 또한 작지 않아서 목을 뒤로 꺾어야 얼굴이 보일 지경이었다. 상대편에게 니가 겁먹었다는 표정을 보이면 안돼. 먼저 겁먹는 놈이 무조건 지는 거야. 덩치가 커도 겁이 많은 놈들이 있거든. 그걸 먼저 아는 놈이 이기는 거야. 기선제압이라는 거다. 그전에는 아무 생각도 없다는 표정을 지어야 해. 화난 표정보다 무표정이 더 무서운 거란다. 알았어? 아버지의 목소리가 바로 옆에 있는 듯 생생히 들려왔다. 여기저기 떠돌아다니면서 맞기도 많이 맞아서 늘 코피를 달고 살면서 거의 신경증적 대인 기피증으로까지 치닫고 있는 아들을 위해 아버지는 결국 싸움을 피하는 것보다는 잘 싸우는 법을 가르쳐 줄 수밖에 없었다. 한때 서울역 주변에서 오야붕 소리까지 듣던 아버지의 싸움법은 틀리는 법이 없었다.

"이그 빙신아 요딴 꼬맹이한테 맞고 빌빌거리냐?"

그는 영탁을 아래위로 훑어보더니 어이가 없는 듯 짱구의 머리를 한 대 쥐어박고는 영탁을 향해 다가섰다.

"쬐끄만 놈이 쌈은 잘하나 보네? 그래도 그렇지 어디 남의 동네에 오자마자 행패를 부려? 너 혼 좀 나야겠다."

억센 손이 영탁의 멱살을 잡았다. 이럴 때 어떻게 하는지 배우긴 했지만 덩치가 너무 차이가 나서 힘을 쓸 수가 없었고 주변에 다른 일행들이 있어서 쌈판으로 번지면 무사하기가 힘들다고 판단한 영탁은 저항하지 않았다.

"쟤가 먼저 나를 많이 때렸다고요. 다른 애들한테 물어보세요. 저는 딱 한 번만 때렸고 쟤가 나를 더 많이 때렸어요."

"뭐라고? 야 짱구야 이놈 말이 정말이야?"

그때 주인집 아이가 또 한 번 나섰다.

"짱구가 얘를 많이 때렸어요. 주먹으로 때리고 발로도 막 차고. 우리가 말려도 막 때렸어요."

그는 영탁의 멱살을 잡고 있던 손을 풀고는 옆에 서 있는 짱구의 머리에 꿀밤을 먹였다. 짱구는 빡빡 깎은 머리를 손으로 비비며 얼굴을 찡그렸다.

"나는 그냥 장난으로 툭툭 친 건데 쟤가 갑자기 머리로 들이받고 내 얼굴을 이렇게 만들었어. 형이 누가 먼저 때렸냐고 해서 내가 먼저 건드리기는 했다고 했잖아."

"건드린 거 하고 발로 차고 주먹으로 때린 거 하고 똑같냐? 야 이놈아 누가 이사 왔어도 이유 없이 그냥 때리면 되냐 안 되냐 응? 우리가 아랫말 흰둥이 놈들하고 똑같냐? 우리는 못 살기는 하지만 그래도 의리과 동네잖아."

짱구에게 다가가 한 대 더 먹이려던 그는 영탁과 짱구를 번갈아 보더니 둘 다 따라오라며 앞장을 섰다. 동네 아이들이 죽 따라나서는데 그가 뒤를 돌아보더니 여자하고 어린아이들은 따라오지 말라고 명령했다. 일부 아이들이 마치 군사훈련이라도 받은 듯이 걸음을 딱 멈추는 것을 영탁은 신기한 듯 바라봤다. 어느 동네나 대장은 있는 법이야. 대장하고 싸워서 이기지 못할 것 같으면 친해지도록 노력해야 돼, 무슨 말인지 알았어?

5.
"자살하면 보험금이 안 나온다고?"
오늘따라 소주가 왜 이리 쓰냐. 영탁은 소주잔을 팽개치듯 탁자에 놓고 마주 앉은 녀석에게 물었다.
"어떤 보험이냐에 따라 다르긴 하겠지만 대부분 보험에서는... 아마 그럴걸?"
"어디서 주워들은 거냐 아니면 정확히 아는 거냐?"
"야 내가 왜 그걸 정확히 알아야 하는 건데? 내가 뭐 보험 들고 자살할 것도 아니고"
녀석은 입으로 가져가던 술잔을 멈추고 갑자기 영탁을 뚫어져라 쳐다보았다.
"이런 너 설마... 미친 놈"
"그래, 차라리 미쳐서 아무것도 모르면 좋겠다."
"돈 좀 빌려주랴? 태국에서 사업 성공해서 돈 엄청 벌었다며? 연희동에서 제일 큰 빌딩 산다고 소문이 무성하더만, 뭐가 어떻게 돌아가는 건데?"

"너한테 말해서 해결할 것 같았으면 벌써 말을 했지."

"심각하구나?"

"이거 한 번 제대로 하면 죽을 때까지 빌어먹을 자본주의에서 해방될 거라는 망상에 빠졌었지. 잘 풀렸어도 결국은 더 큰 올가미가 기다리고 있었을텐데. 왜 그걸 빠트렸을까."

"하기야 한탕주의에 빠진 인간들도 스스로는 절대로 인정하지 않고 뭔 궤변이라도 붙여 미화 시킬테니 너 역시 새삼스러운 일도 아니긴 하다만 그렇다고 보험이니 자살이니 이러고 있냐? 이놈 이거 제대로 미쳤네?"

"대한민국이 망하지만 않았으면 완벽한 계획이었지. 일생에 한 번 있을까 말까 한 동아줄을 잡았는데, 역시 평생 마주치기 쉽지 않은 불운을 만난 것뿐이야. 그게 다야. 그런데 그 결과를 내가 감당할 수 없을 뿐이지."

정말 그랬다. L 그룹의 자회사인 여행사 사장을 후배에게 소개받고 그가 한창 번창하는 시장인 골프투어를 독점하다시피 하는 자리에 있었다는 것은 영탁에게 천재일우의 기회였다.

"선배는 그동안 내가 지켜봐 왔지만 정말 안 풀려도 너무 안 풀린다. S그룹 부도났다며? 어째 가는 곳마다 부도가 나지 않으면 구조조정이고 그것도 아니면 아예 망하고 그러냐? 그러다가 선배까지 영영 망가지는 거 아냐? 술 좀 그만 먹어. 자자 그러지 말고 태국에 가서 인생 정리 좀 하면서 얼마간 쉬다가 와. 너무 괜찮은 조건이라 원래 내가 가려고 했는데 나는 또 기회가 있으니까. 형네 집 생활비는 내가 월급 형식으로 형수에게 따로 입금해 줄 테니까 여기 걱정은 말고. 무슨 일인지는 그냥 가보면 안다니까. 나도 평생 만지기 어려운 기회인데 양보하는 거니까 정말 대박 나면 나한테 아파트 한 채는 사줘야 돼. 그룹 차원에서 하는 거니까 형 돈 들어갈 일 없어. 절대로 돈 끌어서 뭐 하려고 생각하지 말고. 정 하고 싶으면 백 프로 안전한 거만 나하고 같이 투자해서 하자고. 하여튼 일단 가봐."
　여행업에서 가장 힘든 모객을 다 해주고 수수료 다 정산해주고 영탁은 그저 한국이 겨울일 때 태국에서 호텔도 함께 운영하는 골프장만 통째로 계약만 해놓으면 되는 일이었다. 그는 아예 태국 현지에서 가장 큰 랜드사를 운영하는 사장까지 소개해 주었다. 현지 랜드사 사장은 자신의 명줄을 쥐고 있는 사람의 추천이라 영탁에게 깍듯하게 대했다. 사업 자체도 랜드사 사장이 돈을 싸가지고 와서 동업하자고 사정을 할 만큼, 누가 봐도 실패 할래야 실패를 할 수 없는 사업이었다.
　아내는 처음에는 펄쩍 뛰다가 여행사 사장과 만나고 L 그룹의 임원실까지 같이 가서 여러 진행 과정을 접하고는 오히려 판을 더 크게 벌렸었다. 이런 기회가 자주 오는 게 아니잖아? 오부장이 주는 거는 그것대로 추진하고 따로 하나 또 해도 되겠네. 현지 사장도 같이하자고 했다면서? 이럴 때는 과감히 질러야 돼. 당신이 좀 고생스러워서 그렇지 이제 우리도 돈 좀 만져보고 살겠다. 당신이 먼저 가서 자리 잡으면 내가 여기 정리하고 따라갈게, 아이들은 국제학교 보내지 뭐. 한국에서는 국제학교 못 보내서 안달인데 잘 됐지. 몇 년 갔다 오면 대학에는 그냥 들어간다며? 아유 생각만 해도 신나네. 그녀는 붕 떠 있는 풍선같이 들떠 있었고 늘 남편이자 가장 구실을 제대로 못 한다고 생각해 왔던 영탁은 모처럼 으쓱했었다.

"그래, 누구는 로또에 맞고 또 다른 누구는 그 로또보다 더 확률이 낮은 불운을 만나는 경우도 있겠지. 그런데 제2금융권에도 다 알아본 거야? 그쪽은 좀 담보가 유연하다던데. 연희동 새마을 금고도 자금 동원력이 꽤 크다더라. 전두환하고 노태우 이것들 돈인가?"
"담보물을 요구하는 건 똑같아. 제대로 된 끈 하나 있으면 담보 이상으로 대출을 해주기는 하지만 나한테 그런 끈 같은 게 있을 리 없고. 이제 기댈 데라곤 없다. 이거 다 터지면 내 집은 물론 처가나 우리 부모님이 평생을 지켜온 집까지 다 거덜 나는 거야. 깨끗하게 가는 게 모두에게 가장 편한 길이지."
"근데 어째 하나도 심각하게 안 들리고 꼭 남의 얘기하는 거 같이 들리냐? 지금 이 이야기가 니꺼냐고? 실화야?"
영탁은 대답 대신 빙긋이 웃어 보였다.
"그럼 그렇지, 인마 하나도 재미없다, 장난 그만치고 술이나 처 드셔."

6.

아이들은 정상으로 향하는 오솔길로 들어섰다. 영탁은, 어떤 아이는 낌련이라고 부르고 또 다른 아이는 깸련이라고 부르는 고등학생의 바로 뒤에 바짝 붙어서 따라갔다. 영탁은 다른 아이는 몰라도 대장 격인 그 고등학생이 자신을 산으로 데리고 가서 때리지는 않을 것이라는 확신을 가졌다. 오랫동안의 텃세와 따돌림은 그의 감각을 발달시켜서 이제는 상대편의 몸짓만 봐도 어느 정도 파악이 되는 경지에까지 이른 것이었다. 영탁의 바로 뒤에 따라오는 짱구 역시 영탁에게 적개심을 보이지 않았는데 그건 영탁이 좀 이해하기가 어려웠다. 만약 자신이 그렇게 맞았으면 반드시 갚아주려 했을 것이었다. 선두의 걸음이 빨랐던 탓에 뒤에 오던 아이들이 많이 처지자 대장이 뒤를 돌아보더니 오솔길 옆의 바위에 걸터앉았다.
"야 꼬맹아. 어쩌다가 짱구가 너한테 선방을 당했는지는 모르지만 너 그날 운 좋았다. 정식으로 맞짱 뜨면 니가 애를 이길 것 같아? 여기서 한번 붙어볼래?"
영탁이 짱구를 흘끔 쳐다보니까 영탁의 시선을 받자마자 고개를 돌리고 못 들은 척 딴청을 하고 있었다. 덩치가 아무리 커도 선방을 제대로 맞으면 겁을 내고 꼬랑지를 내리는 거야. 싸움은 처음에 눈으로 시작하는 거다. 절대로 겁을 먹으면 안 돼. 알았지? 싸움판에 서기만 하면 늘 들리는 아버지의 목소리가 여지없이 들려왔다.
"형이 하라면 할께요. 여기서 할까요?"
"어? 이놈 봐라. 언제 봤다고 형이야?"
말은 그렇게 해도 듣기 싫은 표정이 아니었다.
"야 짱구야. 내가 심판 볼 테니까 여기서 정식으로 한번 뜰래?"
대장이 웃으며 물어보자 짱구는 멀찍감치 뒤에 따라오는 아이들을 한 번 쳐다보더니 고개를 절래절래 흔들었다.

"야 이거 우리 윗말에 물건 하나 제대로 들어왔는데?"

처져 있던 아이들이 따라붙자 대장은 엉덩이를 털고 일어서며 영탁을 보고 웃었는데 그 웃음에는 채 숨기지 못한 친밀함이 묻어 있었다.

산이라고는 올라가 본 적이 없는 영탁이 숨을 헐떡이며 올라가는데 대장과 짱구는 전혀 힘이 드는 기색이 없이 올라가고 다른 아이들도 힘든 표정이지만 영탁만큼 힘들어 보이지는 않았다. 영탁의 걸음이 대장 바로 뒷자리를 놓치고 뒤에 오던 아이들이 따라붙을 즈음에 가파른 바위를 오르니 더는 올라갈 곳이 없었다. 몇 걸음 가던 영탁은 아! 하고 탄성을 질렀다. 산꼭대기에서 서울 시내가 한눈에 보였는데 태어나서 처음으로 보는 광경이었다. 그러나 다른 아이들은 여러 번 올라와 본 듯 그저 그런 표정들이었다. 영탁이 넋을 놓고 보고 있는데 대장이 짱구와 영탁을 불렀다.

"저기 저 바위 보이지? 모가지가 길게 빠져 있는 바위. 그게 거북바위야."

대장의 손가락이 가는 곳에는 정말 실제 거북이가 앉아 있는 형상의 바위가 있었다. 그 거북바위 바로 앞은 그냥 허공이었다. 깍아지른 낭떠러지 위에 위태롭게 걸터앉아 있어서 바위만 잘라서 보면 거북이가 하늘을 날고 있는 것 같이 보였다.

"꼬맹아 너 저기 거북이 목에 앉을 수 있어? 깡다구는 있는 거 같은데."

영탁은 짱구를 흘끔 쳐다보았는데 여전히 영탁의 시선을 피하며 딴청을 부렸다.

"짱구는 작년에 저기 앉아서 애국가 1절 불렀는데 너도 할 수 있냐?"

영탁은 대답도 하지 않고 거북바위 쪽으로 걸어갔다. 바위 앞이나 옆은 낭떠러지라 뒤쪽에 나 있는 가늘고 좁은 길로 건너가 등에 올라간 다음 목에 걸터앉아야 하는데 조금이라도 균형을 잃으면 바로 낭떠러지로 떨어지게 되어 있었다. 영탁은 거북이 바로 뒤까지 가서 조심스럽게 한쪽 발을 올려놓았다. 갑자기 눈앞에서 바람이 휙하고 불어 균형을 잃었지만 곧 손으로 거북이 등을 잡고 두 발을 다 올려놓았다. 다리가 휘청거렸지만, 영탁은 천천히 일어나 거북이 등에 섰다.

"야 꼬맹아 그만. 거기까지만 가고 그냥 내려와."

말이 나오자마자 한 치의 망설임도 없이 영탁이 실행하자 깜짝 놀란 대장이 영탁을 불렀으나 이미 두 발을 다 올려놓고 양팔을 벌리고 있는 상황이었다.

"야 빨랑 안 내려와?"

영탁은 조심스럽게 쪼그리고 앉으며 거북이 머리를 잡았다. 마치 살아있는 거북이를 만지는 느낌이었는데 거북이가 괜찮아 앉아 봐 하는 것 같았다. 영탁은 등에서 다리 하나씩을 목 옆으로 내리며 천천히 거북이 목에 앉았다. 발밑으로 허공을 지나가는 바람이 불고 커다란 새가 영탁의 발치 어름을 빠르게 지나갔다. 영탁은 두 손으로 거북이 머리를 잡고 눈을 감았다. 거북아 날자. 날아가자.

"야 꼬맹아 빨랑 내려와라. 올라가란다고 정말 올라가냐? 이놈 이

거 완전 또라이네. 알았어, 알았다구. 니 깡다구가 최고다. 이제 알았으니까 빨랑 내려와라, 응?"

얼마를 앉아있었을까. 가쁜 숨소리가 들려서 영탁이 뒤를 돌아보자 대장이 거북이 꼬리 부분에 튀어나온 나무뿌리를 잡고 영탁 쪽으로 팔을 뻗고 있었다. 영탁은 몸을 돌려서 대장의 팔을 잡았다.

"하 이놈 이거 완전 꼴통이네. 거기가 어디라고 정말 올라타냐? 지금까지 저 거북이 목에 앉은 놈은 니가 처음이다. 어차피 아무도 할 수 없는 일이니까 한번 말해 본 건데 하란다고 진짜 하는 놈이 어딨냐? 오늘 너 때문에 십 년은 감수했다. 그러다가 떨어졌으면 너는 디지면 그만이지만 난 뭐가 되냐? 이 꼬맹이 놈아. 아, 이거 정말 물건이네."

대장은 거북이 등에서 내려오는 영탁을 받아 두 팔로 꼭 끌어안았다. 그의 품은 따뜻하고 넉넉했다. 아버지는 한 번도 영탁을 그렇게 안아주지 않았다.

"앞으로 짱구하고 이 꼬맹이하고 같이 넘버투다 알았냐? 근데 꼬맹아 너 이름이 뭐냐?"

7.

양팔을 벌리고 상념에 젖어있던 영탁은 어릴 때 앉았던 거북이 목 쪽으로 한 발 더 다가갔다. 그때는 거북이 목이 자신이 다리를 크게 벌려 앉을 만큼 컸었는데 지금은 앉으면 부러질 거같이 가늘어 보였다. 영탁은 천천히 거북이 머리를 잡기 위해 쪼그려 앉았다. 괜찮아 다 금방 지나갈 거야. 저 바람을 봐라. 거북이가 영탁에게 어서 오라고 목을 흔들고 있었다. 그래 앉다가 그대로 떨어지는 거야. 바람을 타고 날면 되는 거지. 그때였다.

"야 너 영탁이 아냐?"

뒤에서 큰 목소리가 들리더니 누군가 영탁의 어깨를 잡았다. 천천히 몸을 돌이켰다. 서너 명의 덩치 중에 장규석 아니 짱구의 모습이 보였다. 모두 같은 운동복을 입었는데 가슴 어름에 연희 권투도장이라는 글이 황금색으로 빛나고 있었다.

"이 시키, 지금도 이러고 노냐? 그때 재미 보더니 아주 이골이 났구만. 야 인마 나도 거북이 목에 타고 한 번 날아봤다. 그날 이후 내가 쪽팔려서 몰래 올라와 해봤다는 거 아니냐? 하지만 목에 올라타지 마라. 날기도 전에 부러질 거 같더라. 일루 내려와."

영탁은 짱구의 손을 잡고 거북이 등에서 내려왔다. 땅에 발이 닿으면서 휘청거리자 짱구가 안아주었는데 그 옛날 대장의 품같이 넉넉했다. 그는 애들을 먼저 보낸 뒤 봉수대를 내려와 널찍한 바위에 걸터앉더니 눈짓으로 맞은편 바위를 가리켰다.

"근데 너 언제 귀국했냐? 태국서 번 돈으로 이 근처에 건물 하나 사려고 한다며? 기왕 사려면 좀 큰 거를 사야 좋아. 돈이 좀 더 들어가긴 하겠지만 지금 세상에 누가 지 돈 가지고 빌딩 사냐? 다 대출이지. 참 너 내가 이번에 새마을 금고 사무장 된 거 알지? 대출은 걱정 마라. 담보야 니가 담보고. 하여튼 귀국을 축하하고 이따 저녁때 퇴근 시간 맞춰서 사무실로 와. 애들도 불러서 회포나 풀자. 고맙긴 짜샤.

부랄친구 좋다는 게 뭐냐, 다 그런 거지. 새마을 금고 업장 새로 옮긴 데는 어딘지 알지?"

한참을 저 혼자 신이나 너스레를 떨던 짱구는 일어서 궁둥이를 털고는 거북이 바위와 영탁을 번갈아 보며 엄지척을 했다. 그리고는 돌아서 애들이 내려간 길로 뛰어가며 노래인지 구호인지를 큰 소리로 외치는 것이었다.

"난다 난다 거북이 난다 에헤~~"

(끝)

거짓말쟁이들

1.
아침 햇살에 눈이 부셔서 더 자려야 잘 수도 없다. 커튼이 없이 반투명 유리로만 된 창문은 밖의 날씨가 어떤지는 잘 보여주지만, 늦잠을 자고 싶거나 백수의 특권인 낮잠 좀 자려면 눈꺼풀까지 뚫고 들어오는 빛 때문에 여간 성가신 게 아니다. 수면용 눈가리개를 겨우 찾아 쓰고 다시 잠을 청하는데 이번엔 전화가 울린다. 오늘 뭔가 일진이 안 좋군. 이불을 들추고 침대 구석에서 나뒹굴고 있는 전화기를 찾았다.
"여보세요, 여기 조동일보 인사과인데요? 나두리 씨인가요?"
뭐야 이거 보이스피싱 인지 뭔지 그런 건가? 조동일보라면 몇 달 전 보나 마나 입사 시험에서 당연히 낙방 먹은 그 신문사 아냐?
"네 그런데요?"

"지난 번 사원모집에서 결원이 생겨 추가 합격하셨는데요. 아직도 입사하실 의사가 있으신가요? 물론 면접 과정이 남아있기는 합니다만."

숨이 딱 멈췄다. 갑자기 아무 생각도 나지 않고 말도 잘 나오지 않았다. 조동일보라니. 이런 세상에. 잠깐 진정하자. 빨리 대답하지 않으면 생각이 없는 줄 알고 끊을라.

"네 물론입니다. 입사를 허락하신다면 열심히 일하겠습니다. 조동일보 입사가 평생의 꿈이었습니다."

"아 잠깐만요. 지금 전화 면접을 하는 것은 아니구요. 저는 연락을 드리고 입사 희망 의사 확인만 하는 직원일 뿐입니다. 면접은 임원진이 직접 합니다. 면접 일정 안내를 이 번호로 보내면 되나요?"

"네 감사합니다. 정말 감사합니다."

나는 이 여자에게 잘 보여야 입사가 허락되는 것처럼 벌떡 일어서서 허리를 구십 도로 꺾는 것도 모자라 고개까지 숙였다. 조동일보는 가망이 전혀 없어서 기대도 하지 않았지만 취준생의 기본인, 백 장 넘게 준비해 놓은 이력서 중에 하나를 스스로 위로하는 마음으로 보낸 것이고 필기시험도 딸려서 당연하게 미끄러졌는데 이게 웬일이라냐. 현실감이 들지 않았다. 면접이 남았다고는 하나 이리 오랜 시간이 지난 후에 따로 부르는 것을 보면 뭔 일을 시킬지는 모르지만, 하여튼 일을 시키려고 부르는 것이 아니겠는가 말이다. 오직 백수 탈출만을 꿈꿨는데 조동일보라니!! 말로만 듣던 취업 로또를 맞은 게 아니냐 말이다.

"그러면 메시지로 자세한 면접 일정 안내를 보내드리겠습니다."

아무 데나 던져 버리던 천덕꾸러기 구형 고물 전화기가 갑자기 신주단지가 되어 책상 한가운데로 모셔진 지 삼십 분이 채 안 되어 메시지가 왔다. 어라? 내일 바로 면접을 보는 것 까지는 속전속결이라 좋은데 면접 장소가 조동일보가 아니라 뭔 인사동 한정식집이냐? 그리고 양복 정장이 아니라 그냥 편한 복장으로 오라고? 이거 어떻게 대응하나 보려는 뭔 테스트까지 포함된 면접인가? 듣기로는 보이스피싱이면 일단 검찰이니 무슨 통장이니 현금이니 이딴 이야기들이 나온다는데 신종 보이스피싱인가? 그러면 그렇지 내 주제에 뭔 조동일보냐? 아니야 그래도 일단 나가는 봐야지. 편한 복장으로 오라는데 한정식집에 가서 뭔 손해 볼 일이 있겠나. 그리고 내 통장에는 잔고가 오만 원도 안 되는데 그걸 사기 쳐먹으려고 이 난리는 아닐테고. 밑져야 본전이다. 혹시 밥 사주면 밥이나 먹고 오자. 아무리 편한 복장으로 오라고 해도 말이 그렇지, 임원이 면접을 본다는데 티셔츠 입고 갈 수는 없잖아. 그래 내 평상복이 자켓이라 그러지 뭐. 면접 보는 게 하도 오랜만이라 그 전에 면접 볼 때 주로 뭘 물어봤는지도 잊어버렸다.

허둥대며 하루를 보내고 다음 날 인사동 한정식집 궁궐을 찾아갔을 때는 약속 시간인 오후 1시보다 한 시간이나 이른 정오 무렵이었다. 안국동에서 버스를 내렸는데 현대그룹 사옥을 비롯한 주변의 많은 기업체 빌딩들에서 쏟아져 나온 점심 인파들이 삼삼오오 어디론가 몰려들 가고 있었다. 눈부신 하얀 셔츠에 넥타이를 매고 가을 햇살 속을 당당히 걸어 다니는 젊은 남자들과, 팔짱을 끼고 재잘거리며 혹은 깔깔거리며 걸어가는 유니폼을 입은 젊은 여자들. 나도 그 속에 속하고 싶어서 발버둥을 쳤었는데 지금 그 꿈이 이루어지려는 것인가는 잘 모르겠다. 너무 갑작스럽기도 했지만 올라가지 못할 나무라고 생각해 오던 것이어서 자꾸 뭔가 잘못된 것일 거라는 생각인데 이 상황 자체도 그런 내 짐작을 뒷받침하고 있지 않은가. 식당에서 면접을 본다는 말은 들도보도 못 했으니 말이다. 오다가 버스가 고장이 난다던가 갑작스러운 공사장을 만난다던가 별의별 상황을 다 상상하면서 지각하지 않으려고 서둘러 온 결과 남은 한 시간을 어찌 처리해야 할지 그저 멍하니 흘러 다니는 인파를 구경하고 있는데 전화기가 울렸다.

"조동일보입니다. 갑자기 면접 장소가 바뀌어서 급하게 변경 연락 드립니다. 지역이 바뀐 것이 아니라서 그리 큰 혼선은 아니구요. 면접 장소가 궁궐 한정식집에서 그리 멀지 않은 연궁이라는 한정식집 별관으로 바뀌었습니다. 지도와 주소를 바로 보내드리겠습니다. 이해해 주시기 바랍니다."

뭐야 이거. 이것들 간첩인가. 점점 의구심과 함께 뭔가 속았다는 느낌이 들어 슬슬 짜증이 나기 시작했다. 아무리 생각해도 조동일보는커녕 정상적인 회사도 아닌 게 틀림없었다. 오늘 니들 잘 걸렸다. 내 그동안 백수 생활하면서 받은 스트레스 오늘 다 돌려줄 테니 어디 죽어봐라. 이것들이 취준생들을 무슨 호구로 아나.

문자로 새로운 장소를 확인하는데 어깨를 스치며 눈부신 청춘들이 지나간다. 에휴, 부럽다 직장인들. 내 팔자에 무슨 조동일보냐.

연궁 한정식은 아름드리 기둥에 정갈한 기와가 곱게 올라앉고 처마 끝이 눈부신 자태를 뽐내고 있는, 잘 지어진 한옥이었다. 공연히 들어가기도 전에 주눅이 들어서 언젠가 본 영화 속의 조폭들이 생각났다. 이거 잘못 걸린 거 아닌가. 대문을 들어서자 멋진 정원이 있었고 한쪽으로 작지 않은 연못도 있었다. 밖의 소란스러움이 일순간 정지되어 버린 듯한 느낌이었다. 어디선가 은은한 가야금 소리까지 들렸다. 휘둥그레 두리번거리는데 한복을 입은 여자가 다가왔다.

"나두리씨 입니까?"

"네 그런데요?"

"이쪽으로 오세요. 선생님이 기다리고 계십니다."

선생님? 임원이 면접을 보는 거라면 사장까지야 안 나왔겠지만, 호칭이 부장이나 이사 뭐 그래야 되는 거 아닌가? 자연석들로 만든 징검다리로 연못을 건너는데 팔뚝만한 황금색 잉어들이 발치께에서 유유히 헤엄치는 것이 보였다. 넋 놓고 쳐다보다 하마터면 빠질 뻔하였다. 마루에 신을 벗고 올라선 후에도 한참을 이리저리 돌아서 간 구석의 방에는 한옥에는 어울리지 않는 일본식 그림이 걸렸는데 그 옆에는 사무라이 영화에나 나올 법한 긴 일본도가 칼보다 더 멋진 거치대에 누워있었다. 내가 들어서자 선생님이라고 불리운 남자가 앉은 채 손으로 자신의 맞은편 자리를 가리켰다. 나는 분위기에 주눅이 들어서 고양이 걸음으로 다가가 다리를 내려 뻗을 수 있게 만든 탁자 밑 사각형 구덩이 속으로 다리를 밀어 넣고 앉았다.

2.

　인천공항을 출발한 아시아나 항공 OZ 143편이 중국을 거치지 않고 바로 북한 영공으로 진입해 평양 순안 공항에 착륙했다. 대한민국의 모 인터넷 신문사가 북한 측의 합의를 얻어 통일부와 손을 잡고 남북 합동 마라톤대회를 평양에서 개최한 것이다. 나를 비롯한 150명의 남한측 사람들은 기내에서 숨을 죽이고, 커다란 김일성 초상화가 걸려 있는 평양 순안공항 건물을 내려다보았다. 사다리차가 다가오더니 이윽고 비행기 문이 열렸다. 북한 군인들과 기관원인듯한 사람들이 열려 있는 문들의 양쪽에서 내리는 사람들의 여권검사를 하기 시작했는데 역시 조동일보 방선생의 말대로 단순한 여권검사가 아니라 누군가를, 혹은 어떤 종류의 사람들을 가려내기 위해 서류 대조를 하는 것 같았다. 그들은 한쪽 손에는 서류를 다른 쪽에는 우리 일행이 건넨 여권을 들고 일일이 대조해가며 사람들을 사다리 밑으로 내려보냈다.

　"뭐야 이거 사람을 초대해놓고 너무 딱딱하게 검사하는 거 아니야? 간첩이라도 색출하겠다는 분위기인데? 기분 쪼까 그러네 잉?"

　"아까 저쪽에서 누가 그러던데, 조동일보 기자들을 가려내려고 한대요. 조동일보 기자들은 분명히 오지 말라고 거절했는데 몰래 입국하려고 하니까 기자 명단이라도 놓고 가려내려는 거겠지."

　"조동일보 기자는 왜요?"

　"이 사람이 어느 나라 사람이여? 아 조동일보는 허구헌 날 북한의 나쁜 점만 크게 부각해서 보도하고, 부시가 말하듯이 북을 아주 악의 축으로 만들고 있잖아요. 그러니까 남북 마라톤대회 와서도 마라톤은 안 하고 시빗거리 하나라도 잡아서 잔칫집에 초를 칠까봐 그러는 것이겠지. 그렇다고 못 들어오게 하는 북한도 그렇긴 하지만 하여튼 조동일보 놈들도 문제는 문제야."

나는 내 순서가 가까워오자 공연히 얼굴이 붉어지고 손바닥에 땀이 솟았다. 분명 작전대로 조동일보에 아무 기록도 없고 입사 시험에 응시했다는 기록도 없애버렸다고 했을 뿐 아니라 추가 면접과 교육 역시 스파이 접선 작전이 무색할 정도로 철저한 보안 속에 치르지 않았던가. 그러니 그냥 일반 참가자로 되어 있을 것이 분명할 것이었다. 그런데도 문의 양쪽에서 날카로운 눈으로 한 사람씩 뒤지고 있는 북한 사람들을 보니 긴장해서 심장이 터질 것만 같았다. 혹시 걸리면 간첩 행위로 재판도 없이 처형당하는 것은 아닐까.

양쪽으로 이어진 긴 줄은 빠르게 줄어들고 있었다. 나는 뒷문 쪽의 속도가 더 빠른 것을 보고 뒷문 대열에 줄을 섰다. 빠르다는 것은 대충 본다는 말도 될 것이었다. 비행기 문을 나온 사람들은 따로 입국 심사 없이 사다리 밑에 대기하고 있던 버스에 바로 탑승을 시키는 것 같았다. 나는 내 앞의 줄이 줄어들수록 심장이 너무 빨리 뛰어서 서류를 볼 것도 없이 저 매의 눈을 한 감시자들에게 들키는 게 아닌가 하는 두려움으로 거의 기절할 것만 같았다.

내 바로 앞의 사람이 두 명의 북한 군인에게 질문 아닌 신문을 받고 있었다. 정신이 아득했지만 나는 잘못이 없다는 생각만으로 버티고 있었다. 다리가 후들거려서 밖으로 들러서 열린 비행기 문을 손으로 붙잡고 있어야 할 판이었다. 드디어 내 차례가 되었다.

"나두리 선생님이십니까?"

왼쪽에 있던, 얼굴이 깡마르고 전형적인 북한 사람의 이미지와 딱 맞아떨어지는 남자가 내 눈을 똑바로 보며 물었다. 비행기 출입문 세 개를 검색하는 여섯 명 중 유일하게 군복을 입지 않은 남자였다. 그는 내 여권을 받아 들고 자신이 가지고 있는 서류를 대조해 보더니 안색이 달라졌다. 내 가슴 속에서 뭔가 쿵 하고 떨어지는 소리가 내 귀에까지 들렸다. 그가 군복 입은 젊은 남자에게 눈짓하자 내 뒤에 바짝 붙어 따라오던 사람이 그에 의해 비행기 속으로 다시 밀려들어 가며 거리를 벌렸다. 좀 천천히 오시라요. 미안합네다. 군복이 그러는 사이에 사복이 내게 가까이 오더니 속삭이듯 말했다.

"이따 7시경에 안내원 동무가 나선생 방을 방문할 겁네다. 그러니 1층 환영연에 참석하지 마시고 방에 계시라요. 연회보다 대접이 더 좋을 거이니 걱정마시고 대기하시기요."

나는 어안이 벙벙한 가운데서도 걱정마시라는 말이 마치 너는 이제 죽었다는 말처럼 들렸다. 아무려면 나이 삼십에 백수건달이긴 하지만 죽을죄를 진 것도 아닌데 큰일이야 있겠나 싶었지만 자꾸 조동일보 선생이라는 작자가 한 말이 마음에 걸려서 잘못하면 큰 사달이 날 수도 있겠다 싶었다. 사다리를 내려가야 버스를 타는데 다리가 자꾸 후들거려서 제대로 내려갈 수가 없는데 내 뒤의 남자는 벌써 내 뒤에 바짝 붙어서 귓속말을 하고 있었다. 쟤들이 뭐라 그래요?

정식 마라톤 선수들이 참가하는 국제 규모의 공식 대회도 아니고, 아무 목적 없는 민간인들이 단지 동호회 성격의 마라톤을 뛰겠다고 평양에 온 것은 내가 생각해도 기적 같은 일이었다. 거꾸로 북한 사람 150명이 광화문 네거리에서 마라톤을 뛴다고 상상이나 할 수 있겠는가. 그러나 마라톤 참가자 외 대부분의 남한 사람들은 이 역사적인 사건에 동참하지 못하고 있었다. 동참은커녕 나 역시도 조동일보에서 전화를 받기 전에는 이런 일이 있는지 알지도 못했다. 정부의 잘못 찾기에만 혈안이 되어 있는 조동일보를 비롯한 보수 일간지들에게 남북의 주민이 손을 잡고 평양의 한복판을 뛰어다니는, 화기애애한 모습은, 애써 외면하고 싶은 장면일 것이었다. 나는 이제야 왜 선생님이라는 사람이 나를 조동일보가 아닌 다른 곳에 은밀히 불러서 여러 가지 지시를 내리고 그 임무들을 제대로 완수하면 정식 기자로 채용해 주겠다는 제안을 한 것인지 이해가 되었다.

버스는 채 삼십 분을 달리지 않아 고려호텔에 도착했다. 인천 국제공항을 드나드는 것보다 더 빠르고 편하게 우리는 평양에 입성했다. 고려호텔 로비에만 꽃다발을 들고 환영하는 사람들이 두 줄로 도열해 있을 뿐, TV에서 북한 관련 보도를 할 때 가끔 보이던 길가의 환영인파는 없었다. 그중 한 여자가 열에서 나와 내 목에 꽃다발을 걸어 주었다. 목에 걸어주기 위해 내 얼굴에 가까이 다가온 그녀의 몸에서 아카시아꽃 냄새가 훅하고 끼쳤다. 고맙다고 인사를 하는데 그녀가 손으로 입을 가리며 수줍게 웃었다. 그 때문인지 웃고 있는 볼이 발갛게 상기되어 있었다. 도무지 불과 몇 주 전만 해도 집에서 천덕꾸러기 신세였던 백수가 지금 평양에서 환영받으며 꽃다발을 목에 걸고 있다는 것이 실감이 나질 않았다.

한 방에 두 명씩 배정을 했는데 나와 함께 방을 쓰게 된 사람은 이 대회를 북한과 공동 주최한 인터넷 신문사의 기자였다. 그는 사십 대 중반 정도로 보였는데 꽤 무뚝뚝한 얼굴을 하고 있었다. 방에 먼저 들어가 있던 내가 한 참 후 들어온 그에게 인사를 하자 건성으로 받더니 혼잣말인지 들으라고 한 말인지 젊은 친구네라고 했을 뿐이었다. 곧 실내 방송으로 모든 참가자들은 6시 반까지 1층 연회장으로 와서 북측의 환영연에 참가하라는 방송이 나왔다. 가벼운 여행 차림이었던 기자는 가져온 양복으로 갈아입으며 가만히 앉아 있는 나를 보고 안 가요? 하는 눈짓을 보냈다.

"오면서 너무 긴장했는지 몸 상태가 좀 안 좋습니다. 의무실 갈 정도는 아니구요. 잠시 숨 좀 돌린 다음에 내려갈테니 먼저 가세요."

"참가자 선발 과정도 만만치 않았는데, 뭐 하시는 분인지 모르지만 이리 젊은 분이 용케 합류를 했네요."

기자라던가 북한에서 따로 보낸 명단으로 초청받지 못한 일반인들은, 자신의 말마따나 선발과정이 까다로워 참가하기가 어려웠을 텐데 혹시 빽이라도 썼나 하는 표정이었다.

그가 내려가고 삼십 분쯤 되었을까 오던 복장 그대로 침대에 걸쳐 누워있는데 방문을 두드리는 소리가 들렸다. 문을 열자 옥빛 한복을 곱게 차려입은 젊은 여자가 서 있었다. 잠시 기다리라고 한 후에 주머니가 많은 조끼를 벗고 자켓으로 갈아입었다. 여자는 여러 대가 있는 건물 중앙의 엘리베이터를 지나 건물 구석에 있는 비상용 엘리베이터 문을 열고 타라고 손짓했는데 예쁘장한 얼굴에 웃음기를 띠고 있었지만 나는 어디로 끌려가는 것만 같아서 영 마음이 편치 않았다. 한참을 내려가는데 환영파티를 하고 있다는 1층이 가까워지자 군악대인 듯 힘찬 행진곡 소리가 희미하게 들렸다. 1층을 지나 지하 1층에서 엘리베이터는 멈추었고 문이 열리자 군인 한 명이 우리와 합류해서 앞장을 섰다.

일단 안내인이 호텔 밖으로 나가지 않고 양쪽 복도가 화려한 금색 장식들로 꾸며진 공간으로 온 것에 일단 조금은 안심이 되었다. 주위들은 대로 무슨 보위부니 무력부니 하는 것들이 호텔 내에, 더군다나 이렇게 보기 좋은 장식으로 치장되어 있을 리 만무하지 않은가. 문지도 않았는데 안내인은 자신이 호텔 종사원이라면서 리분희라고 이름까지 가르쳐 주고는 수줍게 웃었다. 저런 수줍은 미소는 우리가 잃어버린 오래전 웃음인가 하고 뜬금없는 생각을 하며 따라가는데 커다란 문을 지키고 있던 사람이 리분희 동무를 보고 웃더니 문을 열어주었다. 방에는 두 명이 앉아있었는데 한 사람은 비행기에서 나한테 환영식에 가지 말고 방에서 기다리라고 한, 바로 그 깡마른 남자였다. 그러나 그때의 굳은 표정은 없어지고, 얼굴 자체가 웃음기가 없는 나름으로는, 환하게 웃으면서 일어서서 나를 반겼다. 조동일보 사건이 아니면 이럴 일이 없을테니 분명 그 건 일텐데 이 사태를 어떻게 빠져나갈지 눈앞이 막막했다.

3.

　겨우 5km를 뛰었는데 숨은 턱에 차고 다리 근육이 뻣뻣해지는 것이 느껴진다. 하프 마라톤은커녕 조동일보 선생을 만난 후에 열심히 준비한다고 했어도 10km도 완주해본 적이 없는 터라 그저 어디쯤에서 포기하고 걸으면서 지시받은 사진찍기와 더불어 평양 구경이나 해야지 하고 마음을 굳히는데 청춘거리에 접어들자 갑자기 길가가 응원으로 뜨겁다. 박수와 격려의 목소리가 달리는 내게까지 잘 들린다. 어디서부터인가 '조선은 하나다'라는 구호가 시작되었다. 달리는 사람들이 '조선은'하면 길가에서 '하나다'라고 화답했다. 달리면서 소리를 지른다는 것이, 더군다나 금방이라도 주저앉고 싶은 아마추어 주제에 힘에 부쳤지만, 그러나 이상하게 없던 힘이 솟아 나왔다. 뻣뻣하던 다리 근육이 풀리는 게 신기하리만치 느껴졌고 나도 모르게 구호가 쉴 새 없이 터져 나왔다. 그래 조선은 하나다. 외세에 밀리고 일제 앞잡이들에게 치이고, 독재자들이 저들의 권력을 위해 우리를 갈라놓았어도, 그래 우리는 원래 하나였고 지금도 하나다. 가슴속에서 뜨거운 열 덩어리가 올라왔다. 다리가 가벼워졌고 완주할 수도 있겠다는 희망이 솟았다. 5km를 넘어서자 처음에 같이 출발했던 사람들이 실력차에 의해, 차량이 통제된 8차선 도로 위에 길게 줄 지워졌다. 옆으로 북한 선수 하나가 나를 앞지르려 하고 있었다.
　"같이 갑시다"
　북한 사람에게 말이라도 한마디 붙이고 싶어서 그냥 한 소리인데 속도를 줄이고 웃으며 대꾸를 해준다.

"뛸 만 합네까?"
"아직은 괜찮습니다. 근데 뛰시는 거 보니까 선수 같습니다."
"선수 아닙네다. 그냥 운동으로 하지요. 버스 운전하고 있습네다."
서울서 오셨습네까?"
"예, 서울에서 살고 있습니다. 마라톤은 이번이 처음입니다."
낙오를 생각한 복선을 깔아 두었다.
"반갑습네다."
악수를 청하는 손이 건너왔다. 나는 그 손을 힘차게 잡았다. 세상에! 지금 내가 평양 시내버스 기사와 이야기하며 달리고 있다니! 불과 며칠 전만 해도 꿈도 꿀 수 없었던 일이 지금 눈앞에 벌어지고 있는 것이다. 볼이라도 꼬집어보고 싶을 지경이었다. 이런저런 이야기를 하며 달리다 보니 그가 나 때문에 속도를 많이 줄이고 있는 것 같았다. 아무리 아마추어들의 마라톤이라 해도 경기는 경기인데... 나는 속에도 없는 말을 하고 말았다.
"먼저 가세요. 저는 천천히 가겠습니다. 시합 끝나고 만나 막걸리나 한잔하면 좋겠습니다."
삼십 대 중반쯤 되어 보이는 그는 조금 수줍은 웃음을 뒤로하며 속도를 냈고 곧 시야에서 멀어져 갔다. 멀어져 가는 그의 뒷모습이 많이 아쉬웠다. 아무리 생각해도 수줍은 웃음은 북측 사람들의 특징인 것 같았다. 나는 천천히 달리면서 어제 고려호텔 지하 가라오케에서 만났던 지도원 동무의 말을 곱씹고 있었다. 누구 말이 거짓말인지 알 수가 없었다.

"나선생이 여기 무슨 목적으로 온 것인지 공화국은 다 알고 있습네다. 조동일보 일이라면 갸들이 아무리 암수를 써도 우리가 다 안다 이 말이지요. 물론 나선생에 대해서도 일부분은 압니다. 조동일보와는 아무 상관도 없다는 게까지 알지요. 처음에는 당에서도 나선생을 대회 참가시키지 말고 닷새 동안 호텔에만 있게 하다가 돌려보내라는 지시가 있었습네다. 조동일보가 우리 공화국에 대해서 악랄한 선전만 해대는 꼴을 생각하면 더한 억류를 해도 분 하지만 알아보니 선생은 조동일보 기자도 아니고 그저 한 번 입사 신청을 했던 것이라 내가 나서서 당 선전부 동무들을 적극 설득했시오."

그는 잠시 말을 멈추고 그때까지 문 옆에서 서서 그가 하는 말을 경청하고 있던 옥빛 고운 한복을 불렀다.

"리분희 동무 게 길케 서 있디만 말고 이리 오라요."

남자는 내 자리에서 두어 사람 간격 정도 떨어진 곳을 가리키며 그녀에게 앉을 것을 권했고 그녀는 웃으면서 치마를 가지런히 하고 앉았다.

"나도 민화협으로 남조선을 두 번씩이나 갔다 왔는데 다른 것은 다 좋은 데 거 술 마시고 노래하는 것은 영 힘들더만. 그래, 젊은 친구를 내가 상대하기는 재미도 없고 우리 리분희 동무가 고려호텔에서는 제일 잘하는 가수라 내가 일부러 부탁을 했습네다. 긴데 그거이 남조선에서 생각하는 그 메야... 도우미? 하여튼 뭐 기런 거는 아니니까 오해는 하지 마시라요."

그는 오해라는 단어를 힘주어 말하고는 웃었는데 내 옆에 앉은 리분희 동무는 소리까지 내며 웃고 있었다. 양주가 들어오고 갖가지 과일과 먹음직한 요리들이 연이어 들어왔다.
"이거는 다 저 위에 연회하는 자리하고 똑같은 거니까 부담 갖지 말라요. 그저 자리만 이리 내려온 거이고 위에서는 공화국 특별무대가 아주 좋은데 그거이 너무 미안해서리 리분희 동무한테 좋은 양주만 특별히 부탁을 한겁네다. 자 한 잔 쭉 내자요."
여자가 세 사람의 잔에 양주를 따랐다. 그가 들며 건배를 제의하자 나도 엉겁결에 따라서 잔을 들었다. 조동일보 선생이 하던 말이 뒤따라오고 있었다. 만약 어떤 자리에 그들하고 같이 앉게 되면 유도신문을 조심해. 아무것도 아닌 일 같이 말하다가도 잘못하면 덫에 걸릴 수가 있으니까. 에라 모르겠다. 이왕 다 들통난 거 있는 그대로 말해주면 설마 죽이기야 하겠나. 조동일보가 서투른 짓을 했는데 내가 왜 핫바지 충성하다가 고역을 당할까 보냐? 까짓거 입사 안 하면 그만이지. 비행기 속에서 귀동냥한 소리만 들어봐도 조동일보인지 뭔지는 소문대로 영 질이 안 좋은 신문인 것 같았다.
"내가 할 얘기만 하고 나갈겁네다. 영 노는 데는 마땅치가 않고 술도 잘 못하고 그러니 우리 할 얘기만 탁 까놓고 하고 그다음에는 젊은 친구들끼리 잘 놀기요."
여자가 다시 따라 준 잔을 탁자에 놓으며 지도원이 바짝 다가 앉았다.

마라톤에 경험이 없는 내가 처음에 너무 속도를 낸 것일까. 탁탁

하는 소리와 함께 뒤에서 자꾸 추월하는데 뛰는 폼새가 세련된 사람들이었다. 북한 선수들과 나란히 뛰며 이야기들을 하고 있는데, 마라톤이 목적인지 궁금한 이야기 듣는 것이 목적인지 그들만이 알 것이었다. 남북은 한눈에 봐도 구분이 되었던 것이 남측 사람들은 대부분 세련된 디자인과 색상, 눈에 띄는 마라톤 복장인 반면 북측 사람들은 그저 소박한, 츄리닝이라는 표현밖에 달리 표현하기가 어려운, 운동복 차림이거나 파랑 빨강 원색의 런닝팬티 차림이었다. 나는 몇 팀과 일정한 거리를 함께 뛰며 이야기를 듣다가 곧 처지곤 했다. 앞뒤를 둘러보니 아직 10km도 못 왔는데 벌써 걷는 사람들이 드물지 않게 보였다. 삼삼오오 걸으며 이야기들을 하고 있었는데 북측 사람들은 보이지 않았다. 만약 북측 사람들도 그렇듯 이야기하며 걷고 있었다면 나 역시 뛰는 걸 포기하고 그들과 함께 이야기하며 걸었을지도 모른다. 처음 뛸 때보다는 한결 숨도 덜 차고 무엇보다 다리의 통증이 줄어들었다. 일부러 포기할 필요는 없지. 멀리 10km 표지판과 함께 급수대가 보였다. 고등학생들인지 앳되어 보이는 남녀 학생들이 물컵과 물 스펀지를 들고 천막 바깥까지 나와서, 달리는 선수들의 손에 쥐어 주기 위해 잠깐씩 같이 달리고 있었다. 가까이 다가가자 까까머리 학생의 팔 하나가 길게 나온다. 천천히 달리며 컵을 받아 들었다.

"탁 하시라요."

아마 마시고 그냥 아무 데나 버리라는 뜻인 것 같았다. 앞에 뛰는 북한 선수가 마시고 길옆에 던져 버리기에 나도 그렇게 '탁' 해버렸다. 일 열로 컵을 들고 길게 늘어선 줄의 끄트머리에 서 있던 단발머리 여자아이 하나가 나를 보고 웃는다. 그 웃음을 받으며 '안녕'해 주었다. 아마 그 아이도 생전 처음 팬티만 입고 달리는 남한 사람들을 보았을 것이었다.

"내 부탁할 거는 딴 거 아닙네다. 그저 있는 그대로, 본 그대로 적어 달라는 것 뿐입네다. 길케 해봐야 조동일보 반동들이 그대로 신문에 실어 줄 리는 없지만 적어도 우리 나선생 하나만큼은 본대로 사실대로 어딘가에 적어 둘 거이잖소? 좋으면 좋은 대로 나쁘면 나쁜 대로 그대로 적어주기요. 그래도 젊은 동무들이니 아직은 혈기가 있지 않겠음둥? 그리고 기왕 내가 이런 자리를 만들었으니 뭐 물어볼 거 있으면 물어보라요. 당 선전부에서 금하는 것 빼고는 다 일러줄테니. 사실 남조선이 인민들한테 숨기는 거는 우리 공화국보다 더 많지비."

지도원은 양주를 홀짝거리더니 여자를 돌아보았는데 여자도 양주를 홀짝거리며 마시고 있었다. 둘이 눈이 마주쳤는지 남자가 크게 웃었다.

"야 리분희 동무도 술 잘하는구만. 지배인 동무는 리분희 동무가 술 잘 한다는 거는 알고 있었소?"

지도원과 서너 사람 간격으로 떨어져 말 한마디 없던 사람이 호텔 지배인인 모양이었다. 지도원보다 더 나이가 많은 것 같았는데 몹시 공손한 모습을 하고 있었다.

"가끔 저하고도 마시긴 하는데 양주 마시는 것은 처음 봅네다. 리분희 동무가 주량이 아주 셉니다."

"지배인 동무!!"

여자가 샐쭉한 표정을 지으며 지배인에게 눈을 흘겼다.

"들쭉 술 몇 번 같이 마신 거 개지고 주량을 말하는 겁네까?"

다음 날 알게 된 사실이었지만 리분희는 고려호텔 1층 바에서 근무하는 여종업원이었는데 남한 사람인 내 사고로는 이해가 되지 않는 부분이었다. 평양의 고려호텔이면 서울의 신라호텔 격이었다. 신라호텔의 여종업원이 호텔 지배인으로부터 어떤 대우를 받는지는 지난 수년간의 입사 지원을 통해서도 잘 알고 있었기 때문이다. 도대체 남과 북 어디가 더 처절한 계급사회인지 모를 지경이었다.

반환점을 돌고 있는 사람들의 얼굴이 시야에 들어오는데, 반환점을 돌아 맞은편 쪽에서 달려오는 북한 여자 선수 하나가 나를 보더니 팔을 쭉 펴 손바닥을 펴 보인다. 하이파이브를 하자는 뜻이겠다. 기꺼이 나도 손바닥을 내어 주었다. 짝 소리와 함께 손바닥에 긴 여운이 남는다. 반환점에 서 있던 북측 안내요원들이 힘내라며 박수를 쳐 준다. 반환점을 돌자 나 자신이 진짜 마라톤 선수가 된 것같이 뿌듯했다. 몇 년 전에, 백수로 지내면서 마라톤 완주는 한번 해보고 싶어서 달리기 운동을 시작했지만 시작한 지 얼마 되지 않아 무리하는 바람에 무릎을 다쳐 달리기를 그만두었다. 조동일보 때문에 평양에 오기 전 며칠 동네 달리기를 한 요량으로 하프 마라톤 완주가 가당키나 할 것인가.

다시 몇 분을 달렸을까.. 앞에 어떤 사람이 앉아서 발목을 잡고 있기에 지나치며 보니 아까 먼저 보냈던 버스 노동자였다. 뒤돌아 가며 다쳤느냐고 묻자 뛰기 전에 준비운동을 제대로 안했는지 다리에 쥐가 났다며 먼저 가라고 손짓했다. 아까 먼저 보낸 것을 후회했던 판이라 옆에 쭈그려 앉으며 왜 구급차에 타지 않느냐고 물었다. 그는 조금만 더 주무르면 되는데 구급차를 왜 타느냐며 일어선다. 내가 먼저 벌떡 일어나 손을 잡아 주었는데, 어찌 된 일인지, 누구의 힘인지는 몰라도 그냥 손을 잡은 채로 몇 걸음을 걸었고 그가 뛰자고 했을 때 역시 그 손을 잡은 채 뛰기 시작했다. 빠르지는 않았지만, 그는 언제 다리에 쥐가 났느냐는 듯이 뛰었고 나 역시 다시 경쾌하게 달리기 시작했다. 힘이 어디서 솟는지는 모르겠지만 완주에 대한 기대가 한층 더 높아지고 있었다.

"그거이가 남조선 동무들이 제일 궁금해하는 거이디요. 독재냐 아니냐는 당장 단도직입적으로 말하자면…"

남자는 헛기침을 하며 잠시 뜸을 들였다.

"지금 강력한 당의 지도력과 장군님의 뛰어난 영도력이 아니믄 저 세계 최강 무력의 제국주의 양키놈들과 어케 싸웁네까? 나선생이야 아직 잘 모르갔지만 우리 공화국은 주체적으로 무장하여 미 제국주의자들과 당면으로 붙어 싸우고 있다 이거이디요. 그러니 제국주의자들의 농간으로 책동을 일으키는 일부 불순분자들은 인민들이 용서하지 않는 겁네다. 그 누가 따로 처단을 하는 것이 아니라 당과 인민들이 주체적으로 하는 거이디요. 내래 조동일보의 반동들이 무스그 일을 시켰는지는 알고 싶지도 않고 또 이제 나선생을 만나보고 대화를 나누어 보니 그럴 필요도 없을 것 같소."
 나는 반동 소리가 마치 저승에서 들려오는 생울음 같았다. 아버지 세대만큼은 아니래도 아직도 우리에게는 금기시되는 단어들이 있지 않은가. 동무 소리도 결이 서는데 반동 소리까지 들리니 여기가 평양이라는 현실감이 생생히 살아나고 있었다.
 "나 선생, 반동이라는 소리를 들으니 언짢은 것 같은데 반동이 딴 게 아니오. 세상은 좋은 방향으로 자꾸 움직여야 하는데 그걸 방해하고 막아 앞으로 나아가지 못하게 하는 종자들, 그거이 반동이란 말이오. 거꾸로 반 자에 움직일 동 자 아니오? 말이 나온 김에 보태갔는데 이 행사 전에 북남이 합의한 거이 하나 있소. 남조선은 우리를 북측이라 하고 우리는 남조선을 남측이라고 부르기로 했소. 지금 위에서 연회 중 그 말을 공개할 거인데 동무는 여기 있으니 내가 직접 전해주는 겁네다. 북한이라는 말은 남조선, 아니 대한민국을 중심으로 하는 호칭이고 남조선이라는 말은 조선공화국을 중심으로 하는 호칭이니 호상간에 맞지를 않아서 그저 남측 북측이라고 하기로 했지요. 그러니 공화국에 있는 동안은 북측이라고 불러줘야 대우를 받을 겁네다. 약속은 약속이니끼니."
 술을 잘 못한다는 말은 그저 예의상인 것 같았다. 깡마른 남자는 여자가 따라주는 대로 다 받아 마시고는 목소리가 한층 더 높아지고 있었다. 나 역시 하도 긴장하여 음식에는 손도 대지 못하고 주는 대로 받아 마시기만 했는데 빈속이라 그런지 아무리 조심해도 슬슬 취기가 올라왔다. 여기가 어딘가. 평양 한복판의 고려호텔인데 지하 술

집에서 취한다는 것은 말이 안 되지 않는가. 그러나 그건 생각뿐 이제는 자꾸 양주가 나를 마시고 있었다.

처음에 손을 잡고 달릴 때는 몰랐는데 수 킬로미터를 계속 손을 잡고 달리다 보니, 그냥 손을 잡지 않고 혼자 달리는 것보다 더 힘이 들었다. 그것은 비단 나뿐이 아니라 그 역시 그렇게 느끼고 있었을 것이었다. 맞잡은 손바닥 사이로 땀이 흥건하게 흘러내려 미끄러워서 꽉 힘을 주어 잡아야 했다. 그는 내 손을 놓칠세라 몇 번이나 고쳐 잡았다. 처음에는 손에서 강인함이 느껴져 좋더니 나중에는 손이 아팠다. 그러나 우리는 손을 놓지 않았다. 힘이 들어서 둘 사이에 대화는 없었다. 20km 표지판을 앞에 두고 나는 더 이상 달릴 수 없다고 생각했다.

"동무 혼자 가세요. 나는 더 이상 못 뛰겠습니다."

나는 속도를 늦추었다.

"이제 거의 다 왔습네다. 저기 저 경기장 모퉁이만 돌면 됩니다."

그가 같이 속도를 늦추면서 빼려는 내 손을 놓지 않았다. 나는 주저앉고 싶었다. 다리는 천근만근 움직이지 않았다.

"그케 해서 어떻게 통일을 합네까? 통일하려면 얼마나 힘이 드는데..."

그가 완강히 내 팔을 끌고 있었다. 그의 간곡한 목소리를 들으며 나는 젖 먹던 힘을 낸다는 것까지 생각해냈다. 그때부터 결승점을 통과할 때까지 어떻게 달렸는지 거의 기억이 없다. 마른 아스팔트에 운동화가 부딪히던,' 탁탁탁' 하던 소리와' 힘내시라요, 다 왔습네다'를 끊임

없이 반복하던 그의 목소리만 들렸다. 거의 실신할 지경이 되어서야 결승점을 통과했고 그때서야 십 킬로 가까이 잡고 달리던 손을 놓고 그와 포옹했다. 가슴 속에서 뭔가 뜨거운 것이 올라와 목이 메었다.

    세상에! 생전 처음 뛴 하프 마라톤에서 1시간 50여 분의 기록을 낸 것이었다. 그가 아니었으면 엄청난 기록은커녕 완주조차 하지 못했으리라. 한동안 쓰러져 누워있다가 정신을 차려 그를 찾았으나 그는 보이지 않았다. 마라톤 후에 있을 거라던 남북 선수들의 뒤풀이도 없었다. 그날 밤 잠자리에서 계속 그의 목소리가 환청이 되어 들렸다. '힘 내시라요'하는 소리는 맞는데 '통일이 바로 저기인데 여기서 멈추면 어캅니까' 는 아마도 기억의 왜곡이리라. 그는 그저 힘들어도 포기하지 말고 끝까지 뛰어야 한다고, 통일도 그렇게 해야 한다고 말했을 뿐인데...

    남자는 내 잔에 술을 따르려는 여자에게서 병을 받아 자기가 따라주고는 내가 조금 마시고 내려놓자 자기 잔을 단숨에 마시더니 자리에서 일어섰다.

    "내래 이제 올라가 봐야겠수다. 연회 끝나기 전에 가서 모든 동무에게 할 말이 있어 개지구. 나 동무, 아니 나 선생은 기냥 더 놀다 오시라요. 음식도 그냥 있구만. 왜 음식이 입맛에 안 맞습네까? 하기야 내가 남조선에 두 번이나 갔지만 거 음식들이 너무 달고 짜더만. 시큼털털하고 맵고 짜고 달고 내 아주 혼났수다. 우리 공화국 음식은 남조선 아니 남측 동무들이 먹으면 맛이 없긴 할거이다. 그래도 많이 잡수

시라요. 길케 하구 음... 위에 올라가서 남측 동무들이 나 선생 찾으믄 이야기를 적당히 둘러대겠으니 걱정 마시라요. 이번 행사에 남측 지도부 동무들하고는 호상간에 료해를 아주 잘하고 있습네다."

지도원 동무가 자리를 돌아 나가려 하자 여자가 따라 일어섰다.

"아니, 리분희 동무는 여기 앉아서 그냥 대접하고, 지배인 동무만 나랑 올라가기요. 위에 또 따로 대접할 남조선 동무들이 몇인가 알아보고 방을 준비해야디. 여기는 젊은 동무들 재미나게 놀게 두기요, 기카구 나선생은 걱정말고 놀고 싶을 때까지 노시라요. 리분희 동무가 수고 좀 하기요?"

지배인과 지도원이 갑자기 나가자 십여 명이 앉아도 남을 방이 썰렁하니 분위기가 어색해졌다. 이십 대 초중반으로 보이는 리분희라는 여자는 양주가 들어가서 그런지 얼굴이 발그스레 해졌는데 문이 닫히자마자 잔을 들어 건배를 제의했다. 이미 조동일보 사람이라는 것이 드러나고 북측 사람들이 조동일보를 아주 싫어한다는 것을 알아서 그런지 공연히 주눅이 들어있어서 그냥 잔을 들어 부딪혔는데 여자가 '통일을 위하여' 하더니 원샷을 했다. 에라 모르겠다 나도 입에 털어 넣었는데 처음과는 다르게 독한 느낌도 없었다.

"동무! 남조선에는 노래방이라는 거이 있다믄서요? 우리 공화국은 가라오케라 그럽니다. 그러니 여기가 남조선, 아니 남측으로 치믄 노래방입니다."

여자가 가리키는 곳을 보았더니 바처럼 만들어진 원형 탁자 뒷벽에 한글로 가라오케라고 쓰여 있었다. 여자가 우리 앞에 있는 낮은 탁자 밑에서 두툼한 노래책을 꺼냈다. 그 안에 한국과 일본 그리고 영어 노래책들이 있었는데 내가 아는 노래라고는 팝송 몇 개와 남측의 흘러간 뽕짝뿐이었다. 뒤적이다가 그냥 내려놓았는데 여자가 북한 노래를 골라 불렀다. '반갑습네다'라는 노래는 어디서 들어본 것이지만 다른 노래 하나는 전혀 낯선 곡이었다. 두 곡이나 듣고 나는 답례로 두만강 푸른 물에로 시작되는 노래를 불렀는데 그리고는 더 이상 노래는 부르지 않았다. 우리는 이런저런 이야기를 나누면서 양주 한 병을 다 비웠는데 평양 한복판의 고려호텔 지하 가라오케에서 북한의 여자와 양주를 마시고 있다는 것은 아무리 볼을 꼬집어도 현실감이 들지 않았다.

그날 이후 마라톤대회를 치르고 평양 시내와 묘향산 김일성 기념관을 돌아보고 하는 모든 일정이 끝날 때까지 지도원 동무와의 추가 접촉은 없었다. 그들이 특별히 나를 주시하고 있는 것 같지도 않았고 나 역시 조동일보 입사라는 욕심을 버렸기에 편하게 모든 일정들을 소화했다. 공짜로 이런 대접을 받고 남이 못해보는 경험을 했으니 그것으로 되었다 하는 심정이었다. 특히 묘향산에 있는 김일성 기념관에서 본 것들은 잊을 수가 없었다. 기념관에는 박정희 전 대통령부터 대한민국의 거물들이 김일성 주석의 환갑 때 보낸 선물들이 진열된 크고 넓은 방이 있었다. 특히 박정희는 '존경하는 김일성 주석님께'라는 친필 편지까지 보내 김일성 주석의 환갑을 축하해주었다. 특히 재계 거물들이 보낸 진귀한 선물들을 둘러보다가 나는 심한 구토감을 느꼈다. 자기네들끼리, 윗 대가리들끼리는 이렇듯 희희낙락하며 지내고 국민에게는 북측에 대한 증오심만 가득하게 만들어 놓고 있었던 것이다.

4.
귀국한 지 사흘 때 되던 날 전화가 왔다.
"그래 구경은 잘했나? 사진도 많이 찍고? 인터넷 신문 보니까 다른 기자들은 마라톤 대회 취재 이외에는 별로 색다른 기사가 없던데. 내가 지시한 보고서는 다 준비가 되었겠지?"
"네 선생님께서 말씀하신 것들을 찾아보려 최대한 노력은 했습니다만 어디서도 그런 것들을 발견할 수가 없어서 나름대로 사람들 만나서 보고 들은 것들을 정리했습니다. 마음에 드실지는 모르겠습니다만 최선을 다했습니다."
"그래, 그랬으면 됐지. 그럼 내일 정오에 지난번 만났던 곳으로 와. 올 때 보고서 가져오는 것 잊지 말고."

다음 날 그를 만나 밥도 먹기 전에 프린트해서 제본한 보고서를 그의 앞에 놓고 고개 숙여 인사를 하고는 그대로 돌아서 나왔다. 탁자 위에 놓인 보고서의 표지를 한 번 보고 놀란 토끼 눈이 되던 방선생의 표정이 웃겨서 버스를 타고 집에 오는 내내 혼자 실소하였다. 표지에는 이런 제목이 붙어 있었다.
"거짓말쟁이들"

햇살에 눈이 부셔서 초여름부터 초가을까지는 늦잠을 잘 수가 없다. 올 초부터 시커멓고 두꺼운 커텐을 꼭 달겠다고 별렀으면서도 또 이 지경이다. 그래도 이불을 뒤집어 쓰고서라도 잠을 더 자려는데 전화가 어디선가 진동하고 있다. 이불을 다 헤집어 놓고서야 침대 구석에 엎어져 있던 전화기를 들 수 있었다.

"나두리 씨 입니까?"

"그런데요?"

"여기는 온겨레 신문사입니다. 지난번에 입사 지원서를 보내셨지요?"

그때가 언제인데. 이것들도 북한, 아니 북측 이야기인가?

"저희가 선생님이 쓰신 '거짓말쟁이들' 사본을 가지고 있습니다. 혹시 아직도 저희 신문사에 지원하실 의사가 있으신가 확인 전화를 했습니다. 그러신가요?"

(끝)

김 교수의 연애 시계는 거꾸로 간다.

또 전화기가 울린다. 오늘 저녁만 벌써 다섯 번째다. 김 교수는 읽던 책 위에 안경을 벗어 놓고 전화기를 물끄러미 쳐다보다가 행진곡 소리가 헐떡이며 목이 쉬도록 울고 나서야 전화기를 들었다.
"저 지금 교수님 댁 근처거든요. 또 집필 중이시라고 핑계 대지 마시고 술 한잔 사 주세요. 딱 한 잔만요, 네?"
"미라야 지금 시간이 몇 신데 술타령이야? 전철 끊어질 시간이 다 된 거 같은데. 그리구 나 내일 지방 출강이라 술 못 마셔. 막 잠들었다가 전화 소리에 깼어."
"그럼 나만 마시면 되잖아요."
"안돼. 빨리 집에 들어가."
"정말 그러실 거예요? 출강 가신다는 거 거짓부렁인지 다 알아요.

정 그러면 뭐 내가 교수님 댁으로 가면 되지. 맥주 사 갈게요."

뭐라고 대응을 하기도 전에 전화가 끊어진다. 참으로 난감한 일이다. 저러다 말겠지 하고 하자는 대로 그냥 두었던 것이 잘못일지도 모르겠다고 생각하며 김 교수는 초인종 소리가 유난히 큰 현관문을 미리 열어놓았다. 요즘 같은 층의 부인네들이 그를 보는 시선에는 노골적인 혐오의 빛이 들어있었다. 오늘은 아주 따끔하게 혼을 내야겠다고 생각은 하지만 이미 때가 늦었다는 것은 김 교수 자신도 알고 그 아이도 알고 있었다.

김 교수가 미라를 처음 만난 것은 10여 년간 가르치던 P 대학에서 잠시 쉬고 있을 때, 강좌 하나만 맡아 달라는 친구의 부탁을 거절하지 못하고 Y 대학에 출강할 때였다. 현대 시론 강의는, 인공지능 시대를 맞아 인문학이 멸종의 길을 걷고 있는 악조건 아래서도 제법 인기가 있었다. 오랜 문우의 청을 거절하지 못해 심드렁하게 갔던 첫 강의에서 강의실을 꽉 채운 학생들을 보고 김 교수는 처음 강단에 섰을 때처럼 흥분을 감추지 못했고 그 흥분은 정해진 강의 시간인 두 시간을 넘길 만큼 강력한 에너지로 작용했을 것이었다. 학생들도 누구 하나 자리를 먼저 뜨지 않았었다.

"교수님 이거 드세요."

강의를 끝내고 잠시 자리에 앉아 쉬고 있는데 불쑥 음료수병을 든 손이 김 교수의 눈 앞으로 나타났다. 고개를 들어 쳐다보니 오후의 햇살이 가득 들어오고 있는 창을 등지고 가지런한 단발머리 여학생

하나가 서 있었다. 눈이 부셔 얼굴은 잘 안 보이는데 웃고 있는 입술 사이로 하얗고 고른 치아가 보였다.

"현대 시가 너무 어려워서 강의 시간만 가지고는 도저히 못 따라갈 것 같은데 참고 서적 몇 개만 소개해 주세요."

책 장사한다고 소문나면 안 되는 거 알지? 친구의 웃음소리가 환청으로 들렸다.

"글쎄요…서점에 가면 현대시와 관계된 서적이 적지 않을텐데. 검증된 출판사에서 나온 거면 아무거나 괜찮아요. 그런데 학생 전공 필수 과목인가?"

"네 국문학과 3학년 김미라입니다."

당돌한 손이 악수를 청하며 넘어왔다. 김 교수는 웃으면서 손을 받았다.

"원래 소설이 목표 장르였는데 오늘 교수님 강의 듣고 시로 바꾸고 싶은 강력한 유혹을 받았어요. 열심히 배우면 졸업 전에 등단할 수 있을까요?"

등단은 열심히 한다고 되는 게 아니라네. 시를 쓴다는 것도 마찬가지고. 아무리 열심히 하는 일도 잘하는 일을 당할 수가 없고, 아무리 잘하는 일도 원래 재주가 있는 일을 당할 수가 없는데, 시를 쓴다는 것이야말로 노력만으로 되는 일이 아니지. 김 교수가 학생 시절 들었던 목소리가 시공을 넘어와 귀에서 울렸다.

"그럼 열심히만 하면 되지요. 학생이 열정이 있어 보이니 그런 젊음과 열정을 시 습작에 쏟으면 졸업 전에 등단할 수 있을 거에요."
 그날 오랜만에 느껴본 김 교수의 흥분과 열정 그리고 김미라의 젊음은 현대 시론을 매개체로 한 술자리로 이어져 끝내 문제의 발단이 되었고 그 세 가지 조합의 결과가 오늘이 된 것이었다.

 현관문이 열리며 미라가 들어섰다. 이 시간까지 어디서 술을 마셨는지 들어서는 다리가 휘청거리고 있었는데 청바지 위에 신은 검정 부츠를 벗으려고 내려놓는 봉투에는 맥주 대신 소주병 몇 개가 들어있었다.
 "거 봐, 자고 있었다는 거 다 거짓말이죠? 흥. 나를 피하려고 그러는 거 내가 다 안다구요. 정말 미워 죽겠어."
 정말 미워 죽겠어... 저 말을 정말 이뻐 죽겠어 처럼 들리게 만드는 여자가 있었다. 누가 들어도, 미워 죽겠는게 아니라 이뻐서 어쩔 줄 몰라하는 소리로 들리게 만드는 여자가 있었지. 잘 안 벗겨지는 말장화를 붙잡고 씨름을 하고있는 미라를 내려다보며 김 교수는 회상에 잠겨가고 있었다.

 "그러니까 지금 나보고 자기라고 부른 거야?"
 주위를 한 번 휘 둘러본 A의 눈이 동그랗게 커졌다.
 "왜요? 요즘은 다들 애인을 자기라고 불러요. 나 선생님 애인 아닌가? 선생님도 나 사랑하잖아. 그리구 이제는 둘이 밖에 나가도 나이 비슷하게 봐요. 선생님이 너무 어리게 보여서 그런거긴 하지만. 그리구 뭐 남자가 좀 어리면 어때. 아니지, 어리긴 뭐가 어려, 나도 몇 달 있으면 스무 살인데. 한번 자기라고 해봐요."

여자는 조금 놀란 표정으로 주위를 두리번거리며 망설이고 있었다. 중학교 때 제자였기는 하지만 고등학교 졸업식을 며칠 앞두고 만난 그에게 여자로서 정을 주고 난 지금은 어떤 남자보다 더 듬직하고 사랑스러웠다. 그렇지만 대낮에 공원에서 대놓고 애정 행각을 벌이기에는 십 년 차이는 낯설다 못해 막장 드라마 같았다.

"어 빨리 불러보라니까. 자기가 그러면 내가 더 심한 말로 불러보라 그런다?"

여자는 얼굴이 홍당무가 되어 손으로 옆얼굴을 가린 채 그의 귀에 바짝 입을 대고 들릴락 말락 한 소리를 냈다.

"뭐라고? 잘 안 들려. 자기야 하고 큰 소리로 말해 보라고."

여자는 깜짝 놀라며 그의 등을 때렸다.

"정말 미워 죽겠어."

그녀는 정말 아기 같았다. 김 교수가 중학생 시절 A를 영어 선생님으로 처음 보았을 때 그녀에게 느꼈던 아기 같음은 고등학교 졸업을 얼마 앞두고 진학 상담을 핑계로 그녀를 찾아가게 만들었고 그녀도 곧 그의 연정을 받아들여 연인이 되기에 이른 것이었다. 그녀는 정말 미워 죽겠어 소리를 잘했다. 조금만 짓궂게 굴거나, 사랑을 나누다가 장난을 치거나 혹은 자신에게 존댓말을 써보라고 시키면 자동으로 미워 죽겠다는 소리가 튀어나왔다. 그는 그때 처음으로, 여자가 정말 남자가 미울 때는 그런 말을 쓰지 않는다는 것을 알았다.

"보고 있지만 말고 이거 좀 벗겨줘요. 발목이 너무 아파요."

미라는 끝내 제 손으로 말장화를 벗지 못하고 김 교수에게 구조 요청을 했다. 그녀 앞에 쭈그리고 앉아 두 손으로 장화를 뽑아주는데 발이 빠진 미라가 김 교수의 목에 매달렸다. 교수님 미워 죽겠어, 진짜. 미우니까 이제 교수님이라고 안 하고 자기라고 부를거야. 내 책임 아니다 흥. 미라는 일어서 두리번거리더니 봉투에서 소주 한 병을 뽑아 들고는 물끄러미 미라가 하는 양을 지켜보고 있는 김 교수에게 다가왔다. 청바지에서 아무렇게나 삐져나온 브라우스 사이로 하얀 속살이 보였다.

"교수님 내가 뭐 어때서 그렇게 자꾸 팅기시냐구요, 네? 나 이쁘지 않아요? 남자들이 따라다니면서 이쁘다고 하면 뭐 이쁜 거 아닌가?"

"이렇게 꼭 술이 많이 취해서 동네방네 떠들면서 오니까 내가 곤란하잖아. 대화도 안되고 무조건 자기 말만 하고 내 말은 하나도 안 듣고."

"오~ 그러세요?"

코맹맹이 소리로 말꼬리를 올리면서 미라는 털썩 소파에 앉았다.

"술 한 잔도 안 하고 전화하면 반갑게 받기는 하셨구요? 교수님 그거 아세요? 제가 교수님 꾀실 때 그때는 술 하나도 안 취했다고요. 교수님 혼자 취한 건데 아침에 너무 창피해서 기억이 안 난다고 한 거라구요. 같이 취했으면 교수님 부축하고 여기를 어떻게 왔겠어요. 하기야 그때 나도 왜 그랬는지는 모르겠는데… 그냥 머 연애가 다 그런 거 아닌가? 그때 독신이라는 말만 안 했어도 그렇게 끌리지는 않았을지도 모르는데. 묻지도 않은 독신 이야기를 한 거는 교수님이라고요. 그 말할 때 이미 흑심이 있었던 거 아녜요?"
미라가 목을 뒤로 젖히며 깔깔거리고 웃었다.

요즘 아이들 정말 당돌한 거는 김 교수도 알고 있겠지만 이공계 학구파들만 있는 P대학하고 잘 노는 애들이 많은 이 학교는 좀 다를 거야. 어디나 학풍이라는 게 있으니까. 그리고 문학론 쪽은 여학생들이 압도적으로 많아. 김 교수의 성품이야 내가 알고 있어서 크게 걱정하지는 않지만. 간혹 저돌적이고 계획적인 애정 행각 때문에 괴로울 수도 있으니 참고해. 교수 킬러라는 신조어가 만들어진 학교가 바로 여기야. 여자 보기를 돌같이 보는 게 아니라 여학생 보기를 시한폭탄 보듯 해야 무사히 살아남으니까 조심해. 더군다나 자네는 독신에다 외모나 여러 조건이 좋아서 사냥감이 될지도 몰라. 일단 독신인 거 소문 안 나게 하라구. 누가 자네 나이를 오십이라고 보겠나. 청바지나 티 같은 거 말고 좀 늙다리처럼 입고 다니는 것도 한 방법이야. 지금 웃는 거야? 이 친구가 혼쭐이 나야 정신을 차리겠구먼.

깔깔거리고 웃다가 병마개를 열어 달라고 김 교수에게 주고는 휘청거리며 일어서 주방 쪽으로 가는 미라의 뒷모습을 보면서 김 교수는 참 예쁜 아이라는 감탄 자체는 떨칠 수가 없었다. 하지만 저렇게 영민

하고 예쁜 아이가 지금 이러고 있는 상황도 이해를 할 수가 없었다.

처음 미라와 같이 이 방에 들어온 날을 자신은 기억하지 못한다. 술자리를 세 군데나 옮겨가며, 현대 시 개론에서 시인 이상으로, 이상에서 김수영과 기형도로, 시인들의 날갯짓 들을 따라가면서 참으로 오랜만에 유리알 유희를 하듯 시와 놀았었다. 제대로 된 시인이 되지 못한 자신의 푸념 섞인 넋두리를 홀린 듯이 바라보고 있는 미라가 참 예쁘다고 생각한 것이 그날 기억의 전부였다. 그리고 두꺼운 커튼 사이를 자르고 들어온 햇살 아래 눈을 떴을 때, 자신의 침대에 알몸으로 누워 가볍게 코를 골고 있는 미라를 보고 경악을 한 것이 이 싸움의 시작이었다.

아무리 세상의 상식을 이야기하고 젊은 인생의 미래 설계를 말하며 타일러도 막무가내였다. 교수님을 사랑하게 만들었으니 책임지라는 것이었다. 그냥 아무것도 바라는 거 없으니 졸업할 때까지 아무도 몰래 사귀면 될 거 아니냐면서 눈까지 반짝였었다. 김 교수가 밀어내려 하면 할수록 그녀는 더욱 매달리고, 말로 해서는 안 될 것 같았는지 언제부터인가 술주정을 핑계로 하소연을 늘어놓기 시작했다. 하루 걸러 한 번씩 이런 식이었는데 김 교수가 난감해하는 게 재미있어 그러는 것인지 아니면 무언가 계획이 있는 것인지 집착은 더 심해지는 것 같았다. 첫 번째 실수했을 때 바로 잡았어야 했는데 폭탄을 몸에 두르고 빨간 스위치에 엄지손가락을 얹어 놓은 것 같이 강경한 미라의 태도에 김 교수가 겁을 먹은 것인지도 몰랐다. 어정쩡하게 응한 두 번째 데이트에서도 역시 김 교수의 침대가 종점이었고 그 이후 여러 번의 만남 과정도 대동소이했다. 딱 한 번 바다가 보고 싶다며 매달리는 미라를 데리고 정동진 일출을 보러 간 것이 집 밖에서 같이 밤을 보낸 유일한 경우였다.

"교수님 때문에 주량이 엄청 늘어난 거까지는 모르실걸요?"

정동진 유람선 호텔의 바에서 미라는 잠깐 생각에 잠겨 알 듯 말 듯 한 표정이 되다가 다시 장난기 가득한 얼굴로 건배를 제의하는 것이었다. 미라는 팔을 번쩍 치켜 들고 죽은 시인의 사회를 애도하며 건배! 하고 소리를 치고는 단숨에 양주를 들이켰다. 그저 담담히 앉아 있다가 시인이라는 단어에 울컥해진 김 교수의 눈에 미라의 눈물 한 방울이 잡혔었다. 이 아이는 정말로 자신이 나를 사랑한다고 믿고 있는 것일까.

편지에는 처음으로 자기라고 써보네? 군대 생활은 괜찮아? 면회 갈 때마다 본 풍경들이 너무 낯설어서 그런지 자기가 군 생활을 아주 힘들게 하는 거 아닌가 걱정돼. 하지만 자기는 적응력이 강하니까 잘 지내리라 믿어. 아직 결혼 생각은 해보지 않았다는 말, 이해해. 제대하면 공부도 더 해야 하고 아직 무엇을 할 건지 계획도 제대로 세워놓지 않았으면서, 무조건 나를 먹여 살릴 거니까 걱정하지 말라는 말을 하는 것도 왜 그러는지 알고 있어. 하지만 주변의 모든 것들이 나를 너무 힘들게 하고 나는 더 이상 버티기가 어려워. 노처녀로 죽을 거냐는 부모님의 성화까지는 아무렇지도 않지만, 내 주위의 누구와도 자기하고의 이야기를 나눌 수 없다는 게 가장 힘들어. 인생의 가장 중요한 결정을 아무하고도 얘기할 수 없는 상황이 절망스럽다구. 말 돌리지 않고 솔직하게 말할게. 나 올 가을에 결혼할 거야. 남자는 자기도 알고 있는 사람이야. 국어 선생님. 그 사람도 자기보다는 나이가 많지만 나보다는 다섯 살 어려. 나 좀 이상한 여자 같아. 이제 안녕. 내 목숨이 붙어 있는 한 자기를 사랑하고 잊지 않을 거야. 하지만 자기는 나를 잊고 새 출발을 했으면 좋겠어. 담에는 나같이 이상한 여자 만나지 마. A가

김 교수는 이상하리만치 덤덤했다. 지난번 면회왔을 때 자꾸 울어서 뭔가 심경에 변화가 있는 것이라고 미리 충격을 받아서였을까? 그러나 그녀가 몇 번이나 언급한 나이 운운에는 선뜻 동의하기가 어려웠다. 열 살 연상이라는 나이 차이는 그가 겪어본 여자 중 가장 큰 나이 차이는 아니었다. 그때 그는 편지를 태워버리며 아주 오래전 자신에게 나이를 물어본 또 다른 여자를 기억해 내고 있었다. 나이가 뭐라길래 다들 나이를 가지고 난리야.

"너 엄마한테 이르면 내가 혼내 줄 거야, 알았지?"
"응. 근데 내가 이렇게 하면 누나가 좋아?"
"그런 거는 몰라도 되고, 아 아파! 조금만 천천히 해봐. 잠깐만 또 하나 더. 아까 네가 본 형 이야기도 아무한테도 하면 안 된다. 알았지? 말 잘 들으면 누나가 설탕 누룽지 만들어 줄게. 만화책도 많이 빌려다 주고 용돈도 쪼끔이지만 줄게. 그치만 니가 엄마한테 이르면 나

도 니가 이런 짓 한 거 다 이를 거야. 참 근데 너 몇 살이지?"

소규모 출판사를 경영하는 아버지와 밤늦게까지 장사하는 어머니 때문에 그리 부잣집이 아님에도 집에는 같이 사는 식모가 있었다. 담도 없는 ㄷ자 형태의 집 날개 끝에 있는 식모 방에는 동네의 건달들이 수시로 드나들었는데 새벽부터 밤늦게까지 집을 비우는 부모와 대학교 기숙사에 살면서 일 년에 몇 번 오지도 않는 형은 그런 사실을 알 수가 없었다. 오직 초등학생인 김 교수만이 목격자인데 식모 누나가 입막음을 한 것이었다. 먹는 걸로 하는 입막음이 못 미더웠던지 아니면 원래가 그렇게 음탕한 여자인지는 모르되 그녀는 김 교수에게 지금 생각하면 별 해괴한 짓을 많이 시켰다. 지금도 그때를 생각하면 얼굴이 화끈거리고 주변을 두리번거리게 된다. 참 미친 년이었지. 결국 미친년은, 제시간에 도망가지 못하고 널브러져 있던 사내놈과 알몸으로 뒹구는 장면을 아버지에게 들킴으로서 끝장이 났지만, 그 이후 그녀가 김 교수에게 어떤 짓을 한 것이 아닌가 하는 부모님의 걱정 어린 추궁에도 그는 끝내 비밀을 지켰다. 해고당한 수개월 후 그녀는 쵸콜렛 하나를 들고 와 김 교수에게 긴 입맞춤을 해주고 영영 그 동네를 떠났다. 그는 지금도 열 살짜리 아이에게 그녀가 무슨 짓을 한 것인가 정확히는 이해하지 못한다.

"보세요, 교수님. 지금 결혼제도는 엄청난 모순덩어리라구요."

점점 꼬부라져가는 혀를 말아 넣으며 미라는 소주병을 들어 맥주

잔에 가득 따랐다.

"아무것도 모르는 사람 둘이 만나 연애한답시고 탐색전을 치르다가, 결혼이라는 그 불확실하고도 위험한 미확인 비행체를 타기 위해 인생을 담보 잡히는 거라구요. 정말 마음속으로는 사랑이 넘친다면서도 우리 나이 또래 마마보이들, 걔들 제대로 여자를 사랑할 줄도 몰라요. 그저 같이 자고 싶어서 안달하면서도 정작 같이 자면 상대편이 무엇을 원하는지, 지금 자신이 뭐하고 있는지도 잊어버리는 미숙하고 함량 미달인 애들이 대부분이라구요. 그렇다고 뭐 내가 철부지들하고 많이 자본 건 아니고, 친구들 얘기 들어봐도 다 그래요. 애송이들에다가 욕심꾸러기 이기주의자들 빼면 우리 또래 중에 남자다운 남자가 몇 명이나 될까요. 아이 참 왜 그러고 서 있어요? 내가 요거 두 병만 마시고 간다니까. 치사해서 여기서 안 잔다구요. 빨랑 여기 안 앉을거에요? 자꾸 말 안 들으면 내가 자기라고 하면서 또 반말한다?"

김 교수는 가벼운 한숨을 쉬고 그녀의 맞은편에 앉았다. 일루 와요. 미라가 자기 옆자리를 손으로 툭툭 치며 눈웃음을 친다. 나는 저 아이를 이겨낼 수가 없다. 어차피 이길 수 없는 게임이다. 저렇게 눈웃음으로 시작해서 이 집에 있는 술을 거덜을 내고, 아이처럼 베개도 안 베고 뒹굴며 자는 저 아이의 잠버릇으로 나도 잠을 깨고 결국은 아침 햇살 아래 같은 침대에서 일어나게 될테니까. 김 교수는 미라 앞에 있는 맥주잔을 가져와 소주를 가득 따라 벌컥벌컥 한 번에 다 마셨다.

"거 봐, 낼 출강이고 뭐고 다 핑계인 줄 알았다니까, 후훗"

방금 비운 잔에 다시 미라가 소주를 가득 따랐다.

"이건 거짓말 한 벌주에요. 빨리 원샷, 응?"

그래, 어차피 도망도 못 가고 망가질 거 나도 모르겠다. 김 교수는 연거푸 원샷을 해버렸다. 어쩌면 저 아이는 내가 어떻게 대응하고, 어떻게 되어야 같이 침대에 들어가는지 잘 알고 있을지도 모른다. 그러나 내가 이렇듯 자기를 거부하는 것이, 어쭙잖은 체면이나 도덕적 거부감 때문이 아니라, 젊고 발랄함에 대한 질투심으로 인한 고통과 또래의 청년들을 향한 이유 없는 적개심과 불안감이 그녀와 함께 다가오기 때문이라는 것까지 이해하고 있을까? 저 불같은 열정이 식어 그녀가 떠나고 나면, 그에게 남는 것은 이겨내기 힘든 참담한 외로움뿐이라는 것을 김 교수는 잘 알고 있었다. 저 늪에 빠져 기어이 죽기 전에 도망쳐야 한다.

그러게, 이 친구야 술 시작하는 것조차 조심하랬잖아. 여학생하고 단둘이 삼차까지 마시다니 정말이지 정신 나갔군. 하여튼 나한테라도 미리 말해준 건 잘했네. 내가 좀 알아보고 신중히 처리할 테니 자네는 너무 급작스럽게 변한 모습 같은 건 보이지 말고 그저 하자는 대로 과하지 않게 따라가는 정도로만 유지해. 요즘 가뜩이나 학내에서 성 문제가 시끄러운데 자네 문제까지 터지면 나도 옷 벗어야 할 거야. 옷 벗는 게 무서운 게 아니라 그럭저럭 체면 하나는 잘 지켜왔는데 막판에 인생 구김살 가는 게 억울하지 않은가 말이야. 하여튼 당분간 우리 둘만 아는 걸로 하세. 그나저나 혹시 나중에 자네에게 유리한 정황까지 기억이 안 날지 모르니까 기억 나는 대로 이런저런 거 기록 좀 해놓는 게 어때?

　미라와의 문제가 도저히 해결 기미가 보이지 않아 고민 끝에 털어놓았는데 친구는 예상보다는 덜 놀라고 덜 화를 냈다. 그것보다는 오히려 자네가? 하면서 뜻밖이라는 듯 놀라는 것을 보고, 김 교수는 내가 친구들에게 도덕적인 인간으로 보인 건가 하고 역으로 내심 놀라고 있었다. 자신은 전혀 도덕적인 인간이 아니었다. 단지 세상 소문에 민감하고 귀찮은 것을 싫어하는 독신남일 뿐이었다. 그 역시 미라의 애정 공세가 싫은 것은 아니었다. 단지 그로 인해 필연적으로 따라올 수많은 일들이 너무도 힘에 겨울 것이고, 미라가 먼저 제자리로 돌아갔을 때 그에게 남을 고통이 너무도 뻔히 보이기 때문이었다.

　"그치만 교수님 하고라면 결혼도 생각해 볼 만할 거예요. 교수님이 우리 관계에 대해서 무엇을 걱정하는지 잘 알고 있지만 한 번 생각해 보세요. 우리가 결혼하면 앞으로 이십 년 이상 아니 잘하면 그 이상도 부부로서 정말 행복할 수 있어요. 아직 교수님은 남자로서는 완벽하니까요. 내가 너무 야했나? 후훗. 그러나 이십 년쯤 지나면 교수님이 많이 늙으시겠지요? 나는 한창때일 수도 있고. 그러면 내가 교수님을 돌봐 드리는 거예요. 그때 가서 정 내가 너무 부담스러우면 뭐 이혼해도 좋고 아니면 교수님이 돌아가실 때까지 같이 있을 수도 있구요. 그러고 나면 나와 맞는 나이 남자 만나서 다시 결혼해도 되고 아니면 뭐 더 어린 남자 만나서 이것저것 가르쳐 가면서 살 수도 있겠지요. 아니 무엇보다 올 때는 순서가 있지만 갈 때는 순서가 없다면서요. 누가 먼저 죽을지 어떻게 아냐구요, 네? 인류가 굳이 결혼제도를 계속 유지하려면 결혼 나이에 대해서 좀 더 유연해져야 한다 이거에요. 어린 여자와 나이 든 남자, 어린 남자와 나이 든 여자의 조합이 삶을 더 윤택하게 한다는 거 잘 아시잖아요. 그죠? 나는 결혼을 세 번쯤 할 거라구요. 그리구 마지막에는 내가 죽을 때까지 옆에 있어 줄 남자가 필요할 거구요. 남자가 여자보다 보통 일찍 죽으니까 나 죽을 때는 나보다 어린 남자하고 있어야 맞는 거 아녜요?"

저 아이는 자신이 지금 뭔 말을 하고 있는지는 알고 있는 것일까 하고 생각하며 김 교수는 양주를 꺼내왔다. 요즘 들어 부쩍 즐겨 마시던 소주가 싱거워지기 시작했고 술 취해가는 속도에 대해 조바심을 내고 있었다. 그저 빨리 취해서 이 상황을 벗어나고 싶을 뿐 이었다. 미라는 저 정도 취하면 대꾸하든 안 하든 결론은 무조건 자신이 맞다는 것이었고 종내는 칭얼거리다가 옆으로 쓰러지겠지. 그러면 침대로 옮길 것이고 옷을 입은 채 누워있는 그녀를 내려다보며 김 교수는 한 번도 성공한 적이 없는 도덕적 갈등을 오래도록 하다가 끝내는 그녀의 옷을 벗길 것이었다.

"와 양주다."

"양주네? 아직 월급날은 멀었는데... 오늘 몰래 한다는 그 과외비 받았어?"

새벽에 일을 끝내고 업소에서 멀리 떨어진 호젓한 바에서 기다리는데 비를 맞고 왔는지 젖은 웃옷을 털어 의자에 걸치며 B가 눈을 똥 그렇게 뜬다. 쌍커풀 없는 눈도 저렇게 예쁠 수 있다는 것이 신기했다.
"응. 맨날 너한테 얻어먹기만 해서 오늘 큰맘 먹었다. 할 얘기도 있고."
"오잉? 양주 먹어야 나오는 말이야? 겁나는데?"
B가 입꼬리를 올리며 웃었다. 얼굴이 이쁘다던가 몸매가 멋진 여자는 많이 봤지만 저렇듯 입이 예쁘고 기가 막힌 입꼬리를 가진 여자는 처음 보았다.

제대를 하고 복학을 해서도 김 교수는 A선생님을 잊지 못하고 헤메고 있었다. 담담히 받아들였던 군에서와는 달리 사회에 나오니 걸어 다니는 모든 여자가 다 그녀 같았고 자나 깨나 그녀의 '정말 미워 죽겠어' 하는 목소리가 들려서 걷다가도 수도 없이 뒤를 돌아보곤 했다. 결국 세 살짜리 아들을 데리고 나온 그녀를 만나고서야 마음의 정리를 시작할 수 있었는데 그때 그의 방황을 조금이나마 덜어준 것이 B였다.
불법이 된 과외만 가지고는 학비와 생활비가 모자라서 신문 광고를 보고 찾아간 아르바이트 자리는 클럽과 룸을 겸한 술집이었는데 김 교수는 12번 웨이터였고 그녀는 12번 담당 아가씨였다. 작은 몸매에 쌍꺼풀도 없는 전형적인 동양인 얼굴에 미인형이 아니었는데도 귀여운 아가씨였고 특히 남자라면 누구라도 한 번 맞추어 봤으면 할만큼 예쁜 입술과 입꼬리를 가지고 있었다. 반년이 채 지나기도 전에, 김 교수는 A의 생각보다 B의 생각을 더 많이 하고있는 자신을 발견하

곧 쓸쓸히 웃었다.

"그러니까 지금 나보고 진지하게 사귀자는 말을 하는 거야?"
양주 한 잔을 맛있게 비운 그녀가 눈을 가늘게 흘려 뜨고는 물었다.
"이왕 사귀고 있는 거니까 진지하게 생각 좀 해보자는 거지. 왜 싫어?"
"지금 프로포즈 비슷한 것을 하는 거 같은데 그런 식으로 말하는 거야? 내 귀에는 뭔가 니가 나한테 큰 은혜를 내리는 것으로 들리는데? 몇 번 잤으니까 니꺼라고 생각하는 거니?"
생글생글 웃던 그녀가 갑자기 날카로운 말투가 되자 김 교수는 당황했다. 전혀 예상하지 못한 반응이었을 뿐 아니라 그동안 한 번도 보지 못한 그녀의 모습이었기 때문이었다.
"니가 그렇게 말하면 내가 얼씨구나 할 줄 알았어? 나는 술집 년이고 너는 명문대 학생이라서? 아무리 세상 물정 모르는 학바리지만, 군대까지 갔다 온 애가 어쩜 그렇게 대놓고 사람을 무시하니? 그러면서 맨날 노동해방이니 인간 평등이니 입에 발린 소리는 잘하지. 하기야 니들 가슴에 대학생 아르바이트라는 뱃지 달고 일할 때부터 그 천박함을 눈치채기는 했어. 나는 대학생이니까 좀 대우해주라, 니들 술집 년들하고는 다르다 이거 아냐? 그거 표시 내는 거 하고 지금 나한테 하는 말하고 아주 똑같네, 씨발..."
김 교수는 어쩔 줄 몰랐다. 그러나 말을 듣고 보니 자기 마음속에 무의식적으로 그녀보다 사회적 우월감이 있었다는 것을 깨닫는 데는 시간이 얼마 걸리지 않았다.

"그리고 너하고 나하고 동갑인데 우리가 진지하게 사귀면 니 요구대로 바로 술집 그만둬야 되는 거잖아? 그럼 나는 뭐 하고 사냐? 글구 너 말고 잠잔 남자 많은 거 알고 있지만 그거 다 이해하고 넘어간다는 거잖아. 야 이리 훌륭한 왕자님이 어디 계시다가 이제 오셨을까? 진짜 열받네, 씨발. 야 술 좀 따라봐. 오늘 너 죽고 나 죽자."

늘 김 교수의 편에 서서 아량을 가지고 도와주던 그녀였다. 처음 해보는 일이 낯설고 서툴러서 술손님이나 상무에게 혼날 때마다 서슬 퍼렇게 김 교수의 역성을 들어서 상무에게 독한 년이라는 소리까지 듣고, 그러다 정분나면 둘 다 짤릴 줄 알라는 소리까지 같이 들었었다. 김 교수는 자신만만하게 꺼낸 얘기였는데 그 자신만만함이 그녀에게는 커다란 상처가 된 것이다. 이럴 때는 차라리 입 다물고 날 잡아 잡수 하고 가만히 있는 것이 상책이다. 김 교수는 아무 말없이 술잔만 비우고 B는 화를 내다가 울다가 하면서 양주병을 비우고 있었다.

누가 흔들어서 눈을 떠보니 B가 옷을 다 입은 채로 그를 깨우고 있었다. 여기가 어딘가 하고 두리번거리며 몸을 일으키는데 그녀와 몇 번 들렀던 숙박업소는 아니었다.

"오늘 학교에 일찍 가야 한다며? 빨리 일어나. 콩나물국 끓였으니까 먹고 빨리 학교에 가."

어제의 광분하던 그녀는 어디에 갔을까. 전혀 다른 여자가 마치 엄마처럼 누나처럼 그를 달래 깨우고 있었다. 김 교수는 어색한 몸짓으로 그 이후의 기억을 해보려 애썼지만, 전혀 기억이 나지 않았다. 마치 끊긴 필름처럼 군데군데 기억이 났는데, 끝내 엉망이 된 그녀가 엉엉 울자 그녀를 안고 달래다가 격렬한 사랑도 나누고, 그 끝에 그녀로부터 사랑한다는 말도 들은 것 같았다.

"우리 여기까지야. 네가 어제 그 말만 안 했어도 좋았겠지만 이미 엎질러진 물인데 뭐. 그리고 사실 그동안 나도 좀 무서웠어. 놓아줄 수 없을 만큼 너를 좋아하면 어떡하나 하고 말이야."

그녀가 고개를 숙여 김 교수의 얼굴을 쓰다듬었다. 찬찬히 그의 얼굴을 들여다보던 그녀의 눈에 눈물이 가득 고이고 있는데 그녀는 얼른 일어서서 주방 쪽으로 갔다.

"그냥 아무 말도 하지 말고 헤어지자. 나 업소 다른 데로 옮길 거야. 너도 이런데 오래 있지마. 쉽게 돈 버는 거 맛 들이면 네가 매일 입버릇처럼 말하던 신성한 노동의 가치를 잃어버리게 돼. 습관이란 무서운 거거든. 나 먼저 나가니까 밥 먹고 가. 문 열고 나가면 닫힐 때 자동으로 잠기니까 신경 쓰지 말고."

그녀는 문을 나서며 들릴 듯 말 듯 작은 목소리로 안녕이라고 말한 것 같았는데 김 교수는 너무도 빨리 진행되고 무너져 버린 모든 것들로부터 정신을 차릴 수가 없었다.

"내가 알아봤는데 김미라는 그 학생 아주 모범생이었던데 어째 그 지경이 되었는지 알 수가 없네. 장난 같지도 않고 그렇다고 충동적인 것 같지도 않고. 그 학생 아버지도 이미 이 상황을 알고 있고 자네가 미라를 위해서 멀리하려고 하는 것까지 알고 있던걸. 그 부분은 고마워 하더라고. 그래서 자네에게 접근하지 않고 보고만 있었던 거라데. 하여튼 지금은 외국으로 유학을 보내려고 하는 것 같네. 그 길밖에 방법이 없다는 거야. 문제는 미라가 완강히 버티면서 못 만나게 하면 죽어버리겠다고 한다는 거지. 자네 아이를 가졌다고 거짓말까지 해서 강제로 병원까지 끌고 갔다니 그 아버지 심정이 어떻겠나? 그러니 어째야 할지 모르겠어. 한 편으로는 좀 더 두고 보면 제풀에 지치지 않을까 하는 바람도 있는 거 같은데 자네 생각은 어떤가? 아니면…"

친구는 김 교수의 눈치를 힐끗 보더니 헛기침을 해댔다.

"이제 학기도 거의 끝나가니 자네가 미라 눈앞에서 사라져 주는 것도 한 방법일 수 있고. 미라 아버지가 자네에게 차마 말을 못 하고 나한테 좀 설득해보라고 그러네. 비용은 원하는 대로 얼마든지 준다면서 잘 좀 부탁해 보라고 하는데 불쌍하더라고. 그래도 그만하면 신중한 사람이지. 자수성가한 사람이라 산전수전 다 겪어서 그렇겠지만. 하여튼 생각 좀 해보게."

친구는 한참 여기저기 수소문하고 다니더니 그에게 여러 가지 얘기들을 해 주었다. 친구 하나 잘못 강의를 준 죄로 그가 겪은 고초가 너무 미안했지만 김 교수는 내색하지 않았다.

"그런데 자네 형님이 중남미 어디에 일 때문에 나갔다가 눌러산다고 하지 않았나?"

"응 칠레에 계시지. 늦게 칠레 여자하고 결혼해서 살고 있어. 나도 일 년에 한 번 얼굴 보기 힘들지만, 연락은 자주 하고 지내. 그리로라도 떠났으면 하는 건가? 자네 생각도 그래?"
"안 그러면 어쩌겠나?"
친구는 김 교수의 눈치를 살피더니 바싹 다가앉았다.
"김미라 학생도 곧 졸업하고 사회생활이든 뭐든 하다 보면 조금은 변하지 않겠나? 미라양 아버지는 최악의 경우 유학 보냈다가 자기 회사 해외 지사에 입사시킬 생각도 하고 있더라고. 그런데 내 생각은 자네가 먼저 움직여 주는 게 그나마 그 애를 가르쳤던 선생으로 책임 있는 행동이 아닐까 하네. 사태가 진정되면 이 학교로 다시 복직하게. 물론 자네가 원해야겠지만."
책임있는 행동이라....

"누가 책임지래?"
"그러면 왜 미리 유부녀라는 말을 안 했냐구?"
"말할 틈이나 줬구? 간다는 사람 바래다준다는 핑계 대고 붙잡아 호텔방에서 자빠뜨려 놓고 이제 유부녀라고 발뺌하려는 거야? 내가 언제 오빠 붙잡았어?"
"그나저나 그렇게 자주 외박해도 되는 거야? 유부녀가?"
"아 무늬만 유부녀야. 신랑인지 된장인지 일 년에 몇 번 얼굴 못 봐."

박사 학위가 무색하게 시간강사로 전전하던 시절 친구와의 술자리에서 만난 C는 세련되고 멋진 전형적인 도시의 여자였다.
"이 친구 독신주의자인데. 뭐랄까. 여자한테 관심은 있는 거 같더라고요."
 친구 녀석이 횡설수설하다가 자기 애인과 가 버리고 시끌시끌한 클럽에 둘이 남았었다. 여자하고 대화에 능숙지 못한 탓에 어정쩡한 분위기로 있는데 여자가 음악 소리를 이기려는 듯 큰 소리로 말했다.
 "여기 너무 시끄러운데 어디 조용한 데 가서 맥주 한 잔 더 하실래요?"
 그날 자정을 넘기면서까지 많은 술과 더 많은 대화를 나누었었다. 김 교수는 오랜만에 책이 아닌 사람을 통해 외로움과 지적 갈증을 덜어낼 수 있었고 그녀는 시와 문학에 대해서 거의 전문가 수준의 해박한 지식을 가지고 있었다. 그녀의 집까지 데려다주면서 김 교수는 다시 만나고 싶다고 했고 잠깐 망설이던 그녀는 고개를 끄덕였다. 그 이후 삼 개월 동안이나 자주 만났는데 어느 날 아침 갑자기 자신이 유부녀임을 밝히는 것이었다.
 "오빠보고 책임지라는 것이 아니라 책임지는 행동을 해야 하는데 내가 못 했다는 의미로 말한거야. 몇 번이나 오빠한테 말하려 했지만 그러면 못 만날 거 같아서 말하지 않았어. 미안해. 근데 나 정말 무늬만 유부녀야. 아빠 때문에 정략결혼 한 거고, 그이는 지금 중국 공장에 나가있어. 거기 중국인 현지처도 있고 애까지 낳았단 말이야. 그게 신랑이야? 도둑놈이지."
 김 교수는 어이가 없었다. B에게 심한 상처를 받은 이후 십 년이 다 되도록 여자를 사귀지 못했다. 극성맞은 친구 녀석들 때문에 억지 소개팅을 몇 번 했지만, 말도 없이 술만 마시는 남자는 어디서나 환영

받지 못했고 그에게 여자란 가끔 성욕 해소하는 상대로 전락한 채 십여 년이 흐른 것이었는데 오랜만에 자신의 마음을 온통 빼앗아 간 여자가 하필 유부녀였던 것이다.

 김 교수는 C가 유부녀일지도 모른다는 생각은 전혀 해보지 못했다. 나이도 삼십이 채 안 되었을 뿐 아니라 하는 행동이나 말이, 특히 자정을 넘기도록 같이 술을 마시고 집까지 바래다주도록 하는가 하면 별스럽게 유혹하지 않아도 쉽게 호텔에 같이 가는 행위들이 유부녀와는 거리가 먼 것들이기 때문이었다.

 "기왕 말 나온 김에 물어보자. 나이는 몇 살이야?"
 "갑자기 웬 나이 타령?"
 "처음에 같이 만난 내 친구 애인하고 친구 사이가 아닌 것 같아서. 언니라고 부르지 않았어?"
 "학교 3년 선배야. 같이 동아리 활동했구. 뭐 그리 친한 사이는 아닌데 그날 갑자기 나보고 나오라고 한 거야. 이제 생각하니 오빠를 떨구려고 그랬던 거 같아. 공연히 자기들끼리 자기 미안하니까."
 "그래서 우리 유부녀님은 연세가 어떻게 되시냐구요?"
 "죽을래? 그래 스물일곱이다. 됐냐? 왜 미성년자 일까봐 겁났어?"
 김 교수는 일어나 옷을 입었다. 머리를 둔기에 맞은 듯 멍했고 빨리 생각을 정리해야 할 것 같은 강박관념이 일어나고 있었다.
 "어디 가? 가려면 같이 가야지 매너가 뭐야? 오빠 그런 사람 아니잖아."
 "나 첫 시간 강의 있어서 빨리 가 봐야 돼. 너는 좀 더 누워있다

가. 체크아웃 좀 연장해 놓을게. 몸이 안 좋다면서?"

"유부녀 소리 듣더니 어쩜 사람이 저렇게 백팔십도 달라지냐? 나 이혼할 거란 말이야. 오빠한테는 깨끗이 이혼하고 말하려고 했다고!"

호텔을 나와 학교까지 걸어가면서 김 교수는 정말 영원히 결혼은 못 할 것이라는 예감이 들었다. A나 B와는 달리 C에게서는 보다 더 성숙하고 정돈된 사랑을 느꼈었다. 가끔 어리광을 피우는 듯한 말투나 행동을 빼면 그녀는 너무도 세련되고 멋있어서 자신에게 과분한 여자였는데 그녀 역시 김 교수를 정말 사랑한다고 하지 않았던가. 오랜만에 가슴 설레임을 느꼈는데 이제 무엇인가 정리해야 하게 생긴 것이다. 간통이라는 단어가 교문을 넘어서는 김 교수의 뇌리에 날아와 박혔다.

"딱 한 달만 어디 먼 곳에 가서 같이 지내요. 더 이상 바라지 않을께요. 아빠한테도 허락 받았으니까, 응?"

프랑스에 교환교수로 간다는 통보를 한 날, 집에 찾아온 미라는 짐을 정리하는 김 교수를 붙잡고 애원했다. 김 교수는 그 허락을 해줘야만 했을 그녀의 아버지를 생각했다. 누군가의 애정이 누군가에게는 비수가 되어 꽂히는 상황을 자신이 만들었다는 현실이 믿기지 않았다.

"안 돼, 날짜가 맞지 않아서."

"나 죽어버릴 거야, 정말이야 어디 두고 봐."

그 애 아버지가, 미라는 한다면 정말 하는 아이라 가끔은 나도 겁이 납니다, 고 하더라고. 그러니 갑작스러운 변화는 주지 말고 살살 달래는 방향으로 해야 할 거야. 김 교수는 현관문을 열고 나가려는 미라를 붙잡았다.

"알았어, 알았다구."

푸켓의 쪽빛 바다가 눈앞에 펼쳐져 있었지만, 리조트 안에는 바다를 배경으로 널찍한 수영장이 따로 있었다. 김 교수는 긴 비치 의자에 비스듬히 누워 저만치서 양손에 맥주를 들고 걸어오는 미라를 눈부신 듯 바라보았다. 비키니를 입고 춤을 추듯이 걸어오는 그녀에게 양쪽에 누워있는 금발 남자들의 시선이 모여지고 있었다. 어떻게든 빨리 헤어져 저 아이를 잊는 것이 내가 살 길이다.

"여기에 타투를 할 거예요. 자기도 해야 돼. 아주 작게 흉하지 않게 할 거니까 걱정하지 않아도 돼요, 응?"

푸켓 시내를 걷다가 좁은 골목으로 들어가며 미라가 말했을 때 김 교수는 그저 고개만 끄덕였다. 우리를 아는 사람이 하나도 없는 이곳에서 하는 모든 일들은 다 네 말대로 할 거야. 앞으로 내 나머지 삶에는, 짧지만 완벽했던 이곳의 기억이 타투보다 더 진하게 남아있을 테니까. 네가 나를 사랑하는 것보다 백배 천 배쯤은 더 너를 사랑해, 미라야. 그러나 단 한마디도 말이 되어 나오지는 못했다. 그날 둘의 손목 어름에는 똑같이 M.K라는 글자가 새겨졌다. 미라는 하루 종일 자기 손목과 김 교수의 손목을 보고 만지며 즐거워했다. 한 달은, 우리네 인생이 늘 그렇듯, 쏜살같이 지나갔다. 돌아오는 비행기에서 김 교수는 여자가 어떻게 생긴 존재인지를 처음 가르쳐 준 식모 누나와 A, B, C 그리고 지금 옆에서 자신의 어깨에 머리를 기대고 있는 미라를 생각했다. 그리고 그들은 모두 김 교수의 의지와는 무관하게, 또한 그가 늘 쓸데없다고 하는 나이를, 그의 생태 시계와는 거꾸로 맞추어 온 존재들이었다.

킬리쿠라의 선셋 바에는 손님이 별로 없었다. 김 교수는 늘 가던 구석 자리를 찾아 앉았다. 산티아고에 온 지도 한 달이 넘었는데 아직도 동떨어진 현실에 정신을 차릴 수가 없었다. 눈에서 멀어지면 마음에서 멀어진다는 말을 너무 믿은 탓인지도 몰랐다. 시간이라는 변수가 필요하겠지 라며 걱정말라는 친구에게서는, 김 교수가 프랑스로 가지 않았다는 것을 미라가 알았다는 것과 친구를 찾아와 편지라도 하게 해달라며 펑펑 울었다는 소식만 들었을 뿐이었다. 멀리 오고서야 비로소 김 교수는 미라가 그리워 견딜 수가 없었다. 정말 자네가 그 아이를 사랑한다면 어떻게 해야 하는지 잘 알고 있지 않나.

상념에 빠진 채 데낄라 잔만 만지작 거리는데 귀에 익은 노랫소리가 들려 무대를 보니 지난번 보았던, 까무잡잡하고 작은 체형의 여자가 노래를 부르고 있었다. 언젠가 신청해서 들었던 라이오넬 리치의 헬로우였다. 김 교수는 그걸 기억해서 노래해 주는 그녀에게 고맙다는 뜻으로 고개를 끄덕이며 웃어 보였는데 그녀도 노래를 부르면서 가볍게 목례를 하며 환하게 웃었다. 노래를 끝내고 기타를 무대 한쪽에 기대놓은 그녀가 곧바로 김 교수의 옆자리로 왔다.

"술 한잔 사 주실래요?"

김 교수는 그녀의 긴 생머리를 물끄러미 쳐다보다가 화들짝 놀라며 황급히 물었다.
 "그런데 지금 몇 살...?"
 "??? 저 미성년자 아닌데요. 스무살이요."

(끝)

달콤한 세상

1.

"동환아! 그만하고 정리해라. 그러다가 밤새우겠다. 오래 쓰기도 썼으니 이참에 좀 무리하더라도 새 걸로 하나 사는 게 낫지 싶다."

"거의 다 했습니다. 내일 부러진 걸쇠만 새것으로 바꾸면 앞으로도 몇 년은 끄떡없습니다."

기계 속에 머리를 집어넣은 채 지르는 소리가 그리 크지 않은 공장 안을 울렸다. 김 사장은 옷을 털던 장갑을 절삭기 위에 올려놓으며 동환에게 다가가 궁둥이를 툭 쳤다.

"일 년만 더 모으면 내년엔 은행 빚 안 지고도 새 기계 하나 들여놓을 수 있을거다. 진즉에 고철로 나갔을 건데 니 덕에 오래 쓰기도 썼다."

동환은 허리를 펴고 기름 범벅이 된 장갑을 벗어 김 사장의 장갑

옆에 놓았다.
"그 장갑도 이제 그만 쓰고 새 걸로 바꾸고."
"기름 빼서 쓰면 아직도 새건데요."
"하 참 그놈. 그나저나 저녁때도 놓쳤는데 삼겹살이나 구워 먹을까?"
"오늘 군대 있는 친구가 휴가 나와서 만나기로 했습니다."
"그럼 진즉에 말하고 가지 그랬어, 지금 시간이 몇 시인데."
"괜찮습니다. 다른 친구들도 있어서 먼저 먹고 있으라고 했거든요."
"그래? 그럼 빨리 가 봐. 문은 내가 정리하고 닫을 테니까. 그 손이나 제대로 씻고 가지 않으면 어디 밥이나 먹겠냐. 빨리 씻고 가."
　손만 대충 씻고 작업복을 입은 채 뛰어가는 동환의 뒷모습을 김 사장은 안쓰러움과 대견함이 겹쳐진 묘한 감정으로 바라보았다. 잘 알고 지내는 보호관찰관의 소개로 처음 만났을 때 동환은 갓 소년의 태를 벗어난 어두운 얼굴의 청년이었다. 두리번거리는 얼굴에는 세상에 대한 적개심이 가득한 채 눈만 번뜩이고 있었다. 그저 보통의 청년으로 볼 수도 있었는데 소년원 출신에 대한 김 사장의 선입견 때문이었을까 분명 그에게서 어떤 살기 같은 것을 느꼈었다. 아무리 사람 구하기가 힘들고 게다가 숙식하는 직원이 필요하긴 하지만 왠지 꺼림칙해서 제대로 인사를 나누기도 전에 거절의 뜻을 분명히 했는데 며칠 후 관찰관 혼자 다시 공장을 찾아왔다.
　"원래 거절한 업체에는 재방문을 안 하는 게 관례인데 그 녀석이 한 번만 더 부탁해 보라고 사정해서 그냥 와 본 거니까 부담은 갖지 말고."
　"그 녀석이 언제 봤다고 여기에 호감을 갖는다는 말인가? 그렇다고 내가 호감형 얼굴도 아니고. 자네 말마따나 어디 가서 시비 붙으면 내 얼굴 자체가 무기라고 하지 않았어?"

"공장 돌아가는 거 보고 그랬나 봐. 기계 만지는 게 좋다나 어떻다나. 여기에서 근무하면 일은 가르쳐 주느냐고 묻더라고. 그래서 당연히 그런 거는 가르쳐 주겠지 했더니 그럼 열심히 할테니 한 번만 더 부탁해 보라고 하더라고. 다른 공장에 가보자니까 그냥 여기에서 일하면 좋겠다고 사정을 하는데, 어쩔 텐가 한 번 더 면접을 상세히 볼 텐가?"

"내가 자네에게 창피하기는 하지만 기왕 다시 왔으니 말을 하지."

김 사장은 잠시 말을 멈추고 관찰관을 보더니 작심한 듯 말을 이어갔다.

"고아에다 소년원 출신이라는 게 자꾸 맘에 걸려서 그래. 그런 선입견이 있으면 안 되는 건 알고 있고 사실 내가 그런 사람도 아닌데 참 이상스럽네. 하지만 당사자가 그렇게 원한다니 한 번 더 만나보는 거야 뭐 어렵겠나."

다시 만난 청년은 고개를 떨구고 김 사장을 똑바로 쳐다보지도 못하고 있었다. 이름이 뭐냐고 묻자 비로소 고개를 들고 김 사장을 쳐다보았다. 처음에 보았던 살기는 없어지고 백치미에 가까운 순진한 미소 같은 게 보였다. 쑥스러운 듯 다시 고개를 떨구며 들릴듯 말듯한 소리를 내었다.

"강동환입니다. 시켜만 주시면 열심히 배워서 일하겠습니다."

김 사장은 보육원에서 자라면서 스무살도 안돼 전과가 5개나 붙었다는 청년을 만감이 교차하는 심정으로 바라보았다.
"월급은 조금만 주셔도 됩니다."
물어보지도 않은 말을 하며 그의 고개는 더 깊이 꺾이고 있었다. 김 사장은 상념에서 깨어나 작은 한숨을 쉬고는 거의 엎드리다시피 있는 동환의 어깨를 두드렸다.
"그래 네가 정 그렇다니 같이 일해보자. 처음이라 힘이 좀 들겠지만, 이 업종이 앞으로 전망이 좋으니 평생 배워 할 만한 일이다. 공장 안에서 먹고 잘 수 있으니 한동안 딴생각 말고 일에만 집중해. 나쁜 친구들도 만나지 말고."
고개를 깊이 꺾고 있던 동환의 어깨가 들먹이더니 김 사장의 앞에 무릎을 꿇고 눈물을 터뜨렸다. 김 사장과 관찰관은 순간 당황했다. 공장의 힘든 일자리 하나를 준 것이 뭐 그리 감동할만한 일이겠는가. 김 사장이 놀라 일으키며 다독여주자 그는 옷소매로 쓱 눈물을 닦더니 천진난만한 웃음을 보였다. 무엇이 하고 싶었던 적은 이번이 처음이라면서 당장 일을 시작하겠다는 것이었다. 그게 벌써 칠 년 전의 일이었다. 세상에 대한 적개심이 가득했던 청년은 일에 재미를 붙이고 열심히 사는 동안 수줍음이 많기는 하지만 잘 웃는 사람으로 바뀌어 갔다. 간간이 친구들이 찾아와도 늘 공장에서 만나거나 공장에 딸린 그의 숙소에서 간단히 가져온 음식을 먹는 것이 전부였다. 김 사장이 공장 내에서의 술자리를 철저히 금했기 때문이었다. 마치 밖의 세상과는 더 이상 볼 일이 없다는 듯이 동환은 공장과 공장 안의 숙소에서만 살았다.

김 사장이 공장 안을 정리하고 있는데 금옥이 폴짝거리며 걸어왔다.

"지금 이 시간까지 일을 한거야? 오빠는?"

"방금 친구들 만난다고 내려갔다. 근데 동환이는 아직도 군대에 있는 친구가 있나? 나이들이 몇 살인데?"

"아 기철이 오빠 왔구나? 친구 중에 직업군인 하나 있어요. 그 오빠가 처음에는 그냥 군대 갔다가 사고를 쳐서 말뚝 박았대요. 특전단인가 뭔가 군복도 멋지던데."

"말뚝?"

"일반 병사였다가 직업군인 되는 거를 말뚝 박는다고 그런대요. 그 오빠가 착하긴 한데 좀 욱하는 성격이 있어서 동환이 오빠가 애기 다루듯 하더라구. 그런데 어디서 만난다는 얘기는 안해요? 나도 가도 되는데."

"너도 오늘 친구 만난다고 일찍 퇴근했잖아? 이렇게 일찍 돌아올 것 같으면 아까 퇴근하기 전에 동환이 있을 때 같이 가자고 말하지 그랬어? 그랬으면 동환이도 좋아했을 텐데. 이제 곧 결혼할 사이인데 친구들 얼굴도 익히고 하면 좋지. 전화기 가지고 가는 것 같던데 꼭 가고 싶으면 전화해 봐. 아니면 아빠하고 삼겹살에 소주나 한잔하면서 기다리던지."

김 사장은 동환을 사랑하는 딸의 행복해하는 얼굴을 보면서도 늘 불안하고 안쓰러웠다. 아내가 세상을 떠난 게 올해로 꼭 십 년이니 금옥이가 중학교 일학년 때였다. 엄마의 죽음을 받아들이지 못하고 방황하긴 했지만 힘들게 이겨내고 아빠를 끔찍이 챙기는 착한 딸이었다. 엄마가 없으니 가족도 많고 화목한 가정에서 자란 사람과 결혼하면 얼마나 좋을까. 동환과 결혼을 하겠다고 나섰을 때 처음에는 반대도 많이 했었다. 일 잘하고 성실한 데다가 무엇보다 신뢰할 수 있어서 공장일을 모두 맡아 하다시피 하고는 있지만 막상 사위가 된다고 생각하니 김 사장은 선뜻 마음이 내키지 않았다. 고아라는 자신의 선입견이 작용한 탓이라고 생각은 하면서도 처음에 보았을 때의 섬뜩했던 느낌이 영영 가시지 않고 알지 못할 불안감으로 남아있는 것이 문제였다.

동환이 약속 장소인 곱창집 앞에 도착했을 때 사람들이 가게 앞을 빙 둘러 싸고 있었고 그 뒤쪽으로 큰소리와 함께 싸우는 듯한 모습의 사람들이 언뜻언뜻 보이고 있었다. 동환은 순간 불길한 예감에 달려갔다. 사람들 틈을 비집고 들어서자 기철을 포함한 친구들 세 명이 예닐곱 명에게 둘러싸여 싸우고 있는 난장판이 보였다. 기철은 이미 술이 많이 취한 듯, 상대편에게 욕을 퍼붓기는 하지만 일방적으로 맞고 있었고 나머지 친구 둘도 빙 둘러싸인 채 수세에 몰려서 날아오는 주먹과 발길질을 피하기에 급급한 형국이었다. 상대 쪽은 하키 선수들인 듯 모두 하키스틱을 가지고 있었는데 그 중 몇은 스틱으로 공격하고 있었다. 수적 열세는 물론 무기까지 든 그들에게 속수무책 당하고 있는데 쓰러져 있던 기철이 일어서며 양손에 병을 들어 깨는 것이 동환의 눈에 들어왔다. 동환은 안돼 하고 소리를 지르며 달려들어 기철의 손에 든 병 하나를 빼앗았다. 나머지 병을 안 빼앗기려고 팔을 휘두르며 저항하던 기철이 들고 있던 병을 손에서 놓치는가 싶더니 동환의 등 뒤에서 단발마 비명 소리가 들렸다.

"오빠 전화 안 받는데? 하기야 시끄러운 술집에서 벨소리가 들리겠어? 그리고 오빠는 항상 진동으로 해놔요. 일할 때는 아예 전화기도 꺼놓고. 그러지 말라고 해도 일에 집중이 안된다고 그러더라고. 아빠! 동환이 오빠 정말 일 잘하지, 그치?"

김 사장이 공장 앞마당에 고기를 구워 먹을 준비를 하는 동안 열심히 전화기를 만지던 금옥이 주머니에 전화기를 넣으며 거들었다.

"딸자식 키워 시집보내면 다 소용없다더니 이제는 입만 열면 동환이 얘기구나. 그렇게 좋으냐?"

"밖에 나가봐도 우리 오빠가 제일 잘 생겼더라. 일도 잘하고 착하고 더군다나 시집살이시킬 시어머니도 시누이도 없고, 아빠도 좋지 않아요? 그리구 우리 결혼하면 아빠하고 같이 살 거예요. 동환이 오빠도 아빠를 얼마나 좋아하는데. 나한테 아빠를 너무 좋아해서 결혼하는 거라고 해서 다투기까지 했다니까?"

김 사장은 그랬을 것이다 라고 생각했다. 김 사장이 알 수 없는 꺼림칙한 속내를 가지고 있다는 것도 모른 채 동환은 정말 자신을 아버지같이 잘 따랐다. 결혼은 안 된다고 반대했을 때도 자신도 그렇게 생각한다며 절대 금옥과 결혼하는 일은 없을 것이라며 걱정마시라고 여러 번이나 다짐하지 않았던가.

"누구 맘대로 같이 살아, 인석아. 정 같이 살고 싶으면 신혼 3년은 지나서 애 하나 낳으면 생각해보던지."

"아니야 아빠. 나는 아빠가 쫓아내도 같이 살거야. 동환이 오빠도 꼭 그렇게 하자고 했단 말이야. 아빠 모시고 열심히 일해서 셋이 잘살아 볼 거라고."

"너 어릴 때 나는 이담에 식구가 많은 집으로 시집가서 애들도 많이 낳을 거라고 했던 말 기억나니?"

"내가 그랬어? 언제?"

"초등학교 들어가기 전이니까 한 일곱 살이나 됐나? 그때 동네에서 싸웠을 때 걔네 언니가 나서서 너를 때렸다고 했잖아. 그래서 울면서 들어와서는 나는 왜 혼자 밖에 없냐고 엄마한테 언니 없으면 동생이라도 하나 만들어 달라고 막 떼쓰고 그랬지."

"그건 모르겠는데 어릴 때 살던 동네 친구 중에서 형제 없이 혼자인 아이는 나밖에 없었던 기억은 나요. 다들 두셋씩은 있었는데 나만 혼자였잖아. 놀 때는 잘 모르다가 싸우거나 어디를 같이 갈 때면 늘 혼자인 게 약 오르고 그랬어요. 근데 왜 엄마는 나만 낳으셨어요?"

"엄마가 결혼할 때부터 몸이 약했는데 너를 낳느라고 너무 고생을 해서 아빠가 아예 아기를 갖지 못하게 엄마 몰래 수술했지. 끝까지 엄마는 그걸 모르고 갔어. 착한 사람은 하늘이 먼저 데려가 천당에 살게 한다는 말을 위안 삼을 만큼 착한 사람이었다. 네가 엄마를 닮아서 세상 모든 사람을 너무 선한 쪽으로만 보는 게 아빠는 늘 걱정이었다. 지금도 그렇고."

"아빠 혹시 동환이 오빠 때문에 걱정하는 건 아니지? 그리구 나 이제 아빠가 생각하는 것만큼 그렇게 세상을 좋게만 보는 어린애 아니야. 오빠가 자기 얘기를 잘 안 하는데 들은 것만 짚어봐도 너무 힘들게 살았던 거 같아. 어릴 때 입양 갔다가 세 번이나 파양을 당했대.

그 어린아이가 얼마나 상처를 받았겠어?"

"파양이 뭐냐?"

"입양한다고 데려갔다가 취소하고 다시 돌려보내는 사람들도 있대요. 그러면 그 아이는 다시 보육원으로 돌아오는 거지. 다시 돌아올 때 자기를 쳐다보는 아이들을 보기가 죽기보다 싫었다고 하더라고."

"왜? 다시 만나서 반가운 게 아니고?"

"파양 당한 사정을 잘 모르는 아이들은 입양 부모가 좋은 사람들에 부자 같았는데 오빠가 아니라 내가 갔으면 파양도 안 당하고 좋았을걸. 뭐 그런 심정들일 수도 있었겠지. 그런데 오빠가 지금이나 어릴 때나 외모가 깨끗하고 반듯해서 입양하러 온 사람들에게 인기가 있었나 봐. 그 얘기도 요즘 와서 한 거야. 나한테도 몇 년 동안이나 자기 얘기는 절대로 안 했거든."

"하기야 나한테도 그런 얘기는 잘 안 하더라. 어떻게 고아가 됐는지도 말 못 들었지?"

"고아라는 말을 워낙 싫어하니까 말도 안 했지만 사귀자는 말도 내가 먼저 했는데 오빠가 뭐라 했는지 알아?"

금옥은 땅으로 시선을 돌렸다.

"싫다는 거야. 자기는 할 일도 많고 여자한테 관심도 없고 결혼도 안 할 거라면서 나보고 제발 신경 좀 끊으라는 거야. 무슨 여자가 남자한테 먼저 사귀자고 하냐면서 노골적으로 핀잔을 주는 거 있지?"

"그런데도 그놈이 좋았어? 어디가 그렇게 좋으냐? 내가 보기에는 기생오라비같이 생겨서 이쁘기는 하다만 여자한테 잘해줄 것 같지는 않던데. 사귀어 보니까 좀 이기적이지 않아?"
"나를 위해서 그랬대. 나를 좋아하긴 했는데, 자기 같은 놈하고 결혼하지 말고 대학 나오고 좋은 집안 남자 만나서 잘 살기를 바랐대. 이쁘게 생기고 착한데 왜 자기 같은 놈을 좋아하냐고. 그러면서 막 울더라. 같이 붙잡고 울었어 아빠..."
"나는...흠흠"
김 사장은 헛기침을 몇 번 했다. 김 사장과 금옥은 실로 오랜만에 부녀지간에 술을 하며 대화를 나누었다. 술 때문이었을까. 김 사장과 금옥은 속에 있던 얘기들을 꺼내 놓았다. 대화는 둘이 했지만, 대화의 주인공은 그곳에는 없는 동환이었다.
"그런데 동환이가 이렇게 늦게 돌아온 적이 없는데 이상하다. 벌써 열두 시가 다 되지 않았어?"
"그러게요. 전화도 안 받고. 내 전화를 이렇게 오랫동안 안 받은 적이 없는데 무슨 일이 생긴 건가?"
김 사장의 가슴 속에서 칠 년이 지나도록 다 가시지 않는, 설명하지 못할 어떤 걱정들이 다시 고개를 들기 시작했다.

2.

박 사무장이 들어서자 포장마차 구석에 앉아있던 장 형사가 손을 번쩍 들었다. 포장마차치고는 안이 널찍해서 구석진 자리는 아늑하고도 편안해 보였다.

"내가 오랜만에 기껏 한잔 산다는데 이런 데를 오자고 해?"

"야 나는 이게 편해. 경찰서 근처 일식집에 앉아있어 봐야 가시방석이야. 요즘은 내가 돈을 내도 접대받는다고 쑤군덕거리고 지랄들을 한다니까. 진짜 이런저런 생각 없이 끝발 날리던 옛날이 그립다. 그나저나 요즘 건수 잡아 주는 것도 없는데 꼼장어 안주에 소주일망정 얻어먹어도 되는 거야?"

"그니까 뭐 하나 건져 줘야지. 요즘 나도 김변 때문에 시달리다 죽겠다. 변호사들이 너무 많이 생겨서 이젠 서로 경쟁이 너무 치열해지고, 인권인지 뭔지 때문에 불구속이 많아져서 사고 치는 놈들한테 공갈 때리기도 쉽지 않아. 무조건 잡아 처넣고 봐야 우리 같은 사람들도 먹고살기가 수월한데 말이야."

박은 손을 들어 할머니를 부르더니 안주와 소주를 시키고는 그녀가 돌아서 가는 뒷모습을 보다가 주위를 두리번거리더니 장 형사의 귀를 잡아당겼다.

"아 뭔 얘긴데 귀까지 당기냐. 저 할머니가 뭔 말인지 알아듣기나 하겠냐?"

"오늘 김변이 사건 없어서 죽겠다고 하더니 좋은 제안을 하더라고."

박은 장 형사의 귀를 놓더니 침 한 번 삼킨 다음에 얘기를 이어갔다.

"월급은 월급대로 주고 내가 물어가는 사건마다 기본 경비만 집어넣고 나머지는 나보고 가지라는 거야."

"달달 볶아도 안 되니 아주 미끼를 제대로 놓는구만, 크"

"야 지금 변호사마다 잘나가는 사무장 구하려고 경쟁이 장난이 아니야. 지들 얘기 속에 나도 잘나가는 사무장으로 낑겼나봐. 며칠 전 서초동 로펌에서 나한테 전화 한 통 온 것을 어떻게 알고 김변이 꼬랑지를 내리더라고. 새끼 처음엔 그렇게 사람을 괄시하더만."

"잠깐만"

장 형사가 박을 손으로 제지했다.

"할머니 제가 누군지 아세요?"

할머니가 가져온 술과 안주를 정리하는 것을 쳐다보며 장 형사가 묻는데 할머니는 힐끗 쳐다보고는 시큰둥하게 대답한다.

"술 먹으러 온 사람이지 누군 누구여. 근데 내가 그거 알아야 하남?"

"됐어요. 모르는 게 잘하시는 거니까 앞으로도 계속 모르시면 됩니다."

쟁반을 들고 별일을 다 보겠다는 듯이 혀를 차는 할머니를 보던 박이 젓가락을 쪼개며 뭔 실없는 소리냐는 듯이 장 형사를 쳐다보고는 본격적으로 다그쳤다.

"그 말 나온 담에 바로 사건 하나 가져가면 김변한테 체면도 서고 좋을텐데 뭐 하나 없냐? 일단 형사 건으로 들어온 거 있으면 무조건 줘봐."

소주잔을 입에 털어 넣고 안주를 오물거리던 장 형사가 박을 빤히 쳐다보며 눈을 껌뻑이다가 곧 머리를 흔든다.

"과실치사 사건이 하나 있기는 한데 사건이 복잡하기도 하고 가해자 쪽 놈들이 워낙 거지새끼들이라 돈은 안 될 건데. 그리고 죽은 애 아버지가 방귀깨나 뀌는 놈인데 과실이 아니라 살인이라고 주장하고 나서서 골치가 아파. 누가 봐도 죄가 없는 놈이 덤터기를 쓰게 생겼는데 뭔 돈이 되겠냐?"

"야 돈이 되고 안 되고는 내가 판단하는 거지 경찰이 계산기까지 갖고 다니냐? 뭔 건인데 말이나 좀 해봐."

박사무장은 부딪힌 잔을 손에 든 채 자신을 쳐다보며 묘한 표정으로 바뀌는 장형사를 보고 동물적으로 돈 냄새를 맡았다. 원래 돈이라는 놈은 숨어있기를 좋아한다. 누가 봐도 돈 되는 일은 사실 돈이 안 되는 일이 오히려 많다. 등잔 밑이 어두운 법, 이참에 미스 정에게 경차라도 하나 사주면 좀 좋을까. 이 기집애가 요즘 들어 투정이 심해졌는데 언제부턴가 차를 사달라고 조르기 시작했다.

"군바리가 하나 낀 폭행 사건인데 복잡해. 본의 아니게 실수로 날아간 깨진 병에 목을 맞아서 동맥이 끊어지며 과다출혈로 사망자가 발생한 사건이야. 죽은 애가 부자집 막내 아들인데 그 애가 가해자면 돈이 좀 되겠지만 피해자란 말이야. 처음 병을 깬 군바리는 군 헌병대에서 신병 인수해갔고 남은 애들이 다 고아 출신들인데다가 실수로 병을 날린 놈도 막상 자기가 날린 게 아니고 군바리가 깨진 병을 휘두르며 난리를 치는 것을 말리려고 팔을 딱 잡다가 그 반동으로 병이 날아간 거거든. 재수에 옴 붙은 거지, 사실은 그놈도 가해자가 아닌 거지. 거기다가 그놈은 이미 싸움이 시작된 이후에 왔고 싸움을 말리는 것을 본 증인도 있거든. 그러니 결국 죽은 놈은 있는데 살인자는 없는 복잡한 사건이란 말이야."

박사무장의 눈이 반짝 빛나며 입맛을 다시는 것을 장 형사는 흠칫하는 심정으로 보았다.

"가해자냐 피해자냐 하는 거는 정리하기 나름이니까 하여튼 사건 파일 좀 보내주고 오늘은 술이나 진탕 마시자. 비록 포차에서 시작은 하지만 내가 오늘 김변한테 동업자 제의받은 기념으루다가 풀코스로 쏠테니까 일단 허리띠부터 풀러라. 벗기는 이따 벗고 하하."

"이젠 니가 김변 월급 주면서 데리고 있는 꼴이네. 요즘 사무실 임대료도 제대로 못 내는 변호사도 있다는데 뭐하러 그 고생하고 고시 공부하겠냐. 너처럼 하면 변호사보다 나은데 흐흐."

"그래서 세상은 요지경이라는 거 아니냐? 그나저나 니네 반장은 지금도 전세 아파트에 사냐? 꼬장꼬장한 건 좀 가셨나 몰라. 지난번에 음주운전 사망사건을 끝까지 털다가 중앙지검 조 영감한테 디지게 혼났다면서? 지가 무슨 판관 포청천이냐? 빙신."

박은 꼼장어를 씹으며 소주잔을 비웠다.

"그나저나 그 사건 아직 조서 안 꾸몄지?"

3.

반원형으로 둥글게 만들어 몇 개로 나누어진 경찰서 유치장의 한쪽 끝방에서는 다른 방들이 잘 보였다. 동환은 수갑에 묶인 채 쇠창살에 머리를 기대고 다른 방들에서 움직이는 사람들의 모습을 무심히 바라보고 있었다. 친구 둘은 각각 다른 방에 있었지만 동환처럼 수갑을 차고 있지는 않았다. 경찰서 유치장, 다시 들어오고 싶지 않은 곳이었고 이제 다시는 이곳으로 돌아오지 않을 줄 알았다. 선배들에게 매를 맞으며 망을 봐주다가, 혹은 싸움판에서 이러지도 저러지도 못하다가 끌려와서 고아 새끼라는 말을 들을 때도 지금같이 비참하지는 않았었다. 무엇보다 자신의 행위 때문에 사람이 죽었다는 현실을 받아들일 수가 없었다. 자신이 나서서 싸움을 막지만 않았어도 사람이 죽기까지는 안 했을 것이라는 경찰의 말에 동환은 자신이 죽인 거나 마찬가지라는 생각에 절망했다. 아무리 깨진 병이 날아가 정통으로 목을 찔렀다해도 사람이 그렇게 쉽고 허망하게 죽을 수 있다는 사실을 믿을 수가 없었다. 마치 꿈을 꾸는 것 같았다. 칠 년의 시간을 오직 다른 사람들처럼 평범하게 살고 싶다는 꿈만 간절하게 꾸었다. 그러나 그 꿈이 이루어지는 문턱에서 일어난 사건은 마치 자신의 운명이 이미 정해져 있다는 일종의 암시 같았다. 동환은 쇠창살에 자기도 모르게 머리를 찧었다. 자기가 죽인 게 아니고 그 현장을 본 사람도 많았지만, 동환은 내가 죽인 게 아니라고 말할 자신이 없었다. 나 때문에 죽은 것이나 내가 죽인 것이나 뭐가 다르겠는가 하는 생각만이 머릿속에서 맴돌았다. 더군다나 죽은 그 아이 역시 누구를 때리거나 싸움판에 적극적으로 가담한 아이가 아니었다. 둘러싸고 있는 일행 중 유일하게 스틱 가방만을 양손에 들고 어쩔 줄 몰라 쩔쩔매던 아이가 아니었던가. 그래서 동환도 일단 날뛰는 기철이를 말린 다음 그 아이에게 협조를 구하려고 맘먹고 있지 않았던가. 아무 잘못도 없는 사람이 자신의 섣부른 행동 하나 때문에 죽은 것이다. 동환은 경찰서에 찾아와서 통곡하던 그 아이 어머니의 목소리가 귓가에서 떨어지지 않았다. 도대체 어느 놈이야? 아이가 죽었는데 죽인 놈이 없다는 것이 말이 되냐고? 경찰이고 뭐고 니들 다 가만 안 둘거야.

내 말 잘 들어라. 죽은 애 집이 돈도 있지만 아버지가 힘이 있는 사람이야. 고의성은 없다지만 살인은 살인이지. 피해자 가족은 살인범을 원하는 것이지 과실치사범을 보고 싶은 것이 아니야. 그게 세상이라는 거다. 아까 네가 다니는 공장 사장이 와서 너에 대해서 잘 이야기하고 내가 봐도 네가 사람을 죽일 사람으로는 안 보여서 이런 이야기도 해주는 거야. 그러나 법이라는 게 그런 것하고는 거리가 멀어. 피해자 가족이 너를 살인범으로 만들려면 얼마든지 가능한 일이거든.

담당이라는 장 형사는 동환에게 차분하고 친절하게 정황을 설명해 주고 어떻게 해서든지 살인이 아니라 사고로 만들어야 한다고 말했다. 그 절망적인 상황에서도 동환은 한 줄기 빛을 보는 것 같았다. 동환이 여태까지 만났던 형사들은 모두 그에게 죄를 인정하라고 때리며 윽박지르기만 했지, 이렇듯 살갑게 대해 준 사람은 없었다. 동환은 그저 머리를 조아리며 살려달라고만 빌었다. 결혼을 앞두고 있으며 지난 세월 동안 정말 착실히 일만 하며 살았다고 매달렸다.

"김 사장님한테서 다 들었다. 그 집 딸하고 약혼까지 한 사이라는 것도 알아. 그러니 어떻게든 무사히 나가서 결혼하고 잘살아 봐야지. 피해자 유족들은 내가 무슨 수를 써서라도 설득을 시킬테니까 희망을 버리지 말고, 알았지?"

동환은 너무도 고마워서 수갑을 찬 채 엉엉 울고 말았다. 그 와중에도 사고가 있던 그 술집 사장하고 안면이 있는 사이인데 그 사장이 처음부터 다 봐서 잘 알고 있으니 내가 죽인 게 아니라고 증언을 해줄 거라는 말을 반복하며 절박한 심정으로 매달렸다.
"어떤 게 진실이냐 하는 거는 문제가 아니야. 이런 사건은 변호사가 누구냐가 제일 중요한 거다. 웬만한 사건이면 다 무죄를 받아내는 능력 있는 변호사들을 전관이라고 그래. 그런 전관들은 전직 대검찰청 부장검사쯤 돼야 가능한데 내가 아는 전관 변호사가 있어. 그 사람한테 내가 특별히 부탁해 볼게. 나도 너같은 동생이 있다. 너도 보니 나쁜 놈은 아닌 것 같은데 어쩌다가 재수가 없어서 그리된 것이지. 아까 김 사장님은 돈은 어떻게든 마련해 볼테니 능력있고 좋은 변호사를 소개해 달라고는 하더만 그런 변호사는 부르는 게 값이니 그게 문제야."
장 형사는 담배를 하나 빼 물고는 깊은 한숨을 쉬었다. 야 오늘 중으로 변호사를 찍어야 한다고 말만 하고 바짝 당기는 거 같으면 일단 나를 만나게 해줘. 그다음은 내가 알아서 할게. 니가 변호사도 아닌데 접견시켜준 거 걸리면 나 짤리는 거 알지? 김변한테 오라고 하면 안 되냐? 그러다가 김변이 산통 다 깨버리면 푼돈이나 만지라고? 공장 사장 사위 될 놈이라며? 결혼 자금 모아놓은 것도 있을 거고. 박 사무장의 목소리가 생생하게 되살아나자 장 형사는 눈을 질끈 감았다.
"그러니 면회 온 김 사장뿐만 아니라 누구한테라도 내가 고의로 죽인 게 아니라느니 싸움 말리는 것을 본 증인이 있으니 죄가 없느니 이런 말로 공연히 경찰이나 검사들 눈 밖에 나지 말고 그냥 '죽을죄를 지었습니다. 용서를 빕니다'라는 말만 해. 그러면 나머지는 변호사가 다 알아서 해줄 거니까, 알았지?"
 장 형사는 동환의 어깨를 두드리며 일어섰다.
 "얼른 나가야지. 이런 곳에 오래 있으면 장가가기도 힘들다. 옆 방에 사장님 면회 와 있으니까 여러 소리 말고 잘못했다고만 해. 사장님이 아주 좋은 분 같더라."
 방을 옮겨 가면서 동환은 혹시 금옥이 왔을까 걱정되어 면회하는 동안 수갑을 풀어줄 수 없느냐고 물으니 장 형사가 난처한 표정을 지었다. 강력범이라 안된다면서 수갑을 찬 손목 위에 검고 두터운 천을 감싸 보이지 않게 해주었다.

 장 형사의 손에 이끌려 간 방에는 김 사장 혼자 앉아있었다. 동환이 두리번거리자 김 사장은 금옥이는 내가 온 것도 모르고 아직 면회가 안되는 줄 알고 있다면서 앉으라고 손짓했다.
 "얼굴이 많이 안됐구나. 먹는 건 부실하지 않냐?"
 동환은 그 말을 듣자 자기가 이곳에 들어온 지가 며칠째인지 무엇을 먹었는지 도통 기억이 나질 않았다. 그저 입안이 바짝 말라 있었지만 무감각했던 목이 심하게 말라서 물 생각만이 간절했다. 물을 달라고 해서 두 컵이나 연달아 비운 후에야 비로소 동환은 정신이 나는 것 같았다.
 "칠 년을 넘게 하루 온종일 붙어살다시피 했으니 내가 어떤 인간인지는 니가 잘 알 것이다. 말 돌려서 하지 않으마."

동환이 물 두 컵을 단숨에 마시고 크게 숨을 몰아쉬는 모습을 물끄러미 쳐다보던 김 사장이 자신도 물 한 잔을 따라서 손에 들고 말했다. 막상 말을 하려니 목이 메는 듯 물을 마시는 김 사장을 동환 역시 물끄러미 바라보았다. 그랬다. 김 사장은 언제나 할 말이 있으면 바로 본론부터 말을 하지, 말을 돌리거나 설명을 먼저 붙이는 성격이 아니었다. 항상 간결하고 직설적으로 말하는 것이 그의 장점이자 단점이었다. 동환은 침을 꿀꺽 삼켰다.

4.

"그런데 이 사건은 강동환이 피의자가 아니잖아요? 그는 술자리에 있지도 않았고 싸움이 시작된 후에 싸움을 말리려 했을 뿐 아닌가요? 단지 처음에 흉기를 들은 피의자의 팔을 잡았다가 휘둘려진 팔 때문에 날아간 병이 피해자의 목에 꽂힌 거 아닙니까? 그 흉기를 강동환이 붙잡고 있었던 것도 아니고."

김변호사는 사건 파일을 대충 들추어 보고 박 사무장을 불러 의견을 구했다.

"그게 그렇게 간단치가 않습니다. 목격자가 서로 다른 증언을 하기도 하고 일단 강이 병을 빼앗아 던져 버리다가 그렇게 되었다고 하는 사람도 있구요. 패싸움을 한 당사자들 외에는 다들 지나가던 길에 본 사람들이라 증인 채택이 어렵습니다. 대학생 애들은 무조건 강동환이가 병을 던졌다고 하더라고요. 심지어 어떤 놈은 강동환이 병으로 목을 찌르는 것을 봤다고도 합니다. 당시 술들이 취했기도 하지만 워낙 난장판 속에서 일어난 일들이라 증언들이 일치하지를 않습니다."

"그래요? 경찰은 뭐라고 합니까?"

"일단 강과 군인이 과실치사 공범으로, 피의자가 맞다고 합니다."

"글쎄요. 내가 보기에는 강은 서 있던 각도로 보나 당시 정황으로 보나 피의자로 보는 것이 맞지 않는데요. 단순 가담자도 아니고 그야말로 지나가는 행인 만큼이나 무관한 거 같은데."

"제가 알아서 하겠습니다. 하여튼 실형을 살게 하지는 않도록 하겠습니다. 자잘한 전과가 있으니 재판까지는 가야 할 것 같습니다."

"수임료 시비 안 나게 잘하세요."

김 변호사는 서류를 책상에 놓으며 고개를 갸웃거리고는 사무실을 나갔다.

"동업하자고 징징댈 때는 언제고 또 상전 노릇을 하려고 드네. 확 짐 쌀 까보다."

박은 과장된 몸짓으로 김변이 나간 문을 향해 종주먹을 들이대더니 돌아서 바로 웃으면서 열심히 서류를 들여다보는 미스 정을 뒤에서 끌어안았다.

"오늘 집에 어머니 안 계시지? 내가 잠깐 볼 일이 있으니까 끝나고 먼저 가서 기다리고 있어. 오늘은 너하고 자고 갈거야. 와인 사 가지고 갈까?"

미스 정이 돌아보고 웃으면서 눈을 흘기는데 박은 끌어안은 팔에 더욱 힘을 주는 것이었다.

박 사무장은 서둘러 사건이 있었던 식당을 찾았다. 식당 주인은 그날의 일들을 아주 자세하게 기억하고 있었다. 먼저 들어온 손님들이 군인이 한 명 있는 팀이었는데 한 시간 정도 지나고 대학 하키 선수들이 왔다는 것이다. 밖에 내놓은 드럼통 테이블이 두 개가 연결된 자리가 없어서 안으로 들어가라고 하자 주장이 군인 테이블로 가더니 군인 아저씨가 국가 대표 선수들을 위해 양보하라며 안으로 들어가서 먹으라고 했다는 것이었다. 한창 먹던 테이블을 바꾸기도 어려워서 자기가 나서서 안 된다고 했는데 자기를 밀치고 군인에게 빨랑 자리를 바꿔 달라고 시비를 걸었다는 것이다.

"그래도 군인이 착하더라고요. 인상은 썼지만 아무 말 없이 안쪽으로 자리를 옮겨줬지요. 그래서 나도 다행이다 생각하고 그놈들 술상을 차려주고 한 삼십 분 지났나... 갑자기 우당탕 해서 주방에서 뛰어 나가보니 싸움판이 벌어져 있더라고요. 들기로는 군인이 화장실을 가는데 또 그 하키 주장인가 하는 놈이 시비를 걸었대요."

"지금 군인은 부대로 끌려가고 다른 하나가 살인 공범으로 지목되고 있는데 그건 어떻게 생각하십니까?"

"말도 안 되지요. 그 사람은 나보다 더 늦게 쌈판을 본걸요. 내가 말리다가 스틱에 한 대 맞고 멍해 있을 때 그 사람이 뛰어오는 걸 봤어요. 그러다가 군인이 맥주병 두 개를 양손에 들고 깨니까 그 청년이 달려들어 한쪽 팔을 잡았는데 어찌나 힘있게 팔을 흔들었으면 그게 그렇게 칼같이 날아가 꽂힐까 원. 피가 뭐 펌프질하는 거같이 펑펑 나오는데 수건으로 막아도 소용이 없고, 119가 아주 빨리 왔는데도 가

다가 죽었답니다. 하여튼 지금 살인범으로 몰려 있는 그 사람은 죄가 없습니다. 내가 증인이라도 설 수 있지요."

"경찰이 다녀갔지요? 혹시 누가 왔었는지 기억합니까?"

"장 형사라고 자기가 담당이라고 하면서 아무한테나 함부로 말을 했다가 큰일 난다고 해서 제가 입을 봉하고 아무에게도 말을 하지 않았습니다. 선생님은 지금 그 사람을 위해서 변호할 거라고 하니까 제가 마음 놓고 말씀드리는 것이지요."

"지금부터 제 말 잘 들으세요. 죽은 애의 아버지가 고위공무원입니다. 자기 자식이 죽었는데 죽인 놈이 없다니 미칠 노릇 아닙니까? 교통사고를 당했어도 쫓아가서 쳐 죽일 판인데 깨진 병을 맞고 죽었는데 범인이 없다면 사장님 같으면 맘이 어떻겠어요? 그러니 일단 재판정에서 증인으로 나오라고 할 때까지 완전 입 닫고 사셔야 합니다. 공연히 나섰다가 죽은 아이 아버지하고 시비라도 붙으면 좋을 거 없잖아요? 하지만 결국은 살인범까지는 아니고 집행유예로 나오게 될 거니까 걱정은 마시고요. 알았지요?"

박 사무장은 단단히 입을 닫고 있으라고 말을 했는데 다행히도 가게 주인은 그것이 자신은 물론이고 강동환에게도 이득이 된다고 이치를 따져 설명하자 알아들은 것 같았다. 다시 한번 찬찬히 설명하여 입단속을 시키고는 사후 처리 방법을 고심하기 시작했다. 증인으로 세우되 나중에 시간을 끌다가 결정적일 때 세우면 된다. 이 증인만 있으면 일부 과실 혐의를 인정한다고 하더라도 징역 2년에 집행유예 3년이면 족할 것이었다. 지금 강에게는 집행유예니 뭐니 하는 것이 중요한 게 아니라 감옥에 안 보내고 밖으로 내보내 주기만 하면 되는 것, 게임은 끝이 난 것이나 마찬가지였다. 박은 장 형사에게 전화를 걸었다.

"나야. 오늘 왔다 갔다며? 수고했다. 아 오늘은 미정이 달래주러 가야 하니까 안 되고 내일이나 모레쯤 하자구. 요즘 들어 지지배가 맛을 들였는지 자꾸 보채네. 젊으니까 그렇지 뭐. 알았어 인마. 이거 완전 풀코스에 맛 들였네. 그러지 말고 너도 스페어 하나 만들어 놔라. 미스 정한테 친구 하나 부르라고 할까? 좋다고? 경찰 새끼가 잘하는 짓이다 큭"

5.

크고 육중한 철문이 소리를 내며 옆으로 열리자 문 안쪽으로 옹기종기 모여 있던 재소자들이 삼삼오오 몰려 나갔다. 그 문턱의 이쪽과 저쪽은 다른 세계였다. 동환은 천천히 문턱을 넘으며 뒤를 돌아보았다. 삼 개월을 채 못 있었는데 마치 삼 년도 더 된 듯 밖의 세상이 낯설게 느껴졌다. 다들 기다리던 누군가의 품에 안기거나 악수하거나 하면서 두부들을 받고 있었다. 오래전이긴 하지만 동환 역시 이 전에 구치소를 나올 때는 선후배들이 늘어서서 마치 졸업식을 하듯 두부식을 했었다. 먹기도 하고 이마에 바르기도 하면서 그들은 축하인지 의식인지를 치루었다. 그때는 그나마 공동체의 가족 같은 분위기가 있어서 따뜻하기는 했었던 것도 같았다. 이제 다시 혼자가 되었다. 동환은 어디로 갈지 방향을 못 잡다가 공장으로 가보기 위해 버스 정류

장 쪽으로 걸어갔다. 구치소로 오기 직전에 면회를 온 김 사장의 비통한 말이 떠올랐다. 하기야 지난 삼개월 동안 하루도 잊어버리지 못하고 귀에 맴돌던 말들이긴 했다.

담당 형사가 그러는데 사람이 죽은 사건이라 네가 직접 죽였든 아니든 쉽게 나오지는 못할 거라고 하더라. 죽은 애 부모 때문에 잘못되면 십 년까지도 살인범으로 징역을 살 수도 있고. 근데 담당이 너를 잘 보았는지 힘이 센 변호사를 소개해줘서 희망이 있기는 한데, 돈이 엄청 많이 들어간다는구나. 변호사 혼자 먹는 것 같으면 깎아줄 수도 있는데 검찰하고 판사도 집어줘야 하고 죽은 아이 가족하고 합의를 끌어낼 전문가도 따로 구해야 한대. 산 넘어 산이라면서 변호사 사무장도 나를 찾아와 어떻게 방법이 없겠냐고 안타까워했다. 사람이 참 좋게 생겼더라. 내가 생각해도, 그저 시킨 일만 해도 되는데 니가 동생 같다면서 가슴이 아파서 뛰어다닌다는 데 너무 고맙지. 하지만 너도 잘 알다시피 지금 공장 형편에 그 큰돈이 어디에서 나오겠니? 너희들 결혼한다고 모아놓은 돈도 꽤 되긴 하다만 택도 없고. 흠흠. 김 사장은 헛기침을 몇 번 했다. 공장을 팔기로 했다. 사업 전망이 좋아서 붙잡고 있긴 했다만 너 없이는 유지하기도 힘들고 또 누가 너같이 공장에서 먹고 자면서 자기 일같이 하겠니? 무엇보다 이제 금옥이가 울기만 하고 일하려 들지를 않아. 매일 너만 빼달라고 떼를 쓰는데 나도 너무 힘들다. 사장님 공장만은 팔지 마세요. 제가 그냥 여기서 징역을 살게요. 그래도 돼요. 금옥이도 안 만나고 그냥 여기 있다가 나가서 아무도 안 만나고 살께요. 사장님 제발 공장을 팔지 마세요. 동환은 수갑을 찬 팔로 김 사장을 붙잡고 엉엉 울다가 경찰의 제지를 받고서야 일어섰다. 사장님 제발. 김 사장이 동환을 끌고 가는 경찰을 막아섰다. 경찰이 시계를 흘낏 보더니 동환을 놓아주었다. 김 사장은 동환을 다시 자리에 앉혔다. 우리는 고향으로 내려갈 거야. 열심히는 했지만 사실 나는 오래전부터 농사에 더 맘에 있기는 했었다. 어차피 몇 년 더 하다가 너와 금옥이에게 물려줄 것이었으니 그리 미안해 할 것도 없다. 이제 사람들하고 부대끼며 산다는 것 자체가 힘이 드는구나. 다행히 문중에서 농사지을 땅도 빌려준다고 하니까. 동환아, 우리 인연은 여기까지인 것 같다. 네가 무죄라는 것은 나도 믿어. 그렇지만 그 이상은 나로서도 감당이 안 되는구나. 금옥이가 어떨지 모르겠지만 그것은 네가 잘 처신해 주기를 바란다. 금옥이를 위하는 네 마음을 아니까 내가 믿어도 되겠지? 동환은 아무 말도 할 수가 없었다. 나중에 정리가 다 되어 나오면 사고가 났던 식당으로 가보아라. 그 식당 주인에게 다만 얼마라도 맡겨 놓을테니 찾아서 당분간 쓰며 지내고. 내가 해 줄 수 있는 건 거기까지다. 나를 이해하겠지? 김 사장은 울고 있는 동환을 바라보다가 끌어안았다. 불쌍한 내 새끼.

세상에서 젤 더르븐 놈들이 변호사 놈들이라더니 아주 악질 중의 상 악질을 만났구만. 병을 깬 것도 군바리고 그걸 휘둘러서 날아가게 만든 것도 그놈인데 뭔 니가 살인범으로 몰리냐. 변호사고 뭐고 그냥 내버려 두어도 경찰이 알아서 증인을 찾아 사건 처리를 할거고 폭행 전과도 큰 게 없으니 많이 찍어야 징역 2년에 3년 집행유예인데. 형사 놈하고 사무장 놈하고 작전을 벌인거지. 세상 물정 모르는 너는 그렇다 치고 니네 사장은 바보냐? 그걸 달라는 대로 주는 멍청이가 어딨어? 하기야 뭐 살인범이라고 겁을 주니 바짝 시야시가 돼 가지고 허둥댔겠지. 그런 착한 사람들만 항상 나쁜 놈들한테 표적이 되는 거야. 아고 일억 오천이라니. 집 한 챗값이네. 그나저나 너는 왜 면회를 거절하는 거냐? 면회 온 여자가 약혼한 사이인데 왜 면회를 안 시켜 주냐고 올 때마다 울고 난리 쳐서 면회소 교도관들이 아주 학발을 뗀다더라.

동환은 자신을 알아보고 반가워하는 식당에서 순대국을 시켜 천천히 먹었다. 오랜만에 넘겨보는 소주 때문인지 속이 울렁거렸다. 구석에 앉아 고개를 숙이고 있는 동환에게 주인이 봉투를 하나 주고는 앉아서 그간에 있었던 이야기들을 자세히 들려주었다. 동환은 대답도 하지 않고 그저 밥 한 숟가락에 소주 한 잔을 기계처럼 반복했다. 다 먹고 일어서 나가며 동환은 뒤를 돌아보고 말했다.

"사장님 그동안 고마웠습니다."

"내가 뭘 한 게 있나. 그저 매일 쫓아가서 증언하고 싶었는데 변호사인지 사무장인지가 자기네가 오라고 할 때만 오라고 하는 바람에 늦게 갔지. 하여튼 무사히 나와서 다행이야. 공장은 문을 닫았다던데 어떻게 되는 거야?"

동환은 대답 없이 그저 고개를 깊이 꺾어 인사하고 천천히 걸어 나왔다. 찬바람이 뼛속까지 스며드는 것 같았지만 동환은 공장으로 향했다. 텅 빈 공장 안은 몇몇 기계들만 치워지고 모든 게 그대로 있었다. 동환은 자신이 고치려다 채 못 고치고 갔던 바로 그 기계 옆에 종이박스를 깔고 누웠다. 모든 것이 조용하고 세상이 정지한 것 같았다. 잠시도 견디지 못하게 추운 것 같았는데 동환은 스르르 잠이 들었다.

6.

"어디를 가자고?"

"차 뽑은 지 몇 달이 지났는데 여행 한 번 제대로 못 갔잖아? 차만 덜렁 뽑아주면 다냐? 그렇게 마누라가 무서운데 바람은 또 어떻게 피운대? 이번에도 안 가주면 딴 놈 데리고 가서 뼈와 살이 타는 밤을 보낼 거니까 알아서 해."

"저저 말하는 본새 좀 봐라. 도대체 어디를 가자는 건데?"

"어디긴 어디야. 개나 소나 다 가는 바다에 가자는 거지. 강릉 가자, 응?"

"장거리잖아. 근데 너 운전은 잘하냐? 나, 오래 살고 싶다. 너 운전 아주 잘하게 되면 그때 가자, 응? 그리고 너도 알다시피 오늘 은행 사기 사건 증인 면담하러 가야잖아? 바쁜 거 뻔히 알면서 그래."

"아 억울한 사람들 좀 그만 잡아먹고 이번 건은 그냥 김변보고 법대로 제대로 하라고 해."

"억울한 사람? 우리 미정이 많이 컸다. 니가 끌고 다니는 그 차, 그거 억울한 사람 건데 팔아서 보태줄래? 게다가 변호사님보고 김변이라니. 내 빽 믿고 너무 설치다가 너 짤린다?"
"야! 내가 짤리면 너는 무사하냐?"
"야? 너? 아고 이거 우리 미정이 너무 버릇이 없어져서 클났다."
"왜? 어린 여자가 반말하면 기분 좋은 건 아니고? 그럼 아빠라고 불러줄까? 하기야 우리 아빠보다 나이가 많으니 아빠라고 해야겠다, 아빠?"
"내가 미친다. 됐다, 됐고. 그럼 사건 파일 대충 정리해서 좀 이따가 김변 들어오면 넘겨주고 뒤 따라 갈테니까 너는 시간 되면 먼저 퇴근해서 기다리고 있어. 이 근처 말고 구청 뒤쪽으로 가면 도로 만들다 만 공터 있잖아. 나무하고 자재 뭐 이런 거 쌓여 있는데 알지? 그 안쪽으로 안 보이는 데다 주차해놓고 기다려. 정리되는 대로 바로 갈 거니까."
"알았어, 말을 잘 들어서 그런가? 오늘따라 자기 귀엽네 후후."

박 사무장은 자기 책상 위에 있는 서류를 정리하기 시작했고 미스 정은 아무 일도 없었던 듯 시치미를 떼고 컴퓨터로 시선을 돌리고 일을 하는데 잠시 후 김변호사가 들어왔다.
"사무장님, 월요일 재판에 증인으로 신청할 사람은 만나봤나요? 그 사람이 제대로 증언해 준답니까?"
"아까 낮에 갔는데 저녁에만 시간이 된다고 해서 오늘 저녁 만나려고 했는데 갑자기 제가 급한 일이 생겨서 오늘 저녁에 못 만나게 됐습니다. 그냥 증인 신청만 해놓으면 안 될까요? 제가 월요일 저녁에 만나보고 ..”

"아니 월요일 재판에 그 사람이 증인으로 나서야 타이밍이 좋아요. 내가 대신 만나보지요. 연락처 좀 주세요."

이런. 박은 손에 쥐고 있던 천만 원짜리 수표 한 장이 날아가는 환영을 보았다. 하여튼 기집 때문에 되는 일이 없다니까. 박은 컴에서 눈을 떼고 자신을 슬쩍 보며 웃는 정에게 눈을 부라렸다. 박이 서류를 정리해서 김변에게 주고 증인에게 전화하려고 하는데 미스 정이 일어나며 김변 쪽을 한번 슬쩍 보고는 박을 향해 혀를 삐죽 내밀었다.

"저 먼저 퇴근하겠습니다. 수고하세요."

박은 미스 정이 퇴근한 후에도 한 시간이 넘어서야 문을 나섰다. 생각할수록 아까운 일이었다. 증언할 시나리오까지 완벽하게 마련되어 있고 돈을 좀 주기로 하긴 했지만, 원하는 대로 증언시킬 수 있었는데 김변이 가면 증인이 있는 그대로 증언할 것이고 그러면 은행장한테 받기로 한 돈은 없던 일이 되고 마는 것이다. 미스 정 때문에 천만 원짜리 일을 그르친 것이다. 요즘 들어 부쩍 잠자리를 밝혀서 시도 때도 없이 하자고 덤비는 데에는, 정력만큼은 자신 있던 자신도 힘이 달릴 지경이었다. 이번에 강릉에 가면 확실하게 다잡아서 다시 고분고분 말을 잘 듣던 초창기 버전으로 돌려놓아야겠다고 벼르며 구청 뒤를 돌았다. 사방 천지가 가로등 하나 없어서 깜깜한데 멀찍감치 쌓여 있는 자재 사이로 흰색 승용차가 어스름히 보였다. 어둠 속에서 미등도 안 켠 차를 보며 박은 슬며시 웃음이 나왔다. 앙칼지기는 해도 머리 하나는 잘 돌아가는 기집이야. 그래도 천만 원이 뉘 집 애 이름이냐. 박은 조수석 문을 벌컥 열었다.

"야 너 때문에 천만 원 날아갔잖아. 그거 단도리 잘 해놓고 갔으면 편안한 마음으로 싱싱한 회를 얼마나 맛있게 먹겠냐?"

박은 조수석 문을 열고 엉덩이부터 디밀어 앉으며 사설을 늘어놓았다. 일단 출발부터 기선제압을 하려는 심사였는데 정작 호들갑으로 자신을 맞으리라 생각했던 정은 핸들에 고개를 묻고 있었다. 기다리다 자나? 하고 문을 닫는 순간 박은 눈에서 뭔가 번쩍하며 의식을 잃고 말았다.

음악 소리가 들리고 있었다. 박 사무장은 눈을 떴다고 생각했는데 아무것도 보이지 않았다. 발끝부터 머리까지 몸도 꼼짝을 할 수가 없었다. 과음한 다음 날 아침처럼 머리가 띵해서 습관적으로 머리를 흔들었으나 머리도 쇠기둥에 묶인 것인지 부딪힌 뒤통수만 아팠다. 입 안에는 무엇을 꽉 채우고 테이프로 칭칭 감아놓았는지 신음조차 낼 수가 없었다. 단지 의자에 앉은 채 기둥에 묶여있다는 것만 알 수 있었다. 머리에는 두꺼운 털모자 같은 것을 턱까지 뒤집어씌워 놓았다. 발버둥을 쳐봤지만 그럴수록 머리만 깨지도록 아플 뿐이었다. 음악 소리는 이어지는데 정신을 조금 수습해 들어보니 계속 같은 곡이 반복되고 있었다. 어디서 많이 들어본 곡인데 지금 그걸 생각할 겨를이 없었다. 음악이 끝나자 다시 테이프를 돌리는 소리가 났다. 누군가가 있다는 것을 알고 박은 머리가 깨지거나 말거나 온몸을 움직였으나 무엇으로 얼마나 칭칭 감아놓았는지 손가락 하나 까딱할 수 없이 그저 머리가 쇠기둥에 부딪히는 진동만 고통과 함께 느껴질 뿐이었다. 얼마나 더 시간이 흘렀을까. 누군가 털모자를 벗겨 주었는데도 여전히 앞은 보이지 않았다. 잠시 후 암흑만 겨우 면한 어둠 속에 멀찍감치 촛불이 몇 개 켜있는 게 보였다. 어두움에 조금씩 눈이 익자 바로 맞은 편에도 누군가 묶여있는 것이 보였는데 역시 검은 털모자를 씌워 놓아서 얼굴이 보이지 않은 채 미동도 하지 않고 있었다. 그 사람과 자신 둘 다 천장을 떠받치고 있는 굵은 쇠기둥에 의자와 함께 테이프로 칭칭 동여매져 있었다. 얼마나 많이 돌렸는지 테이프 외에는 머리밖에 아무것도 보이지 않았다. 지하실인 듯 창문이 하나도 없었고 군데군데 기계 부품 같은 쇳덩이들이 뒹굴고 있었다.

촛불 옆에서 의자에 앉아 뭔가를 만지작거리던 사람이 일어서서 바로 박에게 다가왔다. 이마까지 쇠기둥에 칭칭 동여매 있어서 박은 눈을 치켜뜨고 그를 쳐다보았으나 누구인지 바로 기억이 나지 않았다. 남자가 천천히 자세를 낮추어 박과 눈을 맞추었다. 어둠 속이지만 박은 금방 누구의 눈인지 알 수 있었다. 그 어린아이같이 천진난만했던 청년이었다. 너무 바보 같아서 박에게 남아있던 알량한 양심이나마 흔들었던 바로 그 청년이었다. 자기 무릎에 얼굴을 묻고 고맙다며 엉엉 울던 바로 그 청년이었다. 근데 이게 어찌 된 일인가. 남자가 아무 표정 없이 박을 쳐다보다가 말했다.

"저한테 왜 그러셨어요? 그렇게까지 안 해도 됐잖아요? 사모님도 미인이시고 집도 부자고 아드님은 의대에 다니고 따님도 대학에서 피

아노 전공하고. 그것만으로는 달콤한 세상이 못 되던가요? 나 같은 놈은 그저 밥 먹고 살기만 하면 되는데, 그것도 주기 아까워서 빼앗은 건가요? 아마도 저렇게 어리고 예쁜 애인 때문이었겠지요? 돈을 더 가져야 그녀와 함께 더 달콤하게 살 수 있으니 그랬던 것이겠죠?"

남자는 맞은 편으로 걸어가 털모자를 벗기고 그 사람의 머리를 두어 번 흔들었다. 잠시 후 깨어난 여자의 눈이 놀란 토끼 눈이 되어 두리번거리고 있었다. 미스 정 이었다. 박은 순간 묶여있다는 사실을 잊고 몸부림을 쳐서 머리를 기둥에 심하게 부딪히고 말았다. 잠시 후 피가 목덜미를 타고 내려오는 게 느껴졌다. 남자는 허리를 굽혀 여자와 눈을 맞추고는 무표정하게 말했다.

"아가씨도 알고 있었겠지요? 이 인간이 얼마나 많은 불쌍한 사람들을 등쳐먹고 살았는지. 그런데 그 중에는 정말 사람 목숨보다 더 소중한 것들이 있다는 것은 생각해 보지 않았을 거예요. 저 늙은 남자의 어디가 그렇게 좋던가요? 잠자리는 아닐 것 같고 아가씨도 역시 돈이었겠지요? 아가씨가 돈으로 달콤한 세상을 즐기는 댓가로 누군가는 죽어간다는 사실은 꿈에도 생각지 않았나요? 생사람을 잡은 대가로 받은 그 자동차가 어떻게 만들어지는지 관심도 없는 것처럼? 저 남자를 사랑하나요? 아가씨가 정말 저 남자를 사랑한다면 눈을 두 번 깜빡여요. 그러면 저 사람은 살려주고 아가씨가 대신 나랑 같이 가면 되지."

남자는 의자를 가져와 기둥에 묶인 박과 정이 서로 마주 볼 수 있도록 의자의 위치를 조정하며 두 사람 사이에 앉았다. 그리고는 주머니에서 작은 비닐봉지 하나를 꺼냈다. 그 안에는 어두워서 잘 보이진 않았지만 푸른 빛이 감도는 가루 같은 것이 들어있었다.
"이거 청산가리에요. 세 명분이니 나 혼자 먹으면 금방 갈 수 있을 거예요. 아가씨랑 나누어 먹어도 되고."
남자는 여자의 눈까지 얼굴을 내리고 여자의 눈을 빤히 쳐다보며 물었다.
"저 남자를 사랑하나요?"
그녀는 실수로라도 눈을 껌뻑이지 않으려고 눈을 크게 뜬 채 힘을 주고 있었다. 남자는 그녀의 입에 칭칭 동여맨 테이프를 칼로 찢고는 천천히 떼어주었다. 입이 자유로워지자 그녀는 심호흡하고는 자신은 아무것도 몰랐다면서 남자에게 살려달라고 애원하기 시작했다. 남자는 손가락을 입에 대고 그만하라는 시늉을 했다.
"나는 죽을 거지만 당신들을 내가 죽이지는 않을 거예요. 그러니 나 좀 편안하게 해줘요."
남자는 주머니에서 종이 한 장을 꺼냈다. 그리고는 촛불을 가져와 그녀 앞에 들이대었다.
"이 편지를 읽어줘요. 아주 천천히 또박또박."
미정은 자신을 죽이지 않을 거라는 남자의 말에 안도감을 느꼈다. 이런 상황에서 납치한 남자의 말을 믿는다는 게 스스로 이상했지만, 그가 자신을 죽이지 않을 거라는 확신이 들었다. 미정은 비틀비틀 쓰인 편지를 읽어 내려가기 시작했다.

오빠. 나도 이제 살고 싶지 않아. 아빠가 뭐라든, 또 오빠가 아무리 나를 안 만나려 들든 그런거는 다 참을 수 있어. 하지만 오빠가 나한테 보낸 편지는 너무 잔인했어. 어떻게 나한테 그럴 수가 있어! 아빠가 시켰겠지만... 그래도 그렇지 어떻게 나한테 그렇게 잔인한 말을 할 수가 있냐구. 오빠가 살인범이 아니라는 건, 또 실수로도 그런 게 아니라는 건 오빠도 알고 나도 알고 다 알잖아. 오빠한테 그런 말을 듣고 나도 더 이상 살고 싶지 않아. 나 죽어버릴 거야. 아빠도 오빠도 내가 그러지 못할 거라고 생각하고 나한테 그렇게 잔인하게 하는 거지? 두고 봐 나 정말 죽어버릴 거라고. 오빠 제발 나 한 번만 만나 줘. 만나 주기만 하면 더 이상 아무것도 조르지 않을게. 정말이야 오빠 제발. 단 한 순간도 제대로 숨을 쉬고 살 수가 없어 오빠 ....

　미정은 끝까지 다 읽었지만 끝난 내용 같지 않아서 남자를 바라보았다. 어둠 속에서도 미정은 죽음의 공포에서 벗어난 탓인지 자신의 앞에서 촛불을 들고 있는 이 남자가 뜬금없이 잘 생겼다고 생각했다. 남자가 편지를 뒤집어 아무것도 쓰어있지 않은 종이를 쓰다듬었다.
　"아가씨, 이 편지를 쓴 사람이 죽었을까요, 아니면 살아있을까요?"
　"...."
　"딱 아가씨만 한 나이의 여자예요. 세상의 달콤함이란 한 번도 맛보지 못했지요. 어쩌면 달콤한 세상을 잠깐이나마 살 수도 있었는데 당신의 늙은 애인이 빼앗아 가 버렸어요. 아가씨에게 돈도 주고 차도 사주기 위해서 그랬으니 아가씨도 공범이네요, 그렇지요?"

남자는 음악플레이어를 가지고 와서 의자와 조금 떨어진 곳에 놓고 버튼을 눌렀다. 아까 계속 반복되던 노래가 흘러나왔다.

"이거 아까 편지 쓴 여자가 나한테 가르쳐준 노래에요. 좋아하긴 했지만, 영어라 부를 줄 몰랐는데 그 사람이 한글로 발음을 써주면서 열심히 가르쳐줘서 내가 유일하게 부를 수 있는 팝송이지요. 내가 노래방에 가서 이 노래 부르면 그 여자가 참 많이 좋아했어요. 그리고 여기는."

남자는 주위를 한 번 둘러보고 바로 말을 잇지 못한 채 침을 꿀꺽 삼켰다.

"여기는 세 사람의 목숨이 걸린 공장이었지요. 당신들의 달콤한 세상을 채워주기 위해 허망하게 팔려 간 그 공장의 지하에요. 워낙 헐값에 팔아서 산 사람도 쓰려고 산 게 아니라 그냥 사두었나 보네요. 그때 물건들이 그대로 있는 것을 보니. 아무리 소리쳐도 밖에서 안 들리겠지만 아가씨가 죽도록 소리치면 혹시 누가 아나요? 날아가는 새나 벽 넘어 쥐라도 듣고 두 사람을 살리러 올지. 그건 당신들의 운명이고 나는 최소한의 복수를 하는 것이니 너무 나를 원망하지 말아요. 그럼 안녕."

남자는 비닐 속의 푸른 가루를 잠시 쳐다보더니 한입에 털어 넣고는 물을 마셨다. 그리고는 정에게 가서 고개를 굽혀 인사를 했지만 박에게 와서는 그저 무릎을 굽혀 눈을 맞출 뿐이었다. 남자는 머리를 무릎에 묻고 앉았다가 갑자기 벌떡 일어서 음악을 더 크게 틀었다. 그리고는 그 옆에 누웠다. 잠시 후 남자의 몸이 비틀리며 경련을 일으키더니 입에서 거품이 쏟아져 나오기 시작했고 미정의 비명이 어두운 공장 지하실을 가득 메웠다. 그 비명과 경쟁이라도 하듯 애절한 노래는 남자를 놓치지 않으려 더욱더 남자의 몸을 휘감고 있었다. 신도 알고 나도 알고 있지요. 해뜨는 집에 있는 불쌍한 사람들이 지은 죄들을.

(끝)

사랑이 무어냐고 물으신다면

.

"뺑호랑 친했냐?"

전화로 부고를 전하는 이 녀석은 나는 별로 맘에도 없는데 스스로 나하고 아주 친하다고 생각하는, 자칭 베프다.

"어렸을 때는 아주 친했지. 오랫동안 못 만나기는 했지만."

죽었다는 그 친구는 어릴 때 같이 살다시피 자랐지만, 초등학교 졸업 후 갑자기 헤어졌다가 고등학교 졸업 후에 두어 번인가 만났고, 그 후 수십 년을 못 보고 살아서 가까운 사이라고 해야 할지 아니면 가까웠던 사이라고 해야 할지 애매하기는 했다. 그러나 아무리 세월이 흘러도 그 친구를 떠 올리면 동시에 같이 떠 오르는 풍경 하나가 있어서 시간조차 그 추억을 퇴색시키지는 못했다. 그 드라마 같은 풍경은 초등학교 5학년 음악 시간이었다.

"선생님 정말 아무 노래나 불러도 돼요?"

"그럼."

건반을 만지작거리면서 돌아보지도 않고 대답하는 선생은 풍금과는 전혀 어울리지 않게 험악한 얼굴의 젊은 남자였다. 녀석은 코를 한 번 쓱 훔치고 앞으로 나왔다. 5학년이 되도록 한글 맞춤법의 대부분을 모를 뿐 아니라 간단한 산수도 잘 못해서 늘 구박과 벌서기를 단골로 하는, 싸움만 아주 잘하는 녀석이었다. 동네 아이들 대부분이 같은 학교에서 1학년부터 다닌 것과는 다르게 나는 5학년에 전학을 와서 아이들을 잘 몰랐는데 저 녀석은 늘 말썽을 부리고 공부를 너무 못해 단골로 구박받아서 금방 내 눈에 띄었고 기억했었다. 그러다가 어떤 사건을 계기로 친해져서 우리는 늘 붙어 다니는 사이가 되었다. 녀석은 앞에 나가 친구들을 한 번 둘러보더니 헛기침을 두어 번 해댔다. 나를 향해서는 손까지 흔들어 주었다. 그리고는 정말 어마어마하게 큰 소리로 노래를 부르기 시작했다.

"사랑이 무어냐고 물으신다면~~ 눈물의 씨앗이라고 말하겠어요"

건반 위의 음악책을 뒤적이던 선생이 입을 떡 벌리고 돌아보는 표정은 그야말로 압권이었는데 그것보다 더 압권은 음정 박자 다 개무시하고 악을 써대는 녀석의 노래였다. 교실은 놀란 아이들이 집중하는 바람에 쥐 죽은 듯이 조용하다가 녀석이 높은음 고개를 못 넘어가고 목쉰 소리로 꺽꺽대자 순식간에 폭소로 바뀌었다. 풍금 앞에서 어이가 없어서 눈을 똥그랗게 뜨고 있던 선생이 일어나 손에 들고 있던 회초리로 녀석의 머리통을 때렸는데 녀석은 맞은 머리를 손으로 감싸면서도 노래를 끝내지 않았다. 선생이 회초리로 머리를 때려도 끝내지 않더니 급기야 달려드는 위세를 보고서야 노래는 끝이 났다.

"누가 그딴 노래를 부르라고 했어! 이놈아. 학생이 나쁜 노래를 부르면 안 돼."

"아무 노래나 부르라고 했잖아요. 이거 좋은 노래인데."

"야 이놈아! 노래책에 있는 것 중에서 아무거나 골라서 부르라고 한 거지 누가 유행가를 부르라고 했어?"

"그럼 그렇게 얘기해야지 씨팔."

녀석은 그날 그야말로 아주 골로 갈 정도로 두들겨 맞았는데 그것은 유행가를 불러서가 아니라 선생 앞에서 대놓고 육두문자를 썼기 때문이었다. 그러나 거의 무자비한 구타 수준에 가깝도록 얻어터지면서도 끝내 잘못했다는 말을 하지 않았고, 자기 분을 못 이긴 선생이 날뛰며 휘두르는 매를 다 맞다가 수업 끝 종소리로 구사일생하였다. 같이 집으로 돌아가는 길에서 녀석은 이곳저곳 맞은 몸뚱이를 연신 쓰다듬으며 좋은 노래를 나쁜 노래라고 하는 선생이 미친놈이라고 욕을 해대는 것이었다. 당시 선생님을 하늘같이 여기던 시절에 가히 어마어마한 사건이었다. 그 사건 후 나는 녀석이 더욱더 좋아졌고 학교에서 주먹 짱으로 군림하던 녀석 덕에 서울 변두리 텃세가 쎈 학교에서 비실비실한 전학생의 서러움을 당하지 않았다. 누구든지 얘만 건드리면 나한테 죽을 줄 알아. 녀석이 공공연하게 종주먹을 들이대며 으름장을 놓던 모습은 지금도 기억에 선하다. 학교와 산동네를 주름잡으며 골목대장 행세를 하던 녀석은 초등학교 졸업 후 동네에서 갑자기 사라졌었다.

"세브란스 장례식장이라는데, 너 언제 갈 거냐? 오늘 저녁에 같이 가자."
"그래? 지금 우리 어머니도 세브란스에 입원해 계시는데."
"어머니가? 언제부터 계셨는데? 짜식 연락 좀 하지. 내가 어머니 병문안도 못 가는 사람이냐?"
자칭 베프가 진짜 베프가 되려나보다. 오바하는 음색이긴 하나 꽤나 걱정이 담긴 목소리다.
"몇 달 되셨어. 사람을 못 알아보시니까 와도 뭐. 그건 그렇고 하여튼 내가 몇 시쯤 시간이 될지 모르겠는데? 발인이 언제인데?"
"내가 어제 연락받았으니 내일일걸."
"일단 너 먼저 가 있어라. 나는 바로 옆이니까 상황 봐서 바로 건너갈게."
전화를 끊고 나니 갑자기 음악 시간에 고래고래 노래를 부르던 녀석이 오랜 시간을 건너 내 앞에 섰다. 그리고는 한결 좋아진 목소리로 사랑은 눈물의 씨앗을 구성지게 부르고 있었다. 뭐긴 뭐야 씨팔 그냥 그 노래가 그 노래지 나쁜 노래 좋은 노래 어딨냐. 나쁜 선생 새끼. 뭐든지 시작했으면 끝까지 하라더니 노래는 못하게 때리고 지랄이야. 이 담에 저거 나한테 걸리면 죽는다.

어머니 병실 문 앞에는 여전히 경호원 하나가 의자를 놓고 앉아

있다가 내가 다가가자 벌떡 일어나 인사를 한다. 자신의 거취에 내가 아무 영향력도 없을 뿐 아니라 자신의 보스에게 성가시기만 한 존재라는 걸 아는지 모르는지, 단지 자신이 지키고 있는 사람의 가족이라는 것만으로도 저절로 그렇게 되는 것인가 보았다. 노예근성이 몸에 밴 사람들이 있니라. 그런 자들은 그에 합당하게 대우해줘야 그들 역시 맘이 편한 법이야. 거기에다 인권이니 평등이니 하는, 되도않는 말 지껄여 봐야 도리어 그들을 불편하고 힘들게 만드는 법이다. 사람은 절대 평등하지 않고 또 그렇게 태어나지도 않았다. 자신을 고용한 주인이 그렇게 교육이나 시킨 듯이 경호원은 절도 있는 동작으로 병실 문을 열어주었다. 나는 아랫것들에게 그렇게 하지 말라는 형님들의 으름장을 무시하고 가볍게 목례를 하고 병실 안으로 들어섰다.

어머니는 지난 몇 달을 지옥에 계셨다. 어미는 지금도 지옥에 있다. 나는 저 지옥이 어디인지 잘 알고 그 고통이 얼마만 한 지도 잘 안다. 차라리 불바다라거나 아귀들이 날뛰는, 그런 선명한 물리적 고통이라면 차라리 나을지도 모른다. 그렇다고 저 지옥이 정신적 고통이라는 뜻도 아니다. 어떻게 설명할 수 없는 고통이 있다. 악몽보다 더 무섭다. 목에 걸린 돌멩이는 점점 숨통을 조이다가 끝내는 거대한 가래 덩어리로 녹아 목에 달라붙어 그것을 꺼내지 못해 끝도 없이 헛 구역질해대야 한다. 자는 것도 아니고 그렇다고 깨지도 못하고 끝없이 죽음 직전의 숨 막힘이 계속되는, 바로 그 지옥에 어머니가 지금 있는 것이다. 허망한 눈빛이나마, 잠깐 나하고 시선을 맞춘 어머니가 입술을 움찔거렸다. 나는 지난 몇 달을 그래왔듯이 고개를 숙여 어머니의 입에 귀를 가까이 대었다. 가냘픈 숨소리가 몇 번, 그리고 나는 입술만으로 속삭이는 어머니의 목소리를 똑똑히 들었다. 어머니는 바짝 마른 작은 손을 옮겨 내 옷소매를 힘없이 잡고 애원하고 있었다. 따뜻하지만 가냘픈 입김이 내 귓불에 닿았다.
"나 좀 그만 보내줘..."
나는 굽혔던 상체를 들고 어머니를 물끄러미 바라보았다. 바짝 마른 얼굴에 눈가만 촉촉한데 한 방울도 되지 못한 눈물 흔적이 눈가에 번지고 있었다. 나는 손으로 눈가를 찍어 입에 대 보았다. 눈물인데 아무 맛이 없다. 왜 그 말씀이 나한테만 들리냐고요. 그 인간들은 왜 보지도 듣지도 못하냐고요. 내가 아무리 애걸복걸해도 절대로 안 된다잖아요. 그러게 왜 그렇게 돈을 많이 모아놨어요. 엄마는 제대로 쓰지도 못한 돈 때문에 갈 길도 편히 못 가시잖아. 침대 시트에 머리를 묻고 잠깐 잠이 들었는데 누군가 머리를 툭 쳐서 일어나보니 둘째 형이 내려다보고 있었다.
"피곤하면 집에 빨리 기어들어 가 쉬지, 여기서 간병인 코스프레는 또 뭐냐? 아직도 니 엄마가 제정신이 돌아와 너하고 말도하고 눈도 맞추었다고 말하고 싶은 거야? 큰형하고 의사한테만 그러지 말고 지금 어디 나 있을 때 한번 해 봐라. 그러면 내가 너 하자는 대로 다 해줄게. 소원대로 니 엄마도 보내주고."
나는 이 인간이 정말이지 징그럽도록 싫다. 배다른 형제라도 피 붙이는 맞는데 생김새나 성질머리나 도무지 나하고는 물과 기름이다.

마주치지 않도록 시간을 잡았는데 꼭 뒤를 따라 잡힌 것 같아 속이 메슥거린다. 일어서서 문을 열고 나가려는데 내 팔을 잡는다.

"그리구 너, 여기 오려면 나한테 전화하라고 했냐 안 했냐? 지금 니 엄마가 그거 해결 안 하면 맘대로 죽지도 못한다, 알았냐? 이 새끼가 형이 얘기하는데 눈깔을 희번덕이고 지랄이야."

어릴 적 기억에 아버지는 늘 낮에 왔다가 저녁이면 돌아가는 사람이었다. 깊은 밤에는 늘 엄마하고 나 둘 뿐이었다. 가난하게 살던 기억은 없었지만, 왠지 모르게 또래들이나 주변 사람들의 눈치를 보고 살았던 기억은 있다. 어느 눈이 많이 내리던 날, 머리채를 붙잡힌 채 저항도 못 하고 질질 끌려가며 매를 맞던 어머니, 그 광경을 이해하게 된 것은 중학교에 들어갈 무렵이었다. 그때부터 이사를 자주 다녔다. 그래봐야 윗마을에서 아랫마을 아니면, 그 사이 골목길들을 바꾸어 다닌 것이지만. 생일도 자주 바뀌었는데 마지막으로 바뀐 것이 고등학교 입학할 때였다. 그러나 나는 엄마에게 왜 그러냐고 묻지 않았다. 아버지를 마지막으로 본 것은 군대에 있을 때였다. 엄마와 같이 면회를 왔는데 나를 보고는 어색하게 웃었고 나 역시 어정쩡하게 앉아서 몇 마디 나누지도 않고 일어나 내무반으로 들어와 버렸다. 모두 정문 옆에 있는 면회소에서 만나는데 어떻게 아버지의 차는 정문을 통과하고 내가 배속된 내무반 건물 앞까지 올 수 있었을까 하는 잠깐의 궁금증은 알지 못할 분노에 가려졌었다. 햇볕이 따가운 가을 하늘 아래 커다란 외제 차의 새까만 빛이 하늘보다 더 눈부시게 빛나고 있었던 것을 신기하게 생각한 것이 아버지와의 마지막 조우였다. 그리고 얼마 뒤 아버지의 죽음을 들었고 엄마의 끈질긴 설득 끝에 장례식에 참가했었다. 그리고 엄마와 나는 갑자기 저택이라고 불러도 좋을 만큼의 집에서 살게 되었는데 그 이유 역시 묻지 않았고 곧이어 엄마는 제대 후 아무것도 안 하고 빈둥거리는 나를 미국으로 보냈다.

　장례식장 문을 열고 들어가 지하로 내려가는 에스컬레이터에 오르니 사방이 눈부시게 번쩍거린다. 세브란스와는 정말 질긴 인연이다. 고등학교 삼 학년 때 어머니가 제초제를 마시고 쓰러져 있는 것을 발견하고 연희동에서 세브란스 응급실까지 어머니를 업고 달려간 것은 지금 생각해도 기적 같은 일이었다. 빨리 걸어도 이십 분 넘게 걸리는 거리를, 교복을 입은 채 어머니를 업고 정신없이 달려간 일은 내가 한 일이 분명한데 지금도 아무 기억이 없다. 단지 응급실 문을 열고 나온 의사가 내 어깨를 토닥이며 조금만 늦었어도 죽었을 것이라고 말하는 것을 들은 기억은 있다. 그때부터 꼬박 한 달을 병원에서 살았는데 간호사 누나들의 도움으로 병원에서 먹고 자면서 학교에 다녔다. 대학 입학시험을 바로 앞두고 있을 때였는데 시험에 떨어졌고 어차피 공부하기도 싫었으므로 대학 가기를 포기했었다.

　언제부터 우리가 부자가 되었을까. 아버지의 장례식 몇 달 뒤 이사 간 집은 지금도 뚜렷이 기억에 남을 정도로 크고 화려한 이층집이었다. 엄마는 외삼촌 가족을 불러 이층에서 같이 살게 하고 외삼촌에게 자주 이런저런 심부름을 시켰는데 외삼촌이 어머니에게 쩔쩔매는 모습은, 내가 아주 어렸을 적 외삼촌이 아버지와의 문제로 다투다가 어머니에게 손찌검까지 하는 것을 본 내게는 신기한 일이었고 외사촌 형제들은 나를 왕자처럼 추켜세웠다. 모두 다 신기한 일이었지만 아무에게도 묻지 않았고 그닥 기분 좋은 일도 아니었다.

"너 정호 아냐?"

현금인출기가 어디 있을텐데 하고 주위를 두리번거리는데 누가 다가와 어깨를 툭 쳐서 돌아보니 얼굴은 낯이 익은데 이름은 역시 기억이 안 나는 녀석이 안면에 가득 웃음을 머금고 반가워한다. 사람 이름을 기억하지 못하는 것은 내 치명적인 단점이다. 아무도 모르는 일이고 나 역시 그것이 병적일 정도로 심각하다는 것을 알게 된 지도 얼마 안 되었지만, 하여튼 나는 사람 이름을 잘 기억하지 못한다. 기억력이 안 좋은 것이 아니라 사람 이름만 특정해서 기억하지 못하는 것이다.

"너 미국서 산다더니 아주 들어왔냐?"

"아냐 집안에 좀 급한 일이 있어서 잠깐 들어온 거야. 이 친구가 세상 떴다는 소식은 어제 갑자기 들었고."

"너 미국 대학 교수라며? 야 대단하다. 한국도 아니고 미국에서 교수를 하다니."

아직도 미국이 한국보다 모든 면에서 많이 앞서 있는 줄 아는 머저리들이 뜻밖에 많다. 그들은 미국인보다 더 미국의 위대함을 흠모하는 자발적 식민지 백성들이다.

"미국보다 한국에서 선생질하기가 더 어렵다. 나도 돌아오고 싶은데 한국에 자리가 없어서 못 오는 거야."

현금인출기는 조의금 봉투와 펜까지 준비되어있는 테이블과 한 세트처럼 붙어 있었다.

"야 여기 무쟈게 비쌀 거 같은데?"

"특실이래."

"특실이면 유명 정치인들이나 재벌들 죽었을 때 오는 데 아냐? 근데 뺑호는 죽기 전에 생활보호 대상자였다며? 근데 웬 조문객들이 이렇게 많냐? 나도 문상을 꽤 많이 다녔는데 부의금 넣으려고 이렇게 줄 서보기는 평생 첨이다. 이 친구 평생 연희동 산동네에서만 살지 않았냐?"

"아냐 성수동 어딘가에서 구두공장도 하고 필리핀에서 제일 큰 구두공장 하면서 떼돈도 벌었다더라. 너는 동창회도 자주 나간다면서 어째 나보다도 더 아는 게 없냐?"

"근데 전부 못 보던 얼굴들이네. 야 여기가 맞기는 맞는 거야?"

"야 인마 저기 이름이 써 있잖냐. 들어오는 입구에도 써 있었고."

앞에서 두 녀석이 수다를 떨다가 그중 한 녀석이 갑자기 뒤를 돌아보고 내 소매를 잡아당겼다.

"야 너 정호 알지? 6학년 때 같은 반이었잖냐."

내가 현금인출기에서 돈 꺼내고 봉투에 이름을 쓰는 동안, 또 다른 친구와 만나 얘기를 나누던 자칭 베프가 내 쪽으로 몸을 돌리며 우리 둘을 조우시킨다. 나는 얼떨결에 안정호입니다 하고는 손을 내밀었다.

"야 동창끼리 무슨 입니다야. 하긴 정호가 워낙 내성적이고 말이 없어서 친구들이 서먹하긴 했지. 거기다가 너 전학왔었지? 말이 서울이지 시골 같은 동네에서, 전학이 아니라 유학 온 놈처럼 좀 건방졌잖아, 기억나냐?"

"내가 그랬던가?"

"저기 누워있는 주인공이 너 끔찍이 위했잖아. 그렇잖았음 텃세하는 놈들한테 맞아도 무쟈게 맞았을건데."

어릴 적 그렇게 친했는데 영정 속의 녀석을 보고 이렇게 서먹서먹한 느낌이 든다는 것이 싫기도 해서 절만 하고 가려고 했는데 설레발을 떠는 녀석들에게 붙잡혀 자리에 앉았다. 하기야 어머니 옆자리 아니면 딱히 할 일도 없고 바쁘게 갈 곳도 없기는 했다. 게다가 합석한 두 녀석이 고인에 대해 하는 이런저런 얘기들의 끝이 궁금했다.

"야 너 정호 맞지? 미국서 교수한다더니 완전 멋쟁이 신사네. 미국물이 좋긴 좋은가 보다."

또 하나가 나를 보고 반색하며 옆에 앉는데 역시나 이름은 기억나지 않는다. 앞서 만난 두 녀석보다는 좀 더 낯이 익을 뿐이었다.

"쟤는 필리핀에 가서 돈을 그렇게 많이 벌었다면서 생활보호 대상자는 또 뭐야?"

"벌기도 엄청 벌었는데 쓰는 것도 억 소리 나게 썼다는군."

"아니 장가도 안 간 놈이 뭐 한다고 돈을 그리 많이 썼을까?"

"어허 놈이라니 망자한테 못 하는 소리가 없네."

유산 상속 문제는 그리 간단한 것이 아닙니다. 어머니가 지금 돌아가신다고 해도 어머니 유언장대로 선생님이 다 상속받는 것을 본처 아들딸들이 가만히 구경만 하고 있지는 않을 것입니다. 변호사는 어떻게든 형제들끼리 잘 합의해서 무난하게 마무리를 짓는 것이 좋겠다고 말은 하면서도 영 자신이 없는 말투였다.

"아버지 돌아가실 때 이미 다들 상속분을 나누어 가졌고 지금 어머니의 재산 대부분은 그 이후 어머니가 강남 쪽에 땅을 사들여서 불린 재산입니다. 제 어머니 자식들로 호적에 올려지지도 않았는데 상속과는 아무 상관이 없지 않나요?"

"상식적으로는 그렇지만 어머니께서 당시 부동산 매입 자금의 출처를 제대로 밝혀놓지 않아서 저쪽에서는 아버지 생전에 숨겨놓은 돈으로 땅을 샀다고 생각한다는 것이 문제라는 말이지요. 결국 어머니가 배다른 자식들 모르게 거액을 빼돌렸다고 주장하고 있는 겁니다. 그나저나 저쪽 변호사가 은근히 합의를 보자고 하는데 어떻게 할까요? 한 번 만나나 볼까요?"

"그렇게 하지 마세요. 아무리 강짜 부릴 줄만 아는 인간들이래도 이건 아니지요. 사람이 죽어가는데 돈 얘기만 하면서 그녀의 하나밖에 없는 아들이자 자신들의 이복동생인 저에게 하는 짓을 보면 돈 받을 가치도 없는 인간들입니다. 끝까지 가겠습니다."

계속되는 조문객들로 방이 꽉 찼지만, 테이블에 앉은 사람들은 일어날 기미를 보이지 않았다. 그러자 누가 먼저랄 것도 없이 복도에 자리를 깔기 시작했다.

"니들 밤샐 거냐?"
"낼 일요일인데 좀 더 있다 가지 뭐. 한잔하면서 옛날이야기나 하자."
"하기야 저놈도 술깨나 좋아했으니 우리가 여기서 밤새워 마시는 걸 더 좋아할걸. 혹시 지금 여기 우리 옆에 와서 앉아있는 거 아냐?"
녀석은 갑자기 내 옆자리를 눈으로 훑었다.
"정호야 니 옆에 앉아있다."
"야 자꾸 놈 소리 좀 하지 마라. 별로 친하지도 않았으면서 누가 들으면 아주 죽마고우였는 줄 알겠다."
"근데 여기 이 비싼 장례식장 비용은 누가 내는 거냐? 생활보호 대상에 이런 것도 포함되는 거야?"
"이 시키가 실없는 소리는."
녀석은 주위를 두리번거리다가 입구 쪽에서 손님을 받는 여자를 턱으로 가리켰다.
"저 여자가 조의금도 받고 손님도 안내하고 그러더라고."
"그래? 나 들어올 때는 없었는데, 누군데?"
"나도 몰라. 죽은 놈만 알겠지."
"또 그놈의 놈 소리."

술들이 거나해졌다. 갑자기 입구 옆에 나지막이 만들어 놓은 무대 쪽에서 마이크 소리가 났다.
"이렇게들 와 주셔서 고맙습니다."
좀 전에 턱짓을 받은 여자가 마이크를 잡고 있었다.

"저는 고인과 오래전에 몇 년 같이 살았던 사람입니다. 아는 분들이 그리 많지 않네요. 건강하신 걸로 들었는데 갑자기 그런 중병에 걸리셨다는 소식을 듣고 정말 놀랐습니다. 헤어진 지 십여 년이 되기는 했지만, 간간이 소식은 듣고 지냈거든요. 게다가 저와 헤어진 후에 그렇게 어렵게 지내신 줄은 꿈에도 몰랐습니다. 정말이지..."

갑자기 그녀가 울컥하면서 목이 메기 시작했다. 더 놀라운 것은 그녀의 말이 끝나기도 전에 여기저기서 울음을 삼키는 소리가 들리기 시작했다는 것이다.

"모르긴 몰라도 아마 지금 여기 계신 분들 중 적지 않은 분들이 고인의 도움을 받지 않았을까 생각됩니다. 저는 거의 죽을 지경이 다 되어 희망이라고는 보이지 않는 상황에서 도움을 받아 기사회생했지요. 지금은 의류 전문업체인 보영 어패럴 대표로 있습니다. 그렇게 은혜를 입고도 선생님을 생활보호 대상자로 돌아가시게 했으니 그 죄를 어떻게 다 갚을지 모르겠습니다."

그녀는 끝내 울음을 터뜨렸고 곧 여기저기서 훌쩍이는 소리가 들렸는데 내가 더 놀란 것은 나와 같이 앉아있던 녀석 중 하나도 훌쩍이고 있다는 사실이었다. 나는 어안이 벙벙해졌다. 물론 상가에 와서 우는 것이 흉은 아니지만 방금 전만 해도 그 놈이 어쩌고 저쩌고 하면서 실실 웃던 녀석이 아닌가 말이다. 내가 쳐다보자 쑥스럽게 웃으며 코를 풀더니 잔을 들어 내 잔에 부딪혔다. 야 이런 데 와서 건배하는 거 아냐. 녀석은 그러거나 말거나 소주잔을 입에 붓더니 탁 소리가 나게 내려놓았다.

"내가 태국서 여행사 하다가 망해서 귀국했잖냐. 어디서 그 소리를 들었는지 뺑호가 나를 찾아왔더라. 이런저런 얘기가 있었지만 거두절미하고 은행으로 데리고 가는거야. 지점장이 직접 나와서 굽신거리며 대접하는 거 보고 놀라긴 했지만, 즉석에서 3천만 원짜리 마이너스 통장을 만들어 오는 데는 더 놀랬다. 그러면서 이거는 내가 빌려주는 거 아니고 은행에서 이자 받고 빌려주는 거니까 나한테 미안할 것도 고마울 것도 없다는 거야. 내가 안 갚으면 자기가 갚아야겠지만 그럴 일은 없을 것 같다고 하면서 통장하고 도장을 주더라. 그 통장을 밑천 삼아 지금 그 가게 일군거다. 물론 그 마이너스 통장은 제로로 만들어서 돌려줬지. 녀석은 자기한테 고마울 거 하나도 없다 그랬지만 당시 버스비도 없이 돌아다니며 눈앞이 캄캄하던 때니까 구세주를 만난 거나 다름없었지. 근데 내가 먹고살 만해지니까 갑자기 녀석이 사라져 버렸는데 어디에서 살고 있는지를 몰랐어. 얼마 전에 모래내 은좌극장 밑에 쭉 줄지어 있던 싸구려 양주집에서 발견될 때까지 아무도 몰랐대."

"저는 보육원을 운영하는 원장입니다. 이십여 년 전에 지금 있는 곳의 땅 주인이 바뀌면서 쫓겨날 뻔했는데 고인이 그 땅을 사서 보육원을 새로 지어줬습니다. 아무 조건도 없고 단지 누구도 팔 수만 없게 해놓았지요. 그 덕에 우리 보육원 식구들 안정된 환경에서 잘살고 있습니다. 저 역시 선생님의 근황을 몰라 애를 태웠는데 이리 갑자기 가시다니…"

한 사람이 끝나면 다른 사람이 이어받아 또 다른 이야기들을 하고 있었다.

"고인은 제 제자였습니다. 말썽도 많이 부리고 싸움질도 많이 해서 저에게 맞기도 많이 맞았지요."

갑자기 어수선하던 자리가 조용해졌다. 많이 늙긴 했지만 분명 그 선생이었다.

"하루는 음악 시간에 시험을 보는데 유행가를 불러서 혼을 냈더니 제게 육두문자를 쓰면서 욕을 하길래 아주 심하게 때려줬습니다."

그는 허리를 굽혀 소주 한 잔을 마셨다.

"그때부터인지, 아주 드물기는 했지만 무시당한다는 기분이 들면, 아이들에게 심하게 손을 대기 시작했지요. 뭐가 씐 것 같았습니다. 급기야 제게 잘못 맞은 아이가 많이 다쳐서 저는 학교에서 쫓겨나고 구속까지 될 위기에 처했습니다. 정신이 번쩍 났지만 이미 엎질러진 물이었지요. 그때 고인이 아니었으면 지금까지 제대로 살기가 어려웠을 겁니다. 변호사 비용은 물론이고 피해 학생 부모도 만나 합의를 끌어내고 아이의 치료비까지 다 대주어서 무사히 완쾌될 때까지 돌보아 줬지요. 왜 그랬냐고 물었더니 그냥 웃더군요."

"야 저 선생은 아직도 꼬장꼬장하네. 저거한테 안 맞아 본 애 없을걸?"

나는 안 맞아봤다고 말하려다가 그만두었다. 나는 그가 그저 자신이 선생이라는 권위를 세우려는 어른으로 보였고 그런 사람은 그러거나 말거나 내버려 두면 되는 거였다. 내가 그를 그냥 두니 그 역시도 나를 그냥 둔 것이었다. 그랬으니 서로 부딪히지 않아서 때리고 맞고 하는 일이 없었을 뿐이었다.

　조문객들은 돌아갈 생각도 않고 고인과의 인연에 대해 돌아가며 이야기하면서 울고 웃고 있었다. 적지 않은 문상을 다녀봤지만 처음 보는 광경이었다. 이야기에 열중해 있는 녀석들을 두고 자리에서 일어섰다. 바로 옆 건물에 어머니가 있다고 생각하니 기분이 묘했다. 이쪽은 저승이고 바로 옆은 이승인데, 울고 웃는 저승길보다 못한 이승에 어머니가 머물러 있다는 생각에 몹시 힘들었다. 이 시간에야 그 꼴 보기 싫은 인간들 없겠지 하고 건너간 어머니의 병실에는 문 앞의 경호원도 보이지 않았다. 누가 침대 옆에서 앉아있다가 뒤돌아보는 데 큰 누나였다. 어머니보다 두 살 어려서 누나보다는 꼭 엄마 같았는데, 형제 중에서는 그래도 내게 무던하게 대해 주었고 나 역시 나이를 먹어서는 그런 누나에게 많이 의지하곤 했다. 내가 쭈뼛거리자 소파로 옮겨 앉더니 자기 옆자리를 손으로 툭툭 친다.
　"형들이 많이 힘들게 하지?"
　누나는 나를 안쓰러운 표정으로 찬찬히 바라보았다.
　"옛날에는 나도 네 엄마를 많이 미워했었다. 왜 아니겠니. 하루도 편할 날이 없이 집안은 난리가 나고 아버지는 죽어도 네 엄마와는 못 헤어진다고 차라리 우리 엄마하고 이혼하자고 했지. 엄마가 농약 먹고 병원에 실려 갔을 때는 니네 집 쫓아가서 네 엄마를 죽여버리고 싶었다. 당시에 집을 몰랐던 게 다행이었지. 네 엄마도 약 먹었었지? 두 여자 모두 아버지의 어디가 그렇게 좋았을까. 나 같으면 백번도 더 헤어졌을 텐데."
　말은 험악한 단어를 쓰고 있었는데 표정이나 말투는 안온해서 마치 옛날이야기를 들려주는 할머니 목소리 같았다.
　"이제 결정할 시간이 된 것 같지 않니?"
　나를 바라보는 누나의 눈이 초점을 잃고 있었다.
　"생각해 보면 네 엄마도 불쌍한 사람이지. 아무리 둘째 부인이라도 본처 아들들에게 그렇듯 무지막지하게 매를 맞은 여자가 몇이나 되겠니. 지금 생각하면 참 너무도 불쌍했지."
　누나의 등이 많이 굽었다고 생각했다.
　"정호야. 형들은 지금 네 엄마가 깨어나서 뭔가를 해주기를 기다리는 게 아니야. 네가 이 상황을 견디지 못하고 어떤 결정으로 밀려가기를 기다리는 거지. 여기 병원장을 비롯해서 형들 말만 듣는 의사들이 지키고 있는 한 네 엄마는 절대로 죽을 수도 없어. 너도 알고 있겠지만. . ."
　누나는 어머니 손을 잡고 천천히 쓸어내렸다. 처음 보는 광경이었다.
　"절대로 형들이 하자는 대로 하지 마라. 내 동생들이긴 하지만 인간 말종들이지. 그 많던 돈 다 날리고 네 것을 빼앗으려 하는 건데 달라는 대로 줘도 또 몇 년 못 간다. 다 아버지 잘못이지. 당신이 자식들 보기 부끄러워 얼굴을 똑바로 보지 못하고 살았으니 해 달라는 대로 다 해주면서 키워서 그래. 어릴 때부터 제멋대로 하면서 살았지. 사업자금 안 대준다고 지 매형한테 손찌검까지 해서 지금은 아주 남남이야."
　누나는 어머니를 쓰다듬던 손을 빼서 내 손을 잡았다.

"우리 정호는 어릴 때부터 심성이 고왔지. 공부도 잘하고 착실하고."
"안 그랬어요. 누나가 잘 몰라서 그래요. 얼마나 말썽을 많이 피웠는데요."
"그 지경에서 그 정도도 안 하면 어찌 살았겠니? 다 어른들의 잘못이었지. 네 방황도 모르는 건 아니었지만 당시에는 미운 마음이 더 컸던 걸 어쩌겠니. 지나고 나니 다 부질없는 것을."
누나는 다시 어머니 쪽으로 고개를 돌리고는 한참을 바라보았다.
"아버지가 포항에 감독관으로 내려갔을 때 식당에서 설거지하면서 노래를 부르는 처자를 보았는데 노래를 얼마나 잘 부르던지 첫눈에 반해 버렸다는구나. 노래에 반한 것인지 다른 것에 반한 것인지는 아버지만 알겠지만, 하여튼 네 엄마가 노래를 아주 잘 불렀던 것은 사실이야. 우리 집에만 오지 않았으면 어디 가서라도 사랑받으며 잘 살 사람이었다. 너도 많이 보았겠지만 우리 엄마가 좀 포악했냐? 아무리 내 엄마라도 참 무섭고 인정머리는 없었지. 어느 날은 네 엄마를 끌고 와서 물 한 방울 안 주고 3일을 가두어 뒀더니라. 그때 출장을 갔던 아버지가 일찍 돌아오지 않았으면 아마 죽었을거야. 네 엄마는 그 지경이 되어서도 잘못했다는 말을 하지 않았지. 두 여자 다 아버지를 사이에 두고 독하긴 마찬가지였다. 내가 나이가 먹어 결혼도 하고 남편하고 애 키우며 살다 보니 이해가 되는 부분도 있긴 하지만..."
누나가 고개를 들어 나를 보았는데 깊으면서도 무표정한 눈길이었다.
"정호야 누나는 네가 한 말을 듣고 처음에는 놀랬지만 그동안 생각 많이 하고 지금 또 이렇게 와서 보니까 네 말이 맞는 것도 같다. 아까부터 보니 네 말마따나 엄마는 지금 엄청난 고통 속에 있는 거 같아. 나한테도 자꾸 무슨 말을 하려는 것도 같고. 불쌍한 사람. 네가 허락만 해주면 이 누나가 보내 드리마. 네가 해도 되겠지만 여러 가지로 상황이 쉽지가 않아. 지금은 내가 잠깐 간식이라도 먹고 오라고 밖으로 보냈지만, 형들이 여기 병실 경호원들을 네 엄마를 지키려고 고용했겠니? 형들 없는 사이 엄마가 가시면 형들이 바로 너를 지목할 거고 그러면 골치 아픈 일들이 생길지도 몰라. 여기 병원장이 네 말보다는 형들 말을 더 잘 들을 거다."

누나의 목소리가 잠기고 있었다.

"뭔 일거리를 만들어서라도 제주도나 다녀와라. 꼭 비행기를 타고 가야 한다, 알겠니? 거기 가 있으면 내가 연락하마. 아니 경찰이 연락할 거라는 말이 맞겠지. 너는 아무것도 보거나 들은 것이 없는 게야. 실제로도 그렇고"

병실 문 앞에서 나를 배웅하는 누나의 눈에 눈물이 그렁그렁 맺혀 있었는데 나는 아무 말도 할 수가 없었다.

"혹시 안정호 교수님이신가요?"

어머니에게 갔다가 돌아오니 고인의 도움으로 새 삶을 찾았다며 울먹이던 여자가 우리 자리에 앉아있었다. 나는 고개를 끄덕이고 앉으며 뭔 일이냐고 눈으로 물었는데 가만히 생각하니 이 여자가 내 이름과 직업을 어떻게 알았을까 하는 의문이 들었다.

"김보영이라고 합니다. 잠시 조용한 곳에 가서 드릴 말씀이 있습니다."

세 명의 시선뿐만 아니라 좌우 테이블의 모든 시선이 내게로 쏠렸다. 그녀는 이미 상주 노릇을 제대로 하고 있을 뿐만 아니라 자기 회사 직원들을 동원한 것인지 여러 사람을 지휘하며 존재감을 제대로 드러내고 있어서 금방 눈에 띄기 때문이었다.

"저에게 직접 전하라 그랬다고요? 마지막으로 만난 게 이십 년도 더 되었는데요. 그리고 몇 달 전만 해도 저는 미국서 살고 있었고요. 뭘 잘못 아신 거 아닙니까?"

"교수님이 어머니 때문에 미국서 돌아와 계신 거 고인께서도 다 알고 있었습니다. 다만 워낙 몸이 허약해지고 죽음을 가까이 앞둬서 만나기를 꺼렸던 거 같아요. 어쨌든 고인의 유언대로 저는 전할 뿐입니다."

그녀는 편지 한 장을 주고는 건물로 다시 들어갔다. 편지는 얼마나 많이 접었다 폈다를 반복했는지 거의 너덜너덜할 지경이었는데 펴보니 그 안의 글자들은 누가 받아 써 준 것인지 정성이 들어간 글씨로 또박또박 써 있었다. 초등학교가 최종학력인 그의 글씨가 아닌 것은 분명해 보였다.

정호에게

정말 오랜만이네. 먼발치서 네 모습을 보았지만, 왠지 성큼 다가갈 수가 없었다. 어려서부터 공부를 잘하더니 기어코 교수가 됐구나. 축하한다. 공부도 못하고 말썽만 부리는 나를 친구로 잘 대해준 사람은 너밖에 없었지. 다른 놈들은 나한테 맞을까봐 내 앞에서는 알랑거리다가도 나만 없으면 내 욕을 해댄 거 나도 다 알고 있었어. 이런 시시한 얘기 하려고 한 거는 아니고 가기 전에 우리 사이에 있었던 추억 하나 말해주고 가려고. 옛날 음악 시간에 내가 디지게 맞은 거 기억하냐? 그때 불렀던 노래, 그거 네 엄마가 가르쳐 준 거야. 너도 몰랐지?

이건 또 뭔 소리인가

너 그때 공부는 잘했지만, 엄마하고는 맨날 싸우며 지냈잖냐. 나는 지금도 왜 그랬는지는 잘 모르는데 아마 애들이 놀려대서 그랬던 것이겠지. 지금 생각하면 별것도 아닌 일인데 너는 심각했던 거 같아. 어느 날 니네 집에 갔는데 너는 없고 어머니가 울고 계시더라. 깜짝 놀래서 물어보니 대답을 안 하셔. 돌아서 나오려니까 니가 금방 돌아올 거라고, 지금 뭐 만드는 중이니까 너하고 같이 먹고 가라고 간곡히 붙잡으셨어. 부엌에서 수제비 끓이려고 준비하시는 것 같았지. 우리가 좋아해서 어머니가 자주 끓여 주셨잖냐. 그래서 마루에 앉아있는데 부엌에서 일하시면서 노래를 흥얼거리시더라. 얼마나 아름답게 들리는지 황홀할 지경이었지. 나는 부엌으로 가서 그게 무슨 노래냐고 나도 좀 가르쳐 달라고 해서 너를 기다리며 어머니에게 배운 거야. 종이에 가사를 써서 여러 번 가르쳐 주시며 너하고 싸우지 말고 사이좋게 지내라고 신신당부하셨지. 그때부터 나는 네 호위무사가 되기로 결정했다. 내가 잘하는 게 그거밖에는 없었으니까.

이런. 어머니는 왜 내게 이런 말을 해주시지 않은 것일까? 뺑호가 나를 그렇게 보호해주고 따라다닌 게 다 어머니 때문이었나.

물론 어머니 때문에 너하고 친하게 지낸 건 아니지. 너하고 친해진 다음에 너희 집에 다녔으니까. 하여튼 그때 그 노래를 얼마나 좋아했는지 하루에 한 번씩은 불렀는데 문제는 나는 전혀 어머니와 비슷하게도 못 부른다는 것이었지. 아무리 애를 써도 못 불렀는데 그러다가 너도 알다시피 음악 시험 사건이 일어난 거지. 어찌 되었든 내게는 아주 소중한 노래였는데 선생이 나쁜 노래 취급하고 그러니 내가 얼마나 화가 났겠냐. 하지만 아무리 그래도 선생님한테 욕을 한 건 정말 나쁜 짓이었지. 입장을 바꾸어 보면 참 황당하다 못해 어처구니가 없는 일이잖냐. 그 후에 찾아가 용서도 빌고 화해했다. 내 장례식 때 오실 거야. 보면 인사드려라. 장례식 같은 거 하지 말고 그냥 화장하라 그랬는데 말을 안 듣네. 그래도 뭐 다들 모여서 술 한 잔씩 하는 것도 나쁠 건 없겠지. 죽는 거 뭐 그리 무서운 것도 아니네. 단지 같이 시간 좀 보냈으면 했던 사람들이 아쉬울 뿐이지. 오늘 밤새도록 내 대신 술들이나 많이 마셔라. 술값 안 받을 테니. 잘 있어라. 엉아는 간다.

갑자기 울컥해졌다. 선생에게 죽도록 매를 맞고도 씩 웃으며 코를 훔치던 열두 살의 뺑호가 옆에 서 있는 것 같았다. 나는 말야 정호야. 아버지 얼굴이나 한 번 봤으면 소원이 없겠다. 너는 그래도 아버지가 있잖냐. 뭐라고? 이 시키가 엉아가 그렇다면 그런 줄 알아야지 콱.

사랑이 무어냐고 물으신다면 눈물의 씨앗이라고 말하겠어요. 선생이 나지막이 부르기 시작한 노래를 조문객들 모두가 따라 부르고 있었다. 상가에서 찬송가나 불경소리는 들어봤어도 유행가 합창 소리를 들어보기는 난생 처음이었다. 노래 중간중간에 흐느끼는 소리가 새어 나왔고 결국 목놓아 통곡하는 사람도 있었다. 도대체 녀석은 어떤 인생을 살았기에 저 많은 사람들이 저토록이나 그의 죽음을 슬퍼하고 있는 것일까. 갑자기 끊어진 필름처럼 둘째 형의 실루엣이 노래 사이사이에서 보였다. 그 돈 너 혼자 다 가지려는 것은 아니겠지? 교수라는 놈이 막말로 사업하는 것도 아니고, 그렇다고 누구 퍼다 주는 것도 아니고, 그 많은 돈 쓸데가 어디 있냐? 하여튼 잘 생각해라. 공연히 돈 지키려다가 피 보지 말고. 어머니는 지금 그 옛날 당신이 가르쳐 준 노래가 여기까지 흘러와서 이 사람들의 눈물 속에 불리고 있다는 것을 알고 있을까? 가까운 곳이니 혹시 들릴지도 몰라. 나는 다른 사람보다 조금 더 목소리를 높여보았다. ~서로가~ 헤어지면 모두가 그리워서 울~테~~니 까~요

(끝)

티벳의 힘

　자명종을 끄려고 손을 뻗어 더듬거리다가 시계를 침대 머릿장과 옷장 사이에 빠트렸다. 떨어져서 그런지 시계의 비명소리가 더 커졌다. 숙취로 머리가 빠개질 듯이 아프지만, 벌떡 일어날 수밖에 없다. 내가 술을 마시고 오는 날은 킹사이즈의 침대도 마다하고 거실로 도망가서 자는 아내의 비명까지 듣지 않으려면 술에 취해 꺼놓지 못한 저 빌어먹을 놈의 시계를 빨리 꺼야 한다. 불을 켜고 틈 사이로 효자손을 밀어 넣어 빼보려 하지만 좀처럼 걸리지 않는다. 할 수 없이 침대 머리맡의 탁자를 끌어내고 시계를 손에 잡는 순간 방문이 벌컥 열렸다.
　"아 진짜! 사람이 안 하던 짓을 하면 죽는다는데 갑자기 뭔 놈의 마라톤은 한다고 새벽마다 집안을 뒤집어 놓냐고 !! 일어나 출근하기도 바쁜 인간이 회사에 있다는 공짜 헬스나 하지 마라톤 한다고 그

남산만 한 배가 빠지냐? 니 배는 빼고 나는 말려 죽일래? 나이 사십도 안 돼 가지고 무슨 초 처 먹은 버킷리스트야? 그거 저세상 갈 나이 된 늙은이들이 쓰는 거 아냐? 그리고 기왕에 버킷리스트인지 빠께쓰트인지 만들려면 멋진 게 좀 많냐? 세계일주라던지 결혼하면서도 안 사준, 마누라 다이아반지 사주기라던지. 이런 거 좀 안 하고 마라톤 완주하기. 상설 연극무대 만들기. 내 참 사내 배포가 쪼잔하기는."

아내가 그러거나 말거나 주섬주섬 챙겨입고 집을 나선다. 내 머릿속과 배속은 숙취와의 전쟁터지만 초여름 새벽의 홍제천은 운동하는 사람들로 생기가 가득하고 공기는 상쾌하다. 발목을 돌리며 준비운동을 하는데 어제 회식 자리에서 격려한답시고 시작하여 잔소리로 끝을 맺다가 기어코 나를 콕 집어 실적 부진을 지적하던 점장의 얼굴이 떠올랐다. 발목을 돌리던 발로 바로 옆에 있는 누군가를 향해 이단 옆차기를 해 보지만 남이 보면 그저 다리를 터는 모양새다. 실소를 하고 몸을 흔들고 있는데 저 멀리서 대여섯 명의 무리가 발까지 맞추어가며 뛰어온다. 나도 서둘러 몸풀기를 마치고 제자리 뛰기를 하다가 맨 뒤에 따라붙었다. 오늘은 어떡하던 조금이라도 더 같이 뛸 수 있기를 바라며 호흡을 다듬어본다. 얼마 가지 않아 숨이 턱에 닿는데 점장의 악다구니가 잡아먹을 듯 뒤를 따라와 이를 악물고 뛰었다. 제 놈 능력 부족으로 경진대회에서 꼴찌 하는 것을 온통 내 죄로 뒤집어씌우는 중이다. 인신공격까지 서슴지 않고 있지만 나 역시 능력 부족 때문이니 터지고 있을 수밖에 도리가 없다. 아무리 신입이라고는 하지만 입사 6개월 동안 차 한 대를 못 판 사원이 대리점 개업 이래 내가 처음인 것은 사실이기 때문이다.

 야 내가 너 보고 대리점 일등을 하라 그랬냐 아니면 판매왕을 하라 그랬냐? 일부러 하기도 힘든 뺑판을 반년 동안이나 하고 있으니 공연히 머릿수만 채운 너 때문에 우리 대리점 평균 실적이 개판이잖아. 영업일지 보면 니가 하루에 걸어서 방문하고 다니는 거리가 얼만데 배는 왜 그렇게 점점 더 튀어나오냐? 영업일지는 삼류 소설을 쓰고 맨날 밧데리 집에 가서 짜장면 쳐먹고 게임기 앞에 코 박고 있으니까 배만 튀어나오는 거잖아. 이제 사십도 안 된 놈이 저 배 좀 봐라. 저게 사람이냐 저팔계지. 아유 저거 학교 후배만 아니면 벌써 짤라버렸을 텐데. 안주 좀 그만 처먹어 새꺄. 차감독으로 시작한 호칭은 이제 저팔계를 지나 새끼까지 내려와 있었다.

 점장 덕분에 이를 악물고 뛰어 오늘은 달리기 길의 한쪽 끝인 그랜드 호텔까지 따라올 수 있었다. 달리기를 시작한 지 거의 한 달만이다. 한강부터 뛰어온 사람들이 다리를 풀며 인사들을 나누는데 반의 반도 뛰지 않은 나는 턱에 찬 숨이 목에 걸려, 주는 인사를 받지도 못하고 그냥 바닥에 주저앉았다. 헐떡거리며 가물가물 내가 뛰어온 길을 벅찬 감동으로 보는데 어제 보고 감탄했던 그 노익장이 백발을 휘날리며 뛰어오는 모습이 보였다. 양 주먹을 허리 근처에서 가볍게 흔들며 몸은 흔들지 않고 탁탁탁 뛰는 모습은 문외한이 보아도 프로급 실력이었다. 어제는 준비운동 하는 내 앞을 바람같이 지나가더니 오늘은 조금 늦었는지 이제야 모습을 보였다. 서 있던 사람들은 물론 앉아있던 사람들까지 모두 일어나서 고개 숙여 인사를 한다. 오늘은 늦으셨네요. 응 요즘은 성산대교 밑까지 돌아오느라고. 그는 멈추지도 않고 속도만 조금 줄여 대꾸하고는 그냥 바로 돌아서 오던 방향으로 뛰어갔다.
"저 분은 누구세요?"
나는 궁둥이를 털고 일어나며 물었다.
"홍제천 마라톤 지존이야. 너하고는 거리와 시간대가 안 맞아서 자주 못 볼 거야. 일요일에 모임에 나가면 만날 수 있지."
동네 선배는 멀어지는 노익장의 뒷모습을 존경의 눈초리로 따라가며 부러운 목소리로 대답했다. 하기야 단단해 보이는 몸매에 반쯤 벗겨진 백발 그리고 마라톤 복장의 외모부터 탁탁탁 달리는 모습까지 누가 봐도 우리같이 동네에서 뱃살 빼기 혹은 취미로 달리기 놀이를 하는 사람들과는 달라 보였다.
"얼마쯤 연습하면 저 사람같이 폼이라도 비슷해질 수 있을까요?"
"폼도 폼이지만 기록이 2시간 40분인가 그래. 우리랑 같이 연습할 수 없는 이유이기도 하지만 아직까지 홍제천에서 저 양반 따라잡는 사람 없지. 작년에 젊은 친구 몇이 따라잡으려 악을 쓰고 십 킬로쯤 뛰다가 항복했고 노익장 마라톤과 울트라 마라톤 대회에서 우승한 기록도 있고. 야 너는 오르지 못할 나무는 쳐다보지 말고 우리나 잘 따라와. 그래도 오늘은 대단한데? 어제는 술 많이 안 먹은 모양이네?"

여기저기 흩어져 몸을 풀던 사람들이 제자리 뛰기를 하면서 늦게 도착한 사람들까지 합류하여 다시 대열을 맞추는데 나는 어정쩡 뒤에 서 있다가 달려 나가는 사람들의 뒷모습을 지켜보기만 했다. 뱁새가 황새 따라가려다가 가랑이 찢어진다. 한 몇 달 열심히 하다 보면 노익장까지야 택도 없겠지만 똥배에 짜리몽땅도 따라다니는 저 줄에야 낄 수 있으렷다. 튀어나온 배를 애써 집어넣으며 빨리 걷는데 이것도 만만치는 않다.

열심히 뛰었던 어기적거리며 걸었던, 운동을 끝내고 돌아와 미는 현관문처럼 기분 좋은 열림은 없다. 어라? 김이 거실에 앉아 커피잔을 들고 있었다. 넥타이까지 맨 정장 차림으로 이 시간에 웬일일까 하고 생각도 하기 전에 나를 본 녀석이 벌떡 일어나더니 기가 막히다는 듯 혀를 찬다.

"내가 이럴 줄 알았다니까. 어제 술자리 막판에 점장하고 약속한 거 기억 못 하는 거지?"

"뭔 약속 ???"

"내가 미친다. 빨리 대충 씻고 옷이나 입어."

"야 근데 너 걸어왔냐? 니 차가 안 보이던데."

"차 바꿨잖아. 우리 팀에서 차 없는 사람 형밖에 없다. 내차 아직 안 팔았으니까 형이 타. 싸게 줄게."

내가 필요 없다고 말을 하려는데 아내가 먼저 반색하고 나선다.

"어머 정말이요? 그 차도 아직 새 거던데 또 새 차를 사신 거예요? 정말 능력도 좋아."

"본사에서 상으로 받은 차예요. 준대형이라 조금 벅차긴 하지만 탈 수 있을 때 타야죠 뭐."
"그럼 타시던 거 우리한테 파세요. 저 그 차 너무 좋아하는데."
"그러세요. 형님이 타신다면 싸게 드릴테니까 돈은 형편 되시는 대로 나누어 주세요."
"야 난 면허증도 없고 차도 필요 없어."
"난 필요 있어요. 면허증도 있구."
아내가 나를 흘겨보며 탁구공처럼 튀어 오른다. 그나저나 대꾸할 시간이 없다. 어제 술자리가 끝날 즈음에 내가 한 말이 이제야 기억이 났기 때문이다.

넘 그렇게 사람 무시하지 말라구요. 나도 한다면 하는 놈인데 요즘 슬럼프에 빠져서 그렇지. 슬럼프? 지랄한다. 슬럼프는 잘 나가던 놈이 잠깐 주춤하는거지 너같이 영업 시작해서 6개월이 지나도록 차 한 대 못 팔고 주야장천 개기는 놈이 무슨 슬럼프? 아 씨발 인생 슬럼프를 이해 못 하는 인간하고 대화 못 하겠네. 뭐 씨발? 아 내일부터 존나 하면 되잖아요. 맨날 염불 외우듯이 나한테 하라고 하는 거, 그거 뭐더라 명함꽂이? 내가 내일 새벽에 일어나서 집에서부터 걸어서 명함꽂이 하면서 출근한다니까요. 행여나 저팔계가 새벽에 일어나기나 하겠다. 하면 어떡할래요? 그래? 하면 내가 니 앞으로 계약 출고 한 대 꽂아줄게, 대신 못하면 어떡할래? 내가 내일 안 하면 바로 그만 둘께요 씨발. 이 새끼봐라. 알았어. 너 내일 새벽에 일어나 명함꽂이 하면서 출근만 안 해봐라 바로 짤라버릴거니까. 야 김과장 너 사무실에 가서 이 새끼 명함 한 통 가져와. 내일 조회 전에 니가 말 한 코스로 내가 한 바퀴 돌아서 차마다 꽂아 놓은 명함이 안 보이면 너는 바로 짤리는거야, 알았어? 니가 먼저 말한 거니까 딴소리 말고.

샤워고 뭐고 넥타이를 손에 든 채 윗도리만 걸치고 뛰어 내려갔다. 어제 선배 눈빛은 내가 입사 후 처음 보는 단호함으로 그저 해 본 엄포가 아니라 이래저래 망신살 뻗치는 나를 빨리 정리하자는 무언의 결단같이 보였다. 사실 처음 그를 찾아갔을 때부터 당혹한 눈빛으로 어정쩡한 입장을 취하긴 했었다. 신입사원 뽑기 힘들어 대리점 못 해 먹겠다더니 막상 내가 가니 전혀 반가운 눈빛이 아니었다.

차감독이 연극판에서 굶어 죽게 생겼다고 해서 생각은 해 보겠는데, 차 찍새 하는 거 이거 보통일 아니다. 본사 영업사원들 같으면 기본급도 웬만큼 있고 한 달에 두어 대만 팔아도 밥은 먹고 사는데 우리 대리점은 기본급이 적어서 차 못 팔면 밥 먹기 힘들어. 더군다나 니 성격에 무슨 차를 팔고 다니겠냐. 엎친 데 덮친다고 지금 아엠에프인지 뭔지 나라가 부도가 나서 매출이 평상시의 반토막 상황이라 잘 하던 영업사원들도 한 달에 한두 대 팔기가 힘든데 하필이면 이럴 때 이걸 하겠다고 하냐? 내가 점장이니 워킹 손님 들어오는 거 한두 대 줄 수야 있지만 그것도 니가 밖에서 찍어온 후라면 모를까 신입이 개시 팔이를 매장에서는 못 주워 먹는 게 불문율이야. 그리고 지금 내

사정도 최악이라 대리점이고 뭐고 다 그만두고 싶은데 엮인 돈이 많아서 발을 빼지도 못하고 있다. 그나저나 얼마나 벌어 모아야 다시 연극판으로 돌아가는데? 차라리 노가다 하는 게 빠르지 않겠냐?

아파트 입구 바로 앞 주차장에는 번쩍이는 신형 차가 위용을 뽐내고 있었다. 하기야 전국 규모의 신차 판매 경진대회에서 최우수 판매사원으로 선정되어 회장으로부터 직접 받은 상인데 저 정도는 받아야겠지. 부러운 마음이 들지 않는 것은 천성이다. 그래도 내 밥줄은 끊어지면 안 되는데, 빌어먹을.
"내가 중간쯤 내려주면 형은 거기부터 꽂으면서 지점으로 가고 나는 지점에 주차 해놓고 거꾸로 오면서 중간서 만나자고. 서두르지 않으면 조회 때까지 다 못한다. 나 명함 절반 주고 빨랑 내려서 시작해."
김은 나보다 다섯 살이나 어린데 내가 말단으로 있는 영업 1과 과장이다. 실적이 엄청나게 좋고 인맥도 좋은 데 인간성까지 좋다. 실적 좋은 건 안 부러운데 성격 좋은 건 정말 부럽다. 나이 들어 입사해서 신입 딱지도 못 뗀 나를 단둘이 있을 때면 깍듯이 형 대접을 해 주며 챙긴다. 같은 아파트 단지에 산다는 것을 알게 된 후부터는 아예 친형을 대하듯 살갑게 한다. 가방을 김의 차에 그대로 두고 명함을 꽂으며 가기 시작했다. 이미 출근 시간이 시작되어 딱지를 끊을까 봐 그런지 골목길에 주차된 차들이 별로 없다. 경비가 눈을 부라리는 빌딩들은 들어갈 엄두도 못 내고 골목길에 보이는 차마다 무차별적으로 꽂으면서 나가니 그런대로 명함이 줄어든다. 반으로 나누었으니 오십 장, 많이 걸려야 삼십 분이다. 그럭저럭 시간도 맞출 것 같으니 담배 생각이 간절해서 골목길로 들어가 불을 붙이고 깊게 한 모금 빠는데 큰길 쪽에서 김이 헐레벌떡 뛰어온다.

"점장이 이차장하고 저쪽에서 걸어와. 다행히 나는 못 봤으니 빨리 담배 끄고 큰길 쪽으로 꽂으면서 가라고. 형 혼자 하는 듯이 시침 뚝 떼고. 내가 진짜 형 때문에 미치겠다. 이따 조회 때 봐. 가방은 형 자리에 갖다 놓을게."

녀석이 줄행랑을 치고 난 후 담배를 밟아 끄고 큰길 쪽으로 나갔다. 한 손에 명함을 들고 일하는 시늉을 하는데 멀찍감치서도 내가 보이는지 점장이 큰 소리로 불렀다. 야 저팔게! 해가 서쪽에서 뜨겠다. 이게 웬일이니? 에이 씨발, 저 인간 웃는 거 보니 이거 안 했어도 짜를 생각은 아니었나 보네. 생전 처음 남의 차 앞유리창 와이퍼에 명함을 끼우면서 창피해 화끈거렸는데 속았다 싶어서 열을 받으니 다시 화끈거렸다. 어쨌든 약속은 지켰으니 이제 저 인간이 분명 한 대를 꽂아준다 했겠다. 사실 나이 사십이 가깝도록 연극판에서 놀다가 새삼스럽게 취직하기도 쉽지 않고 또 마음이 연극이라는 콩밭에 가 있는데 평생 다닐 직장을 찾는 것도 마뜩잖아서 선배 도움 좀 받아서 적당히 그저 당분간 먹고살 돈 좀 벌어보려고 온 것이었다. 그러나 영업 교육도 신통찮게 해 주고는 무조건 나가서 차를 팔아오라는 데에는 처음부터 기가 질리고 말았다. 도움도 현장 교육도 없었다. 계약 받아오라고 가방에 넣어 준 거라고는 계약서와 카탈로그 몇 장이 전부였는데 견습 기간도 없이 바로 길거리로 내쫓겼다. 첫날 대리점 문을 나서니 바로 앞에 캄캄하고 까마득한 높이의 벽이 버티고 있는 심정이었다. 몇 군데 길가 점포들을 기웃거리다가 잡상인 취급으로 면박 당한 후에 다른 영업사원들과 밧데리집에 가서 어울리기 시작한 것이 내 자동차 영업의 시작이었다. 조회 끝나고 가면 밧데리집이라고 불리우는 경정비 업소 사무실에는 늘 카드판이 벌어져 있고 구경만 해도 짜장면은 공짜로 먹을 수 있었다.

조회가 끝나자 모두 자기 자리로 흩어져 전화를 걸거나 받거나 하는 평상시 모습대로 돌아갔다. 아침 일찍부터 백장짜리 명함 한 통을 다 뿌리고는 왔지만, 여느 때처럼 나는 할 일도 없고 밧데리 집 외는 갈 데도 없었다. 점장 눈치를 보며 주변 상가 전화번호부를 뒤적이고 있는데 내 앞의 전화벨이 울렸다. 교환 직원을 쳐다보니 전화를 받으라는 눈짓을 한다.

"네 제가 차우성입니다. 예? 이번에 나온 신차종 말씀이지요? 네 계약 받고 있습니다. 어디시라구요?"

6개월 만에 처음으로 내 앞으로 직접 온 상담 전화를 받으니 모두의 시선이 내게로 쏟아졌다. 나는 당황하여 어떻게 대응할지를 모르고 쩔쩔매는데 상대편에서 답답했는지 어디로 오라고 주소를 일러준다.

"네네, 일성빌딩 10층이요? 알겠습니다. 가까우니 30분 내로 준비해서 가겠습니다."

김이 무슨 일인지 눈치를 채고 가방을 들더니 상담실로 오라고 눈짓한다. 내가 들어가자 상담실 문을 닫더니 목소리를 낮추어 계약 작전을 얘기한다.

"형 지금 그 차종은 신차라서 오늘 계약해도 3개월 이상 기다려야 차가 나오는데 일성빌딩 가서 그대로 말했다가는 계약 받기가 쉽지 않을 거야. 지난번에도 점장이 기껏 하나 소개해 준 걸 넉넉잡고 5개월 걸린다고 말해서 다른 점에 뺏겼잖아. 무조건 한 달 이내에 빼준다고 해. 형 첫 차이기도 하고 점장하고 내가 있으니까 본사를 졸라서 어떻게든 빨리 빼 볼테니까. 그리고 원래 3개월 걸려도 한두 달이라고 해놓고 오늘내일하며 끌고 가는 게 찍새들의 능력이지. 신차 나올 때 곧이곧대로 말하고 다니는 영업사원이 어딨냐? 여기저기 알아보고 하면 다 뺏기지. 안 되겠다. 나랑 같이 가자. 그나저나 일성빌딩이면 내가 형 명함 들고 털은 빌딩이잖아? 형 이거 출고하면 술 사야 된다?"

자명종이 울리기 전에 눈이 떠졌다. 시계를 눌러 꺼놓고 주섬주섬 챙겨입고 거실로 나가니 언제 일어났는지 아내가 유리잔 하나를 쑥 내민다. 당근 주스야. 몸에 좋다더라. 요즘 계약 받으러 다니느라 피곤한 것 같던데 운동까지 해야 돼? 그러다가 몸이 너무 축나는 거 아냐? 눈이 생글거리는 게 기분이 좋은 모양이다. 김 과장이 운전도 성격대로 하는 모양이야. 차가 완전 새 차 같아. 어제 친구들한테 자랑 좀 했더니 한 번 태워달라고 난리도 아니야. 자기야 고마워. 깡총 발로 뺨에 뽀뽀까지 해준다. 싫지는 않지만, 그리 좋지도 않다. 아내가 무대에서는 이런 속물이 아니었는데 몇 년 고생이 사람도 바꾸는 건가. 건성으로 응하는 체를 하고는 집을 나서 홍제천으로 내려섰다.

발목을 풀고 있는데 청년 하나가 내 앞을 빠른 속도로 지나가더니 되돌아온다.
"이쪽 끝까지 거리가 얼마나 됩니까?"
"글쎄요 거리는 한 2킬로 되나... 홍제 사거리에 있는 유진상가가 끝입니다. 그 뒤로는 지금 공사중이라 못가요."
"고맙습니다."
청년이 가볍게 목례하고 다시 뛰는데 폼이며 속도며 딱 그 노익장을 닮았다. 다만 단단해 보이는 허벅지가 좀 더 굵었을까. 제자리 뛰기를 하면서 몸을 푸는데 역시 딱 시간 맞춰 일행들이 달려오는 것이 보인다. 이제 인사를 나누면서 뒤에 달라붙는 것도 아주 부드럽다. 얼마 뛰지도 않은 거 같은데 아까 길을 물었던 청년이 맞은 편에서 달려와 우리 대열을 휙 지나갔다. 벌써 끝까지 갔다 온 건가. 절반쯤 가서 또 하나가 우리 대열에 합류하는데 나같이 뒤에 안 붙고 중간쯤으로 쏙 들어간다. 아직 일요모임에 정식으로 참석한 적이 없어서 통성명은 안 했지만 매일 보는 새치기 꼴이 썩 기분이 좋지는 않다. 내 생각에는 당연히 내 옆이나 뒤에 붙어야 하는 게 아닌가 말이다. 반환점에 털썩 주저앉아 옆에서 무릎을 만지고 있는 선배에게 물었다.
"우리 대열이 그냥 대충 뛰는 게 아니고 기록에 따라 자기 자리가 정해져 있는 거야. 맨 앞 왼쪽이 기록이 제일 좋은 사람이고 좌우로 내려가면서 기록대로 자기 자리가 있는 거지. 너는 아직 풀코스도 한 번 안 뛰어 봤으니 당연 맨 꼴찌. 그리고 아직 반환점 돌고 제자리로 갈 때 같이 뛰지도 못하잖아. 빨리 몸 좀 만들어라. 다음 달 대회에서 10킬로짜리는 뛰어야지. 여기에서 풀코스 한 번 안 뛰어 본 사람은 너밖에 없다니까."

"근데 선배는 뛰는 거 보니까 다리를 약간 절뚝거리는 거 같던데."

"지난번 춘천마라톤 때 무리했는지 무릎이 좀 아파. 그래도 기록은 15분이나 단축했다. 좀 더 열심히 하면 다음 달에는 더 좋은 기록을 낼 수 있을거야."

"무릎 다치면 좀 쉬어줘야 되는 거 아니에요? 뭔 취미 마라톤을 몸까지 상해가며 해요? 아마추어들이 기록 단축에 목숨을 거나?"

"너도 뛰다 보면 차차 알게 될거다. 하기야 기록 경신하는 재미를 초보가 어찌 알겠냐."

모두들 다시 뛰려고 대열을 갖추는데 노익장이 바람같이 다가왔다가 바람같이 멀어졌다. 오늘은 다들 입을 닫은 채 눈인사만 나누고 있었다. 대열이 출발한 후 나도 끝까지 같이 뛰려고 뒤에 따라붙었지만 몇백 미터 뛰지도 못하고 대열에서 이탈하고 말았다.

사무실 문을 밀고 들어가면 바로 정면에 커다란 실적판이 막대그래프로 그려져 붙어 있었다. 매일 애서 외면하고 다니던 그곳에 이제는 눈이 저절로 간다. 국회의원선거 실황 중계 때, 당선이 확정되면 붙여주는 종이꽃이 내 이름 위에 의기양양하게 붙어 있다. 아직 실감이 제대로 나진 않지만, 로또에 당첨되면 이런 기분일 것이었다.

"야 저팔계 이리 좀 와봐."

점장이 나를 보더니 벌떡 일어나 손을 든다. 맞은 편에 차장과 김이 앉아있다. 요즈음 김은 아침마다 나를 보면 허파에 바람 들어간 놈처럼 그저 싱글벙글이다. 첫 계약을 같이 가서 받아온 이래 거의 한 달을, 일주일에 3일은 아예 새벽같이 우리 집으로 출근을 해서 내 명함을 나누어 가지고 명함꽂이를 하고 있다. 이렇게 초방빨이 받기도 쉽지 않은데 아마 아엠에프 상황에서 다들 포기하고 영업을 안 하는데 우리가 싹쓸이로 훑으며 다니니까 그물에 걸리는 거 같아. 달리는 말에 채찍질한다고 이럴 때 끗발을 좀 올리자고요. 마라톤? 에이 진짜. 이 상황에 뭔 마라톤이야? 명함 꽂으며 몇 킬로를 걷는데 그게 더 큰 운동이지. 운동도 하기 싫은 거 억지로 하면 노동이고 노동도 기분 좋게 하면 운동이라구. 딴소리 말고 이번엔 내 말 대로 해요. 하루에 백 장씩 명함만 뿌리고 다닌다고 이렇게 잘되면 하지 않을 인간이 어디 있냐? 그래도 다들 안 해요. 나도 그동안 이렇게 꾸준히는 안 해봤어.

　기적이 일어난 꼴이었다. 명함꽂이를 시작한 이후 거의 매일 한두 건씩 문의 전화가 오고 일주일에 한두 건씩 계약이 성사되었다. 2등인 김이 4대를 계약했는데 내가 7대를 계약한 것이다. 물론 김하고 같이 가서 들러리 비슷하게 서 있다가 왔지만 김은 항상 같은 팀으로 계약을 받는다고 설명하고 계약서 담당도 내 이름으로 했고 내가 담당임을 계약자에게 몇 번이고 확인시켜 주었다. 몇 번의 견습 끝에 이제는 혼자서도 계약을 받아올 수 있게 되었다. 자리에 다가가자 김이 일어나 옆으로 앉으며 점장 맞은 편 자리를 내주었다.

　"오늘 본사에서 영업본부장이 전화 왔다. 아무래도 이상하다고.

니 계약이 가계약 아니냐고 물어보는 거야. 경진대회 꿈조 상 받으려고 우리가 공작하는 줄 알고 전화한 거 같아. 사실 너하고는 전혀 상관이 없는 일이라 말 안 했는데 이제 가능성도 생겼다. 입사 일 년 차 미만은 따로 시상하거든. 지금 네 실적이 전국 순위가 10위 안팎이니까 가능성 있다. 그리고 이참에 개인 실적은 좋은데 과 실적에서 일등 해 본 적이 없는 김 과장도 한 번 팀장 상도 받아봐야지. 안그냐? 더구나 이번에는 출고가 아니라 계약 대수로 하는 거기 때문에 잘하면 가능하다고. 본사가 신차 계약 대수 신기록에 목매고 있으니 이럴 때 한 번 묻어서 가자구."

나는 뭐든 잘하다가도 경쟁이 붙으면 젬병이었다. 어떤 인간은 그런 나를 보고 승부욕이 없다고도 하고 누구는 끈기가 없다고도 하지만 하여튼 달리기부터 공부까지 등수를 매기는 모든 상황이 되면 늘 비실비실해지는 것이다.

"뱁새가 황새 따라가려다가 가랑이 찢어진다니. 뭔 신인상?"

"아 이 새끼는 잘 나가다가. 야 나도 니 덕에 제주도 포상 휴가 좀 가보자. 신입이 꿈조 신인상으로 뽑히던지 한 팀이 전국 우수 과로 뽑히면 그 대리점주도 같이 포상 휴가 보내준다잖아. 내가 같이 제주도 가면 돔인지 뭔지 회 배 터지게 사줄게, 응? 야 우리같이 이류인생들도 그런 거 함 타보자, 씨발"

"씨발? 그게 아침부터 사장 입에서 나올 소리유? 하여튼 내 뭔 말인지는 알겠는데 여태는 운빨이 좋았지만 남은 기간 동안 무슨 수로 13대를 계약해 와? 스무 대는 해야 당선권이라며?"

"제거 몇 대 올려 줄게요. 나중에 갚으면 되지."

김이 나섰다.

"그 대신 내일 아침부터 이달 말까지 마라톤 대신 하루도 안 빼고 나랑 같이 명함꽂이를 다녀야 돼."

근데 이놈은 왜 그리 나를 도와주지 못해 안달일까. 어찌 보면 경쟁 관계인데 이렇게까지 챙겨주는 게 고맙기도 하고 부담되기도 해서 요즘은 김을 볼 때마다 묘한 기분이 된다.

요즘 느끼는 기분은 연극을 할 때와는 또 다른 것이었다. 성취감의 질이나 크기는 달랐지만 계약을 받아올 때의 느낌에는 뿌듯한 충만감과 가벼운 흥분이 있었다. 무대를 뛰어다니며 배우들과 씨름하다가 그럴듯한 장면들이 나왔을 때 느끼는 희열이 이곳에도 있었다. 한 대 한 대 계약해서 그래프가 쌓이는 것을 보는 것은 마치 첫 공연이 올라가는 날 매표구에서 표를 사려고 줄을 서 있는 관객들을 먼발치서 훔쳐보는 느낌이었다. 어떨 때는 내가 이렇게 속물이 되어가는 것인가 하고 자조도 하게 되지만 잠시뿐이었다. 점장과 김은 제주도 포상 휴가라는 공동 목표를 위해서 전력 질주하기로 의기투합하고 내게도 동참하기를 강요했다.

영업1과에는 나 말고도 평사원이 둘, 대리가 둘이나 있었는데 그들뿐만 아니라 지점 안의 모든 직원이 점장이 주도하고 최고 실적의 과장이 앞장서는 우리 그룹을 부러운 시선으로 바라보고 있었다. 조회 때마다 무능력의 표본으로 천덕꾸러기였던 나는 졸지에 유능한 판매사원이 되어 있었다. 나 역시 그저 꼴찌만 면하자던 마음이 자꾸 더 큰 실적을 노리게 되었다. 매일 뛰다가 월 수 금 일주일에 3일로 줄었던 마라톤은 아예 중단되었다. 새벽부터 밤늦게까지 이제는 대리점이 있는 마포뿐만 아니라 서대문구와 용산구 등 다른 구역까지 무차별적으로 명함과 카다로그를 살포했다. 상담 전화가 오면 김이 시킨 대로 한 달 이내 출고해 준다고 말하고는 계약을 받아냈다. 실제 출고 가능일은 점점 늦어져 5개월까지 늘어졌지만 내 고객들은 능력 있는 사원을 만나 한 달 내로 차를 받는 것으로 알고 있었다. 처음에는 절대로 못 할 것 같던 거짓말들이 입에서 술술 나왔고 그에 비례하여 내 막대그래프는 점점 더 높이 올라가고 있었다.

"계약이 많아져서 출고가 늦어지는 게 우리 책임은 아니잖아? 그리고 실제로 본사에서 무게 잡고 펜대 굴리는 놈들은 한 달이 뭐야? 어떤 놈은 당일 바로 빼주는 놈도 있던데. 그러니까 우리가 출고까지 책임지고 계약을 받아야 하는 건 맞지만 빨리 빼준다고 말하는 건 사기가 아니라 이거지."

김은 한 달 내 책임출고를 남발하며 내 상담 고객에게서 계약을 받아내고 있었고 그런 그를 보면서 나 역시 모른 척하고 있었다.

"그래도 니가 전화 받아서 출고 담당이라고 말하는 건 사기잖아?"

"어이구 인물 나셨네. 여기는 뭐하러 오셨수? 공무원이나 하고 계시지. 아니 공무원들이야말로 사기꾼들이지. 허구한 날 국민 세금 처먹으면서 그것도 모자라 이리저리 돈 뜯어먹고 살잖아."

"아 나는 모르겠다. 그저 명함이나 발바닥에 불나게 돌리고 있을

테니 니가 알아서 해라."

"지금 그러고 있는데 잘 나가다가 한 번씩 형이 사람 염장을 지르잖아? 이게 어디 나 하나 좋자고 하는 일이냐고. 사람이 살다가 기회가 그리 자주 오는 게 아닙니다요."

"근데 너 내 마누라는 언제 운전 연습까지 시켜줬냐?"

"아 그거... 형수가 말해요? 그냥 차만 갖다줬는데 주차도 못하고 완전 장롱 면허더라고. 그래서 전에 형 마라톤 나갈 때 어차피 명함 못 돌리니까 그 시간에 요 앞 한강 둔치에서 몇 번 해줬지. 깜짝쇼 한다고 형한테 얘기하지 말라더니... 이제 곧잘 하시던데요. 그래도 시내 연수는 좀 더 해야되는데? 요즘 명함 돌리느라 못해서 은근 걱정하고 있던 참인데 혼자 끌고 다니시나? 꾸준히 한두 달은 더 해야 하는데."

"살살해라, 그 사람 운동신경 정말 무뎌서 무대에서도 동작이 많은 연기는 소화를 못 시키는 사람이야. 그럼 평일은 어려우니 일요일에 몇 번 더 해 주던지. 내가 이번 일요일에는 마라톤 연습도 하고 동호회 모임도 나가야 되거든. 평일은 못 나가도 좀 봐주는데 일요일까지 아예 안 나가면 동호회에서 자른단다."

"알았어."

"어쨌든 그리 신경을 써주니 고맙다. 내가 운전 못하니 그 사람이라도 운전하면 좋기는 하지. 며칠 전에는 친구들 만나서 자랑 좀 했나 보더라. 아침부터 싱글벙글이야. 내가 일을 잘해서 그런지 차가 생겨서 그런지 요즘같이 행복해하는 거 첨 본다."

준비운동을 끝내고 다가오는 팀과 합류하려고 기다리며 제자리 뛰기를 하는데 그보다 조금 앞서 노익장이 달려왔다. 나는 잠깐이라도 그의 속도를 느껴보고 싶어서 내 앞을 지나가는 그를 전력 질주로 따라잡아 보았다. 뒤의 소리가 심상치 않았는지 노익장이 달리며 힐끗 뒤를 돌아보았다. 나는 엉겁결에 달리면서 인사를 했는데 그는 인사도 받지 않고 속도를 더 높여 금새 시야에서 사라지고 말았다.

"너 뭐하냐?"

뒤따라오던 선배가 다리를 끌고 뛰며 묻는데 어째 다리 상태는 점점 더 심각해지는 것 같은데 뭘 모르는 초보라고 면박을 당하기 일쑤이니 물어볼 수도 없었다. 그냥 얌전히 뒤의 내 자리에 붙었다.

"얼마나 빨리 뛰시는 건지 좀 느껴보려고요."

"야 동네 동호회 마라톤이라도 예의와 법도가 있는거야. 아직 정식으로 통성명도 안 했는데 페이스 흐트러지게 해서 연습을 방해하면 안 되지. 더군다나 저 양반은 우리 홍제천 마라톤의 자랑인데. 너 은근히 아무 데나 빨대 꽂고 개기는 성격이 있던데 연극쟁이라 그런거야?"

이건 또 왜 아침부터 시비인가. 그저 한 오십 미터쯤 같이 달리며 인사를 한 것뿐인데 거기 예의니 법도니 하는 게 또 왜 나오냐? 거기다가 연극쟁이? 씨바 동네 무식한 새끼를 선배 대접 깍듯이 해줬더니 수준 안 되는 대가리까지 선배질을 하려 드네. 무식한 새끼들이 용감하다더니. 참 어딜 가나 신참 노릇하기 더럽네. 기분이 좀 상했지만 언제 왔는지 내 옆에서 뛰는 여자가 눈을 찡끗하며 겸연쩍다는 듯 웃어줘서 견딜만했다. 시작한 지 두 달도 안 됐는데 이제는 거뜬히 대열을 따라가고 반환점을 돌아 다시 내 장소까지 대열에서 처지지 않고 뛸 수 있으니 다음에는 더 먼 거리까지 뛰어봐야겠다. 그러다 대충 할 만하면 혼자 뛰던지 해야지 내참 더러워서. 살면서 마라톤 완주는 한 번 해봐야 한다는 그럴듯한 얘기를 듣고 운동화를 신고 막연히 나왔다가 홍제천 마라톤이라는 조끼를 입고 대열 맞추어 뛰는 사람들 속에 아는 얼굴을 만난 게 여기까지 온 것이었지만 조직이나 서열 혹은 단체활동은 아주 질색이다.

"지금 이 길로 월드컵 경기장까지 갔다가 근처 강변 잔디밭에서 뒤풀이 있는데 너도 가자. 매주 일요일은 서로 인사도 하고 마라톤대회 정보도 주고받고 그래. 너 차 파는 일에도 도움 되지 않겠냐?"

반환점에 도착해서 다리를 털면서 그가 말했다. 조금 아까도 통성명을 안 했다는 면박을 받은 터라 떨떠름한 가운데도 일말의 의무감을 느끼기는 했지만 월드컵 경기장까지 뛰어간다는 말에 고개를 저었다. 차 파는 일 어쩌구 하는 것도 거슬렸다.

"오늘 할 일이 좀 있어서 다음 주에는 꼭 갈게요."

"그래 다음 주에는 꼭 참석 해야 돼. 그러잖아도 총무가 다음 달 10킬로 코스 등록할 거냐고 묻더라. 아예 대회 참가비하고 명함까지 가지고 나와."

오늘도 어김없이 김과 같이 명함꽂이 초방 활동을 끝내고 사무실에 들어가니 점장이 팔을 들어 우리를 오라고 손짓한다. 고개를 까딱하고 가는데 벽에 붙은 내 막대그래프는 여의도에 우뚝 솟은 63빌딩 같이 독보적인 높이로 솟아있다. 이렇게 대우도 받고 기분도 좋은 아침 일을 그 전엔 왜 안 했을까 싶다. 그러나 그것보다 더 궁금증이 드는 것은 내가 지금 걸어가고 있는 좌우에 우중충 고개를 박고 앉아있는 사람들은 왜 우리의 선전을 보고 따라 하지 않는 것일까? 몰라서 못 하는 것은 할 수 없다지만 바로 옆에서 금맥을 캐고 있는 게 보이지 않는가 말이다. 하기야 나도 영업일지에 쓰기 위해서 강제로 하라고 할 때는 꿈쩍도 하지 않기는 했다. 이제는 새벽같이 나와서 명함을 뿌리며 출근하는 길이 창피하지도 힘이 들지도 않았다. 그저 사람은 습관의 동물이거니와 좋은 습관은 좋은 실적을 만드느니라.

"아침 댓바람에 영업본부장한테서 전화가 왔어. 너에 대해 상세히 묻더니 이번에 수상을 하면 회장 직속 영업 자문팀에 보낼 수 있냐는 거야. 한 달에 한 번 사장단 회의할 때 고참부터 신입사원까지 5명으로 팀을 만들어 영업 일선의 얘기를 들어보는 프로젝트를 계획하고 있다고 하네? 그 회의에 참여하는 보상으로 한 달에 한 대씩 계약 출고도 시켜 주고. 4명 다 직영점 소속이고 대리점에서는 너 하나야. 차 감독 이번에 신인상만 타면 팔자 고치는거다. 그러니까 지금 계약 대수 유지하려면 판촉기간 동안 절대 해약이 들어와서는 안돼, 알았지?"

나는 아직 무슨 말인지, 뭐가 팔자를 고친다는 건지 어안이 벙벙한데 자기 자리에 가방을 놓고 내 옆에 앉던 김이 엄지를 치켜들며 나보다 더 좋아한다. 더 무엇을 물어보기도 전에 데스크의 교환 직원이 손짓하며 연신 난리다. 조회가 끝나자마자 내 책상의 전화기는 불이

나기 시작했다. 나하고 같이 계약을 받으러 다닌 죄로 같이 시달리는 김이 전화기를 던지듯 내려놓으며 투덜거린다.

"고객이라는 존재들이 참 이상하지. 살 듯 말 듯 하면서 몇 달, 심지어 몇 년을 질질 끌다가도 막상 계약만 하면 하루를 더 못 기다릴 것 같이 보채잖아? 지금 타고 다니는 차가 없는 것도 아니고 일 년을 기다리라는 것도 아닌데 몇 달을 더 못 기다려서 난리를 치냐고."

거리가 그리 가깝지 않은데도 들었는지 점장이 핀잔을 준다.

"야 그러게 엔간히 공갈을 쳐야지 아무리 빨라도 3개월 걸리는 차를 계약하는 차마다 한 달 내로 빼준다고 하면 어떡하냐? 니가 공장장이야?"

"아 수단과 방법 가리지 말고 계약 받아오라고 난리 칠 때는 언제고 이제 와 오리발이유?"

김에게 소리치는 것을 내가 막아섰다. 막대그래프는 18대를 가리키고 있는데 지금 상황을 잘 관리하지 못하면 해약 대수가 늘어날 수도 있으니 잘못하면 다 된 죽에 코 빠트리게 생긴 꼴이다. 회장 직속 영업팀 이야기까지 들으니 더 속이 졸아드는 것 같다. 약속을 지킨 댓가로 점장이 준 한 대를 출고시켰을 때, 실적은 개뿔, 밥이나 먹고 살면 되지 하던 때가 불과 한 달 전인데 이제는 하루하루가 전쟁터고 새로 장만한 휴대폰 때문에 집에 가서도 맘 편히 쉬지를 못한다. 금방 빼줄 것 같이 계약 받아가더니 어떻게 된 겁니까? 다음 주까지 차 안 나오면 해약할테니 그리 아세요. 고객님 잠깐만요. 뚜뚜뚜. 빌어먹을.

당신 너무 힘들어 보인다. 집에 와서는 그냥 핸편 꺼 놓으면 안 돼? 입장 바꿔놓고 생각해봐라. 전화까지 안 받으면 얼마나 열받겠나. 하여튼 한 달만 더 해약 없이 버티면 된대. 다음 달 초순에 수상 발표 하고 언론에 보도자료 나간 이후에 해약되는 거는 실적에서 빼지 않는다니까. 야 형 이제 선수 다됐네. 형은 연극 하지 말고 아예 이 길로 본격적으로 나서라. 연극은 일단 나 혼자 하고 있을게. 오랜만에 아내 입에서 형 소리를 들었다. 가만히 들여다 본 아내의 얼굴에 아직도 예전의 그 순진한 미소가 남아있었다. 그래 이러다가 잘되면 나도 대리점이나 하나 해보든지.

"이번 일요일에는 마라톤 동호회 정기 모임이 있어서 한강까지 갔다 올 건데 아마 거기서 뒤풀이가 있을 거야. 막걸리에 족발 같은 뭐 그런 거 아점 삼아 먹고 점심때가 지나서야 끝난대. 처음이니까 이번 한 번은 꼭 가야 된다는군."

"내일? 그럼 김 과장한테 시내 연수나 시켜 달라고 할까? 이번 추석에 차 끌고 다니려면 바짝 해야 되는데 내가 여간 운동신경이 무뎌야지."

"그래 내가 부탁해 놓을께."

"고마워 자기 최고야."

또 깡총발을 하고 볼에 뽀뽀를 한다. 요즘 들어 아내는 많이 행복해 보인다. 결혼한 지 오년이 넘었는데 아기가 없어서 우울해하던 아내였다. 연극판이 줄어들면서 나까지 루저 행색이 되어가자 신경증까지 겹쳐서, 발작하면 막말까지 쏟아내던 아내의 변신은 가까이서 직접 본 나도 믿어지지 않을 정도로 놀라웠다. 무대에서 연극을 팔던, 매장에서 차를 팔던 아무튼 행복하면 되는 거 아닌가.

이제는 자명종이 울리지 않아도 6시면 눈이 저절로 떠졌다. 침대에서 내려와 옷 챙겨입는데 모임 갔다가 점심 전에는 오는 거야? 하고 잠이 덜 깬 목소리로 아내가 묻는다. 아니 점심때는 지나야 할 거야. 처음에는 일어나서부터 현관문을 밀고 나서는 과정이 번거롭기만 하더니 점점 자연스럽고 수월해진다. 좋은 습관은 좋은 인생을 만든다더니 배도 많이 들어간 것 같다. 홍제천으로 내려가 느끼는 초가을의 상쾌함에 저절로 콧노래가 나온다. 그런데 준비운동을 끝내고 시간이 되어도 대열이 나타나지 않았다. 같이 뛰기 시작한 이래 단 한 번도 시간을 어긴 적이 없고 그 이후 혼자 뛰어 본 적도 없어서 애꿎은 발목만 돌리고 있는데 홍제천에서 올라온 옅은 안개 속에서 뛰는 것인지 걷는 것인지 한 사람이 절뚝거리며 다가왔다. 운동복이 아닌 검은 양복을 입고 있었다.

"오늘은 다들 안 뛰어."

"???"

"왜 그 양반 있잖아. 홍제천 마라톤 지존 말이야. 그 사람이 어제 아침에 심장마비로 죽었어. 사람 참 허망하게 가네. 하여튼 그래서 삼일장 치르는 내일까지 뛰지 않기로 했다. 가까운 세브란스에 모시긴 했지만, 너야 뭐 아직 인사도 안 한 사이니까 안 와도 돼. 나 지금 너 때문에 여기 온 거야."

　사연인즉슨 이랬다. 어제 아침에 그 노익장이 뛰는데 웬 젊은 친구 하나가 휙 하니 그 양반을 추월했다. 누구에게도 추월당해 보지 않은 노익장이 분기탱천하여 그 젊은 친구를 추월하고 다시 그 젊은 친구가 또 추월하고. 이런 식으로 우리가 휴식처로 삼고 있는 반환점을 돌아 성산대교 근처까지 앞서거니 뒤서거니 자존심을 건 시합을 하듯 달리고 돌아와서는 샤워하다가 욕실에서 쓰러져 그 길로 세상을 떴다는 것이다. 그런데 알고 보니 연희동에 이사 온 지 얼마 안 된 그 젊은 친구는 실업팀에 소속된 마라톤 선수라는 것이었다.

　나는 언젠가 내게 길을 물었던 청년이 생각났다. 혹시 그가 아니었을까. 하여튼 달리기도 동호회 모임도 모두 취소되었는데 나는 노익장의 죽음이 너무 어이가 없어서 준비운동을 하던 자리 옆 계단에 멍하니 앉아 있었다. 아직도 귀에서는 그가 달리면서 내던 탁탁탁 소리가 들리는 것 같았다. 맥없이 돌아가기도 허전해서 혼자라도 운동할까 하다가 그냥 집으로 돌아가기로 했다. 갑자기 마라톤이고 뭐고 징그러워졌다. 세상에 지존이 죽다니.

　운동을 끝내고 돌아오는 현관문이 아니라 그런지 떨떠름하여 혹시 아내가 일요일 늦잠을 자고 있을까 하여 조심스럽게 문을 열었는데 고양이 같이 살살 문을 열고 거실 쪽으로 몸을 돌린 나는 그 자리에 딱 얼어붙고 말았다.

　아내와 김이 거실 바닥에 엉겨 붙어 뒹굴고 있었다. 번호키를 누르는 소리도 못 들었는지 천장을 향한 아내의 얼굴은 눈을 감은 채 입을 벌리고 있었고 아내의 한 쪽 어깨에 머리를 묻은 김은 격렬한 동작을 반복하고 있었다. 둘 다 뭐가 그리 급했는지 웃옷은 그대로 입고 바지와 속옷들만 사방에 벗어 던진 채로 격정적인 정사를 벌이고 있었다. 아내의 신음소리가 점점 커졌다. 빨리 자리를 피해야 한다고 생각했지만 얼어붙은 다리 때문에 꼼짝할 수가 없었다. 얼마를 그러고 있었을까. 나는 다리를 두 손으로 잡고 뒤로 한 발씩 옮기며 소리없이 돌아서 밖으로 나왔다. 화도 나지 않았고 그저 정신이 멍해져 왔다. 다시 홍제천으로 내려와 호흡을 가다듬으며 제자리 뛰기를 했다. 다리가 후들거리고 숨쉬기도 어려웠지만, 천천히 달리기를 시작했다. 얼마를 달렸을까 슬프지도 않은데 갑자기 눈물이 쏟아졌다.

형은 우리 결혼하면 신혼여행으로 어디가 제일 가고 싶어? 갈 수만 있다면 티벳에 가고 싶어. 티벳? 신혼여행이 아니라 신혼고행을 떠나려는 거야? 우리 결혼 생활이 고난의 연속이 될 것 같아? 아니 그런 건 아니고, 그냥 거기 가면 세상 사는 고뇌를 이겨 낼 수 있는 힘을 얻을 수 있을 거 같아. 누가 알아? 뭔가가 번쩍해서 새로운 작품 아이디어라도 얻을 수 있을지. 그래? 나는 라스베가스 같은 데 가고 싶더라. 그나저나 언젠가 우리도 갈 수 있겠지? 티벳? 아니 라스베가스.

사무실 문을 열고 들어서자 우레와 같은 박수가 쏟아졌다. 막대 그래프가 높이 솟아있던 자리에는 경진대회 수상을 축하하는 현수막이 걸려 있고 그 밑에서 점장과 김이 나란히 서서 박수를 치고 있었는데 그들 앞의 작은 접이식 테이블에는 샴페인과 여러 개의 잔이 반짝이고 있었다. 직원들이 나를 빙 둘러싸고 나팔을 불어주는 가운데서 샴페인을 터뜨리는데 정작 기쁨으로 빛나야 할 당사자가 웃지도 않고 그리 기뻐하지도 않으니 이벤트는 싱겁게 끝나고 말았다.

"그만두겠다는 건 아니지? 그거 벌어서 얼마나 버티겠어? 지금 너무 갑자기 상황이 바뀌어서 좀 어리둥절한 부분도 있을거야. 다들 그런 과정을 거쳐서 숙련되기는 하지만 넌 좀 특별했던 것도 같고. 특히 김 과장의 도움이 컸으니 그 고마움 잊지 말고 뭐라도 하나 챙겨 줘. 경쟁인 것 같아도 여기만큼 또 의리가 중요한 직종도 흔친 않아."

점장이 얘기 중에 내 뒤쪽을 보며 웃길래 나도 돌아보니 김이 자기 자리에서 브이 자를 그리며 웃고 있었다. 나도 손을 흔들어 주었다.

"본사 같으면 불가능하겠지만 대리점 좋다는 게 뭐냐. 내가 사장이니 내 맘이지. 하기야 대회가 끝나고 나니 허탈하기도 할 거야. 무슨 전쟁을 치르듯 일했으니. 연극에도 그런 게 있다며? 그래서 연극이 끝나고 난 후 어쩌고 하는 노래도 있는 거 아니야?"

점장은 당분간 그냥 쉬고 싶다는 내 말을 선선히 들어주었다. 돌아온다는 약속도, 그만둔다는 언급도 하지 않았다. 그는 내가 본사에서 제공하는 좋은 기회를 날려버리는 것을 안타까워 하였다. 다만 본사에서 나온 특별 상여금에 적잖은 금액을 더 얹어 주는 것으로 앞으로의 내 거취에 대한 자신의 기대를 드러냈다. 아내는 나의 티벳 행에 대해 별로 놀라지도 않고 작품 구상을 하고 싶다는 내 말을 듣더니 굳이 따라나서려 들지도 않았다. 나도 선배가 배역 하나 준다고 해서 올해 안에 작품 하나 해 볼 거라는 말과 함께 한마디를 더 보탰을 뿐이다. 티벳에 가서 세상의 고뇌를 이겨낼 힘을 얻고 싶다고 했던가? 이제 실제로 그런 힘이 필요한 일이 생긴 거야?

(끝)

집으로 가는 길

1.

한참을 올라가다 차를 세우고 내려서 주위를 둘러보니 아무래도 길을 잘못 들어선 것 같다. 차에서 내려 뒤쪽에서 지팡이를 짚고 걸어오는 노인에게 공손히 물었다.

"이리로 올라가면 세수부락인가요?"

"세수부락은 저 짝 건너편인데?"

노인은 차와 나를 번갈아 보더니 지팡이로 건너편 산을 가리키며 또 나를 훑어본다.

"예서 멀지는 않아도 골짝을 건너가는 큰 다리가 없어서 사람은 곰방 가도 차는 문호리까지 내려갔다 다시 올라와야 돼. 세수부락 이름을 모르는 사람들은 많이 봤어도, 이름을 알면서 잘못 올라오는 사람은 별루 없는데, 서울서 오셨수?. 세수부락 뉘 댁을 가시나? 거기도 이제 거의 외지 사람들이라 몇 안 남은 토백이들은 내가 죄다 아는데."

"박자 충자 배자 쓰는 이가 제 고모부 됩니다. 안녕하세요. 어르신?"

"응 충배 조카구만. 그 집에 우환이 있다더니 그 때문에 가는구면. 그 집 마나님이 참 큰 인물인데. 지금 세상에 그만한 여걸이 없지, 없구 말구. 어여 가보시게나."

해마다는 아니래도 한 해 걸러 한 번 꼴로는 오는 것 같은데, 올 때마다 문호리에서 세수부락으로 넘어가는 길의 들머리를 못 찾겠다. 어찌어찌 헤매며 찾아갈 때마다, 이번에는 반드시 주소를 알아 놓아야겠다고 다짐해 보지만, 가파른 산길을 구불구불 오르내리는 험지 운전을 하노라면, 도착의 기쁨과 함께 각오도 어디론가 증발을 해버려서 올 때마다 이 꼴이다. 어릴 적부터 확실하게 기억하는 이름대로 세수부락이라고 지도책에 나오면 좋으련만, 그 이름은 그 어느 지도에도 없다. 이천년대가 낼모레인데 고모네 집에는 사람 목소리보다 치익 하는 잡음이 더 크게 들리는, 아마 백 년은 된 것 같은 고물 전화기 한 대밖에 없는데 그나마 유일하게 전화 받던 사람이 병석에 누워 전화를 받을 수가 없다고 하니, 이제 그 집은 완벽하게 외부와 단절된 세계가 되어 버렸다.

"형님 세수에 한 번 다녀가시라는데요."

"누가?"

"아버지가요."

"왜 그러는데?"

"어머니가 아프시다는데, 그거 때문에 그런 것두 같고, 하여튼 저도 전해 들은 거라 아버지가 형님한테 꼭 전하라고 했다는 거 밖에 다른 거는 몰라요."

"작은고모? 어디 많이 아프셔?"

"그런가 봐요. 전화해도 못 받으니까 전화하지 말고 그냥 오라고 그랬대요."

"그러는 너는 지금 어디서 전화하고 있는 건데? 서울에 있냐? 엄마가 아프다는데 어디가 얼마나 아픈지도 모르고 서울서 뭐하고 자빠졌어? 엉? 너 언제까지 그러고 살래? 그리고 지금 세상에 핸드폰 없다는 게 말이 되냐? 급한 일 아니면 니가 하래도 전화 안 할 테니까 번호나 좀 줘봐."

"진짜 저 그런 거 없어요. 필요 없어서 사지도 않았구요. 제가 또 전화 드릴께요."

"야! 전화 끊지 말고... 이런 빌어먹을 놈."

엄마라고 하지 않고 어머니라고 하는 거 보니 작은고모가 어디 아픈가 본 데... 작은고모 문제로 나를 호출 할 고모부가 아닌데? 지난 몇 년 동안 어디에 있는지도 모른다는 효선이 하고는 어떻게 연결이 됐을까. 버린 놈 취급하던 아들까지 수배해서 나를 부르는 거 보니 보통 문제는 아니겠구나. 나는 하던 일을 아내에게 넘겨주고 바로 시동을 걸었다.

올라갔던 길을 다시 내려와 겨우겨우 들머리를 찾았다. 이제 이 삼 킬로미터를 더 가면 문호천 둑을 따라 완만하게 올라가던 길이 국도를 벗어나 급하게 산을 타기 시작한다. 강원도 산골짝보다 더 험한 경기도의 오지라는 명성에 걸맞게 셀 수 없을 만큼의 굽이굽이를 돌아 거의 정상 부근에 있는 급경사 유턴 길이 보이면 그제야 제 길을 찾아왔다는 안도감이 들어서 기분이 좋아진다. 매번 올 때마다 똑같다. 다른 길들은 다 비슷비슷해 보여도 똬리를 튼 뱀같은 형상의, 새로 생긴 이 길은 확연히 다른 모습이어서 눈에 익다. 십여 년 전만 해도 걸어 넘던 고개는 차가 다니는 길로 깎여졌는데 그 깎은 산을 달래기 위해 양옆에 바둑판 모양으로 콘크리트 축대를 높이 만들어 놓았다. 그 사이를 지나 다시 굽이굽이 급경사를 몇 바퀴 돌아내려 가다 우측 숲으로 빼꼼히 터진, 차 한 대 겨우 지나가는 길로 들어서면 새 둥지같이 산에 둘러싸여 푹 안긴 마을이 나온다. 세수부락이다.

오랜 세월로 누렇게 빛바랜 초록색 군복 상의를 입고, 낮게 깔린 안개가 풀잎들을 훑고 있는 논두렁으로 뒷짐을 지고 걸어 들어가던 고모부. 그리고 뒷짐을 진 그의 손에 들려 있던 날이 시퍼런 조선 낫. 시골 동네 오래된 이발소 거울 위에나 걸려 있음직한 그림 같은 풍경은 아주 오래도록 내 기억 속에 멈춰져 있었다. 그리고 그 기억 속에는, 분명히 있으나 없는 것 같은 사람 하나가 아무 이름도 가지지 못한 채 세월을 건너가고 있는 슬픈 실루엣이 세수부락과 함께 남아있다.

작은고모는 거실 구석에 놓인 병원용 침대에 누워있었는데 하얀고 노란색들의 주사액들이 침대 머리맡에 주렁주렁 달려 있었다. 귀가 많이 어두워졌다는 큰고모는, 제법 엔진 소리가 큰 내 차가 고즈넉한 마당으로 들어서고 쇠바퀴 굴러가는 소리가 요란한 거실의 커다란 유리문이 등 뒤에서 열렸는데도 못 들었는지, 어깨를 잡는 나를 돌아보고는 어리둥절 한다.

"빨리두 왔네. 혼자 왔어?"

연락받자마자 빨리 와서 잘했다는 건지 조카를 오랜만에 봐서 좋다는 건지 표정 변화가 없이, 침대에 누워있는 작은고모를 흘깃 한 번 보고는 안방 쪽을 향해 소리를 지른다.

"여 나와 봐요. 서울서 영진이 왔어."

소리는 고모부를 불렀는데 반응을 보인 것은 작은고모였다. 그녀는 나를 보더니 침대 양쪽에 올려져 있는 보호대를 붙잡고 몸을 일으키려 애를 쓰고 있었다.

"그냥 누워 있지 뭐 한다고 일어나."

큰고모는 침대 쪽을 보며 말하다가 다시 안방 쪽을 보고 소리를 질렀다.

"아 뭐라면 대답을 좀 해요. 귓구멍이 아예 막혔는고?"

큰고모는 무릎걸음으로 거실을 가로질러 안방 문 손잡이를 잡고 일어서면서 퉁명스럽게 한 번 더 내 방문을 통고하더니 부엌 쪽으로 가며 나를 돌아보고 한마디를 붙인다.

"커피 주랴?"

내가 침대 옆으로 가자, 큰고모가 들어간 부엌 쪽으로 눈치를 보며 작은고모가 내게 손을 내밀었다. 병색은 완연한데 눈빛은 오히려 편안해 보였다. 지금까지 내가 보아 온 그녀는 그 누구와도 시선을 마주치지 못하고 피하거나, 어쩌다 마주쳐도 늘 불안한 눈빛을 하고 있었다. 큰고모가 조금이라도 큰 목소리로 부를라치면 깜짝깜짝 놀라는 모습 때문에 나는 늘 그녀가 안쓰러웠다. 언젠가 '애도 둘이나 낳고 같이 늙어 가는데 아직도 큰고모가 그렇게 무서워?'하고 물은 적이 있다. 씨받이로 들어와서 사명을 다하고도 나가지 않고 평생을 눌러살면서, 소실은커녕 가정부만도 못한 대접을 받고 사는 것도 도무지 이해하기 어려웠을 뿐만 아니라 지나치게 큰고모를 두려워하는 그녀가 의아했기 때문이었다. 그때 그녀는, 무서워서 그런 게 아니고 어려워서 그래요, 하면서 입가만 올리고 웃었었다. 말씀하시는 건 그래도 나한테 얼마나 잘해주시는데. 나는 한 번도 큰고모가 그녀에게 잘 대해 주는 것을 본 적이 없는데 작은고모는 늘 그렇게 말했다. 그리고 그건 그냥 입바른 소리가 아니라 진심을 담은 말 같았다.

그녀를 볼 때마다 상처 입은 작은 사슴 한 마리를 떠올리곤 했는데, 그것은 커다란 눈과 자그마한 체구 그리고 벙어리처럼 말은 거의 안 하고 땅만 보고 다니는 모습 때문이었겠지만 무엇보다도 개미 한 마리 죽이지 못하게 생긴 그녀의 겁먹은 표정 때문이었을 것이다. 얼굴도 예쁘게 생긴데다가 말투나 행동거지에는 숨기지 못하는 귀티까지 보이고 있었다. 옛날 처음 그녀를 봤을 때는 애가 애를 업고 있다고 할 정도로 어려 보였는데 아직도 얼굴에는 그 흔적들이 지워지지 않고 있었다. 도대체 저런 외모와 품행을 가진 여성이 어쩌다가 이런 산골짝까지 씨받이로 오게 되었는지 이해할 수가 없었지만, 이 집안에서는 그것을 묻는 것은 물론 관심을 갖는 것조차 금기였다.

내가 조카이긴 하지만 나이 차이가 크지 않아서 그런지, 혹은 자신의 처지 때문인지 한 번도 내게 하대는커녕 말을 편하게 놓은 적도 없었다. 오히려 내 쪽에서 친근감의 표시로 가끔 말꼬리를 흐리곤 했는데 특별히 친해서가 아니라 큰고모에게 늘 모진 대우를 받는 것이 너무 딱해서 저절로 위로하는 심정이 되곤 했기 때문이었다. 그런 내 말투를 좋아했는지 한 번씩 말을 편하게 하면 고개를 들어 쳐다보며 웃곤 했다.

"근데 어디가 아픈 거야?"

일어나 앉으려는 그녀를 부축하여 다시 눕히며 아무렇지 않은 듯 물었더니 방금 주사를 맞아 어지러워 그렇지 누워만 있을 만큼 많이 아픈 건 아닌데... 하며 배시시 웃는다. 그러고 보니 이렇게 가까이서 그녀의 얼굴을 들여다본 적이 거의 없었던 거 같다. 한 지붕에서 한 남자와 두 여자가 살면서 모진 세월을 건너왔으련만 그녀의 얼굴에 깊은 상흔을 남기지는 못한 듯, 혹은 이제 다 잊어버려서 씻겨 나간 듯, 나이보다 조금 젊어 보이기는 하지만 병색이 짙은 여자 하나만 보일 뿐이었다.

"엄마는 어째 잘 있냐? 다녀간 지가 언젠데 걸음 한 번 하라 그러지. 지난번에 전화 왔다고 에미가 그러더만 이제 내가 귀가 어두워서 전화를 못 받아."

받침 없는 커피잔을 거실 탁자에 놓으며 큰고모가 물었다. 하나

밖에 없는 남동생을 일찍이 앞세워 보내고 그닥 내왕이 없는 올케에 대해서 인사치레로 묻는 것이었으나 듣기 좋은 대답을 찾으려는데 고모부가 방에서 나왔다. 요 몇 년 사이 부쩍 늙으신 게 한 눈에도 완연하다. 팔순을 한참 넘겨서도 꼿꼿했던 허리와 어깨도 도저히 더는 못 견디겠다는 듯 굽어지기 시작했고 흰 눈썹은 하얗다 못해 거의 투명한 것 같이 보였다. 저 사람이 태산같이 크게 보이던 그 사람인가... 초등학교에 입학하기 전에 한동안 같이 살면서 보았던 고모부는 단단하고 커다란 산 같은 사람이었다.

"바쁜데 오니라고 욕봤다. 지금도 연희동에서 사냐? 하는 사업은 잘 되고?"

"사업은 무슨... 구멍가게 하는데요. 그럭저럭 밥 먹고 살아요.

"너 오랜만에 나랑 산보 좀 가자"

고모부가 일어서며 눈으로 나를 일으키는데 느닷없이 오늘 올 거야? 하고 묻던 아내의 얼굴이 떠올랐다. 나도 엉거주춤 일어서는데, 당신은 걸음도 시원찮은데 어디를 가느냐고 큰고모가 퉁명스럽게 묻는다. 나는 단 한 번도 큰고모의 다정한 목소리를 들어본 기억이 없다. 심지어는 얼굴은 분명 아주 살짝이나마 웃고 있는 것 같은데도 말투는 퉁명스럽다. 나는 일어서서 큰고모와 고모부를 번갈아 보다가 먼저 거실을 나섰다.

"지금 여기는 누가 살아요?"

옛집 터에 황토와 통나무로 지어진 방갈로 같은 방들을 지나면서 물었다. 몇 년 전까지, 쓰지는 않아도 보존하고 있던 옛집은 다 헐리고 안방과 대청마루 그리고 건넌방이 있던 자리의 터만 써서 새로 지었는데, 마루도 없이 그냥 방 세 개를 나란히 붙여 놓았다. 대문도 담도 없는 마당에는 작고 하얀 자갈들이 가득 깔려있었다.

"작은고모 병에는 황토방이 제일이라 그래서, 좋다는 흙을 전라도까지 가서 구해 와서 지었다만, 다 소용없더니라. 낮에는 무료하니 큰집에 셋이 다 같이 있고 저녁에는 작은고모가 여기 와서 잠만 잤었는데 지금은 약병을 몸에 달고 다니기가 어려워서 이제 여기서 자지도 않으니 쓸데없는 공만 들였구나. 비워둔 지 여러 달 됐다."

고모부는 속아서 산 물건을 쳐다보듯 나란히 침울하게 서 있는 방들을 보면서 혀를 찼다.

"그저 여기서 나하고 둘이 있으면 간호부하고 내가 다 알아서 챙겨 주련만... 그리 구박받아도 꼭 기어서라도 큰고모 옆으로만 가려고 드니, 평생을 같이 살았지만 알다가도 모를 사람이다."

옛집을 지나 멀리 마을회관이 내려다보이는 굽은 길에서 고모부가 논두렁 앞으로 한 발 나와앉은 편편한 바위를 골라 앉았다. 지팡이를 짚고 다니는 걸음이기는 해도 고작 그 거리를 걷고 힘들어 쉬는 것 같지는 않아서 나는 어정쩡히 서 있는데, 당신이 앉은 바위 옆을 지팡이로 툭 치며 앉으라고 한다. 바위 앞, 길 쪽에 널브러져 있는 지푸라기 몇 올을 지팡이로 논두렁 쪽으로 밀어 놓고는 나를 물끄러미 쳐다본다. 나 역시 도무지 그가 나한테 뭔가 심각한 이야기를 할 건덕지가 있을 리 만무라고 생각하니 감도 안 잡혀서 그냥 지팡이 끝만 보고 있었다. 그냥 산보라기보다는 무엇인가 다들 있는 데서 얘기하기가, 특히 두 고모가 있는 곳에서 하기가 어려운 얘기가 있을 것이라고만 짐작될 뿐이었다.

"작은고모가 많이 아픈데, 아픈 건 아픈 거고 요즘에 좀 이상하더구나. 뭘 물어도 대답도 잘 안 하고 자꾸 너만 찾는구나. 그동안 뭐 그리 가깝게 지낸 조카도 아니면서... 뭐 짐작 가는 거라도 있니?"

고모부는 마치 다른 사람 이야기하듯 한 마디 툭 던지고는 먼 산을 바라보았다.

"큰고모가 아니고 작은고모요?"

나는 젊고 건강했던 작은고모 대신 늘 어딘가 아파 보이고 어두운 안색을 지니고 있는 큰고모 때문에 나를 보자고 했을 거라고 짐작하고 있었기 때문에 효선이 전화를 내가 잘못 들었거나 고모부가 잘못 말했다고 생각하여 다시 물어본 것이었다. 고모부는 내가 두 사람을 구별하여 부르는 표현에 익숙지 않아서 큰고모나 작은고모를 혼동하여 말하거나 그냥 고모라고 말하곤 했었다.

"그래 작은고모 말이다. 싫다는 수술도 억지로 한 번 하긴 했는데, 무엇을 할 시기를 놓쳤다는 건지 시기를 놓쳐서 의사들도 이젠 손쓸 수가 없다는구나. 그런데 한사코 병원에는 있지 않으려 하고 자꾸 너 좀 만나게 해 달라고 보채서 너한테 연락했지. 평생을 같이 산 나한테 이제 와 말 못 할 게 무에가 있겠니? 아무려면 너만큼도 내가 모를까. 하지만 지금 내 서운한 거 따지면 뭐 하겠냐? 그저 원 없이 가게 해줘야지. 나는 저 사람에게 지은 죄가 너무 커서 요즘은 얼굴 마주 보고 있기도 힘이 드는구나."

갑자기 고모부의 울컥하는 모습이 소리까지 따라 올라왔다. 세상에! 고모부에게도 저런 모습이 있었구나. 나는 어안이 벙벙했다.

"사람 팔자가 저렇다면 누가 세상에 나오고 싶겠냐마는 나는 저 사람 덕에 한세상 잘 살았다. 그런데 이런 지경에 와서는 내가 해 줄 수 있는 일이 아무것도 없구나. 뭐 하나라도 해 달라고 하면 좋은데 나한테는 말을 안 하니. . ."

고모부는 잠시 말을 멈추고 마른침을 삼켰다.

"그러니 너에게 무엇을 부탁하던 다 해 준다고 해라."

고모부는 땅이 꺼지는 듯한 한숨과 함께 허망함이 부스러지는 쓸쓸한 목소리로 말하고는 나를 물끄러미 쳐다보았다.

"그만 일어나요, 작은고모한테 가봐야지. 나한테 부탁할 게 뭘까."

2.

자동차의 엔진 소리와 함께 밖에서 두런거리는 소리가 나더니 현관문이 열리고 흰 가운을 걸친 젊은 남녀가 나타났다. 두 고모와 고모부의 시선이 일제히 나에게 쏠렸다. 나는 고모부에게 내가 구급차를 불렀다고 말하고는 두 사람 중에 누가 병원으로 갈 거냐고 묻는데, 둘이 서로 얼굴만 쳐다본다.

병원 사람들이 바퀴 달린 들것을 밀어 현관 문턱을 넘으려 하자 작은고모는 걸을 수 있다며 손짓으로 들것을 내보내고는 침대에서 일어나 앉았다. 고모부는 경위야 어찌 되었든 작은고모가 병원에 가게 되었다는 사실에만 감격하여 나를 보며 보일 듯 말 듯 고개를 끄덕였다.

내일 검사를 하려면 오늘 저녁부터 금식해야 합니다. 차를 보내 드릴까요? 호스피스 병동도 마다하시니 뭐 특별히 치료하기 위해서 검사하는 것이 아니라 문의하신 며칠 여행이 가능한가를 보기 위해서 하는 검사입니다. 여행에 동행하실 보호자님도 같이 오셔야 합니다. 호스피스라는 절망적인 단어에 충격을 받은 나에게 전화기 너머 의사의 사무적인 목소리는 오히려 편안하게 들렸었다.

따라온 일행 중 간호사인 듯 한 여자가 주위를 둘러보고 가볍게 목례하고는 낯이 익은 듯 바로 작은고모를 부축했다. 큰고모는 일어서지도 않고 소파에 앉아서 그냥 멀뚱멀뚱 사람들이 하는 양을 지켜보고만 있고, 고모부는 일어서기는 하는데 병원까지 따라갈 모양새는 아니었다. 나는 벗어 놓았던 윗도리를 입었다.
"아 이럴 때 있으라고 자식인데, 그놈의 자식은 어디를 귀신마냥 싸돌아다니느라 지 에미가 저리되었는데도 코빼기도 안 비치는 거야? 베라먹을 놈 같으니라구"
큰고모가 자기가 할 역할은 그것뿐이라는 듯이 투덜거렸다.
"그리 욕을 해대니 애가 하루인들 붙어 있고 싶겠어?"
작은고모가 문턱을 넘어서며 고모부를 보고 말리는 눈짓과 함께 힘에 겨운 손짓까지 하는데도 고모부는 본 척도 안 하고 무엇이 북받

쳤는지 갑자기 큰 소리로 큰고모에게 소리를 쳤다.
"아주 시원하겠네. 하나는 죽고 하나는 밖으로 내쫓고 이제 마저 남은 하나도 병원으로 쫓아버렸으니 혼자 시원하게 잘살게 됐네 그랴..."
구급차에 타면서 겁먹은 눈으로 나를 쳐다보는 작은고모에게, 내 차로 금방 따라갈 테니 먼저 가 있으라고 말하고 다시 거실로 들어와 문을 닫았다.
"효선이가 집에 정 붙이지 못하고 그렇게 된 거 다 두 분 탓인 거 정말 모르세요? 첩년의 새끼가 그렇지 뭐 별스럽게 나한테 잘하겠냐고 고모가 그랬다면서요? 효선이가 그걸 다 듣고 며칠을 울었대요. 지금 세상이 어떤 세상인데 이런 집구석에서... 그래도 심성이 그만한 애가 어디 있다고... 고모부는 효선이만 보면 지 애비를 닮아 빨갱이 새끼라고 허구한 날 잡아먹듯 그러시고 큰고모는 첩년의 새끼라 그러고 작은고모는 생모 노릇도 제대로 안 하고... 애가 어디에 정붙이고 사냐고요. 예? 지금 걔가 그 성치 않은 몸뚱이를 가지고 어디를 헤매고 다니는지 아무도 모르잖아요. 그게 무슨 부모고 자식입니까?"
나는 속사포같이 퍼부으면서도, 내가 그 문제로 별로 화가 나 있는 것도 아닌데 왜 이러나 하고 스스로 놀라고 있었다. 고모네 집안 사정에 대해 별스러운 공감도 안 가지고 있고 효선이에 대해서도 서울대 운동권 출신이라는 사실과 출소 후에도 오랫동안 고문 후유증에 시달리며 떠돌이처럼 산다는 것밖에 모르면서 뭘 안다고 역성을 드는 걸까... 하는 심정이었다. 그러나 집안 사정에 대한 내 다독임에 조금씩 마음을 열던 효선이의 긴 이야기를 듣고, 나는 그의 고통에 대해 어렴풋이나마 공감했던 적이 있다. 첩년의 자식이라는 말을 듣고 가슴이 너무 아파 며칠 잠을 제대로 못 잤다고 하는 대목에서는 내 고통같이 느껴지기까지 했었다. 사람이 늙으면 판단력이나 말투나 모든 것이 한꺼번에 무너지는 사람도 있구나 하고 생각했던 것이, 적어도 내가 알고 있던 큰고모는 퉁명스럽고 잔정은 없어도 그렇게 가볍고 천박한 말을 함부로 뱉는 사람이 아니었다.

큰고모는 땅이 꺼져라 한숨을 쉬더니 '내 속 썩은 거는 부처님만 아시지' 하면서 중얼거렸다. 고모부는 그런 말을 하는 큰고모를 한 번 쳐다보고는 무슨 말을 하려다가 말고 밖으로 나갔다. 구급차가 아직 출발하지 않았는지 현관문이 열리자 엔진 소리가 안으로 쏟아져 들어왔다.

"그 녀석도 이제 떠날 때가 되었는가... 내가 낫을 어디 뒀는지 아니?"

잠시 후 다시 들어온 고모부는 넋이 나간 표정으로 나를 보더니, 뜬금없이 낮에 들고 나갔던 낫이 없어졌다며 소파에 무너지듯 털썩 주저앉았다. 고모는 무심한 표정으로 고모부를 한참 바라보더니 담배를 꺼내 물었다.

"정호 낳고 에미를 바로 내려보냈어야 했는데 그러지를 못했다. 사람 욕심이라는 게 끝이 없더구나. 니 고모부는 정호를 안아 들고는, 효선이하고 에미를 그만 보내자고 했는데 내가 효선이를 닮은 아들이던 에미를 빼닮은 딸이던 하나만 더 얻자고 욕심을 부렸지. 집에 보내 달라고 울면서 매달리는 에미를 무섭게 주저앉혔더니라. 효선이는 저도 빼어난데 정호가 너무 처지니 하나를 더 얻으면 필시 효선이를 닮은 아이를 얻으리라는 허망한 욕심에 잡혔더니라. 그래서 에미를 보낼 수가 없었던 게야."

고모는 담배 연기를 길게 내뿜었다.

"나중에 사람을 시켜 수소문했더니 부모가 모두 세상을 뜨고 효선이 애비도 어디론가 가서 돌아오지 않는다는 말을 전해 들었지. 그것을 에미에게는 셋이 다 죽었다고 거짓말을 전했니라. 사람이 그리도 모질 수 있었나 지금 생각하면 그때 내가 뭐에 씌웠던 게야. 댐이 만들어져 마을도 모두 물속에 잠겼다는 말까지 전해 듣고는 낙담하여 며칠을 앓더니 집에 간다는 소리를 안 하더구나. 그렇게 세월만 보낸 것이지. 어찌 사람이 남의 말을 그렇게도 잘 믿자 하는지. 성정이 맑고 따뜻하여 평생 남에게 싫은 소리 한 번 안 하고 사는 사람에게 그리 모질게 굴었으니 내 죽으면 지옥에 가리라고 각오는 하고 있니라."

고모는 담배를 비벼 끄고는 눈물을 훔쳤다. 버석하게 마른 손등에 파란 핏줄이 애처롭게 선명히 드러나 있었다.

"또 정호가 모자란 것이 효선이 탓도 아닌데 내가 왜 그리도 나를 따르는 효선이를 구박했을까... 아마도 효선이는 총명하고 귀티가 보이고 정호에게서는 모자람만 보이니 시샘했겠지. 어쩌면 우리 아버지 때문인지도 모르지. 퇴락한 양반 찌꺼기 같은 것들이 내 마음 속에서 그리도 나를 속박했느니... 늘 바람이 불면 아버지 생각이 나서 마음이 아팠더니라. 내가 니 고모부를 그리도 업수이 여기면서 살았던 것도, 어찌 보면 다 내가 아버지를 너무 높이 생각했던 탓이었을 게다. 아버지가 못다 한 양반 노릇을 제대로 한번 해보고 싶어서... 평생을 그 한으로 살았다. 이만큼 늙어 생각하니 니 고모부도 참 좋은 사람이었던 것을... 나 같은 여자하고 사느라고 얼마나 힘들었겠느냐... 그나저나 이제 모두 떠나고 결국 아무도 안 남았구나..."

옛날 꼬맹이 시절 등잔불 밑에 심청전을 펼쳐 놓고 읽으면, 빙 둘러 가까이 앉아있는 사람들의 어깨너머 먼발치에서 잣을 까던 그 큰고모가 오랜 시간을 넘어 지금 여기에 앉아있었다. 왜 그때는 큰고모도 해맑게 웃은 적이 있다는 것을 몰랐을까. 그때는 작은고모가 없어서 그랬을까. 이제 생각하니 분명 큰고모의 웃음도 본 적이 있었는데... 왜 큰고모는 웃을 줄 모른다고 생각하고 있었을까. 나는 가슴이 시려왔다. 효선이도 큰고모 고모부나 작은고모도 그리고 이제는 죽고 없는 정호까지 모두 상처 입고 가슴 아픈 운명을 감내하면서 살아온 사람들이라는 생각이 들었다.

"큰소리해서 미안해요, 고모..."

"아니다. 너도 그쯤은 말할 자격이 있느니... 속절없이 짧기는 했으나 네가 우리를 행복하게 해 주었던 시절에 비하면 우리가 네게 해 준 것은 택도 없으리라. 늦기는 했지만 이제 생각하니 너에게 참 고마운 일이었지, 그럼 그렇구 말구..."

3.

작은고모는 들르는 곳마다, 마치 삼엄한 경비를 서고 있는 군부대에 면회를 온 아가씨처럼 멀찌감치 떨어져 있거나, 조심스럽고도 낯선 발걸음으로 다가가기를 반복하다가 낙담하여 돌아서곤 했다.

"저 산이 쇠말산이 맞긴 맞는데 이상하네... 저렇게 낮지 않았는데... 여기는 어디지... 저렇게 높은 하늘에다 어떻게 다리를 걸어 놓았을까."

"작은고모, 저건 다리가 아니라 서울 가는 길, 고가도로라는 거야. 예서 서울까지 한 시간이면 가는 걸. 우리 갔다 올까? 서울 우리 집에 한 번도 안 가봤잖아."

그녀는 고개를 저었다.

"병풍바위? 글쎄...이 쪽에는 그런 이름의 바위가 없는데. 아마 건너편 경안천변 일 거야. 거기가 댐 생기기 전에는 석림동이라고 했었는데 지금은 이석리라고 부르지. 옛날 이름이나 지금 거나 둘 다 바위 석 자라는 글자가 들어가니... 하여튼 옛날에 나 어릴 때는 저 강 건너편 쪽 경치가 볼만하긴 했었지. 경사가 급해서 내려가다 굴러떨어지기도 하고 그랬어. 내가 예서 태어나 70년 가까이 살았는데... 병풍바위라..."

그녀의 기억을 더듬어 쇠말산 쪽으로 길을 짚어 가다가 만난 노인은, 길가에 내놓은 평상에 무료하게 앉아있다가 옛날 일을 묻는 우리를 반갑게 맞아주었다.

"옛날 참판 벼슬을 지낸 집이라고 해방돼서도 계속 참판 대감이라 불렀지. 오일륙 혁명 때 박정희한테 반기를 들었다가 잡혀가서는 돌아오지 않아. 소문에는 죽었다고 했는데... 우리 아버지가 그 양반집 마름이었는데, 돌아가실 때까지 그 양반을 잊지 못하고 곡을 하고 울었다우. 저 쇠말산 쪽으로 조금만 더 올라가면 아버지가 만들어놓고 가신 조그만 초가도 남아있었지. 애기씨가 올 거라면서, 그거 지키느라 신작로까지 다른 길로 돌려세우면서 정말 고생 많이 하셨는데 오긴 누가 와. 돌아가시면서도 쉬이 숨을 못 넘기고 대문 밖을 내다보고 가셨다우. 나도 어릴 때 늘 먼발치서만 보긴 했어두 아주 예쁜 애기씨였는데 글쎄 감쪽같이 어디로 사라져서 여적까지도 생사를 모르지. 종복하고 정분이 나서 애를 밴 채 도망을 갔다는 둥, 애 없는 집에서 보쌈을 해 가둬놓고 애만 낳게 한다는 둥 소문만 무성하고 하나도 사실로 밝혀진 것이 없지. 가문을 더럽혔다고 정씨 문중에서 쌀 백 섬까지 상금으로 걸고 추노까지 동원했지만 결국 못 찾아서 이젠 애기씨도 죽은 사람으로 쳐요. 하긴 게서 제사를 지내려고 이번에 사당으로 고쳐 만들었으니 애기씨 걱정에 눈을 못 감고 가신 교동마님이나 대감님도 이제 한을 풀으셨을라나 모르겠네."

　　노인은 회상에 잠긴 눈으로 쇠말산을 올려다보았다. 사당을 구경해도 되겠느냐는 청에 노인이 앞장을 섰다. 단단하게 구운 검정 기와에 단청까지 정성 들여 꾸민 사당은 커다란 바위 옆에 조용히 서 있었다. 사당에는 정자관을 높이 쓰고 좌대에 앉아있는 대감의 영정이 모셔져 있었다. 영정 앞에 조용히 다가가 이리저리 살펴보던 작은고모는 하나도 안 닮았네 하면서 나를 돌아보고는 배시시 웃었다. 그녀는 영정을 쳐다보면서 같이 그림이 된 듯 움직이지 않고 오래도록 서 있었다. 사당 주변을 돌아보며 이런저런 손질을 하던 노인이 사당 앞으로 돌아오더니 그녀를 힐끗 한 번 보고는 뒤뜰에서 뽑은 잡초가 들어 있는 망태기를 내려놓으며 손을 털었다.

"참 옛날 사람들이 한 번 정이 들면 속정이 깊이 들었지. 근데 그런 건 왜 물으시우? 내가 한 씨가 맞아요. 근데 댁들은 뉘시우?"

내가 작은고모를 가리키며 무슨 말을 하려 하자 작은고모가 눈짓으로 막았다.

"이제 그만 됐어요. 저 아래쪽으로 내려가면 그게 있는 거 같아... 아무리 봐도 여기가 맞는 거 같아요."

그녀는 꿈을 꾸듯 주변을 둘러보았다.

우리는 조심하라는 노인의 말을 뒤로 하고, 가파른 길을 피해 한참을 돌아 물가로 내려갔다. 작은고모는 발 앞에서 찰랑대는 강물을 내려다보다가 그 앞에 쪼그려 앉아 물속에 손을 담갔다. 물이 따뜻하네... 그녀는 검단산으로 넘어가는 햇빛을 받아 반짝거리는 물결을 바라보다가 일어나 소내섬을 바라보며 비석처럼 서 있었다. 얼마나 오랫동안 그러고 있었을까 그녀의 어깨가 들썩이고 있었다.

"미안해 오라버니... 미안해요."

바닷가에 쌓아놓은 모래탑이 파도에 쓸리듯 그녀는 조금씩 무너지더니 주저앉아 울음을 터뜨렸다.

"가끔 아무리 애를 써도 오라버니 얼굴이 기억나지 않아요. 바위 틈으로 들어온 햇빛이 오라버니 이마 어름에서 빛나던 것들은 희미하게 기억나는데 얼굴이 잘 기억나지 않아요. 저 아래 널바위 틈에 오라버니가 놓고 가신 약조가 있겠지요? 이제 저 깊은 물 속에 있어서 갈 수가 없으니 어찌하면 좋아요."

작은고모는 강물에 손을 담그고 오래도록 서럽게 울었다.

"이제 곧 오라버니 만나면 자세한 얘기 다 해줄게요. 내가 얼마나 보고 싶어 했는지, 그리구 얼마나 울면서 살았는지... 나 때문에 오라버니는 또 어디서 얼마나 힘들게 살았을까요."

검단산에 해가 완전히 넘어가도록 그녀는 마치 사람을 앞에 놓고 말을 하듯 나지막이 읊조리며 서글피 울었다. 아무리 애를 써도 내가 해 줄 수 있는 것은 아무것도 없었다. 얼마를 그렇게 있었는지 해가 완전히 넘어가서 어둑해져서야 그녀는 일어섰다.

우리는 그 물가에서 가까운 민박에 자리를 잡았다. 아직도 드문드문 반 팔을 입고 다니는 사람들이 있는데 창을 열자 제법 서늘한 바람이 방 안으로 들어왔다. 작은고모는 창을 열고 팔당 호수 쪽을 보다가 곧 창문을 닫고 침대에 걸터앉았다. 얼굴은 놀랍도록 평온해 보였고 창백해 보이던 얼굴도 눈물 자국을 남긴 채 부드럽게 변해 있었다.

"내일이면 집에 갈 수 있을 거야."

"집에? 바다는 안 가고? 바다 보고 싶다며?"

나는 며칠 전 새벽녘에 병원 침대에서 일어나 앉아 바다가 보고 싶다며 중얼거리던 그녀의 뒷모습이 떠올라 물었다. 삼면이 바다인 나라에 태어나서 바다를 한 번도 못 보고 세상을 뜨는 사람이 저 사람밖에 더 있을까.

"다음 생에서 갈래요. 죽어서 그 사람 만나면 데리고 가 달라고 해야지... 지금은 그냥 집에 가고 싶어..."

무슨 말이든 해서 바다에 데리고 가고 싶었으나 딱히 생각나는 말이 없었다.

"그러면 저기 강 건너 남종면 쪽 전망대에 가면 이 근처 마을이 다 보인다 그랬는데... 내일 거기라도 가 봐야지?"

작은고모는 고개를 저었다. 힘이 하나도 없는 표정이어서 나는 안색은 괜찮은데 어디가 아픈가 하여 의사가 급할 때만 쓰라는 약통을 들고 가까이 다가가서 다시 한번 안색을 살폈다.

"그냥 빨리 집에 가고 싶어."

"효선이는 보고 싶지 않아요?"

그렇다 한들 연락도 안 되고 어찌해줄 수도 없으면서, 그래도 물어보지 않으면 안 될 것 같았다. 그녀는 나를 물끄러미 쳐다보았다. 백치미라고밖에 표현할 수 없는 멍한 표정은, 그것도 모르냐고 나에게 되묻는 것 같았다.

"효선이가 여태까지 나한테 단 한 번도 엄마라고 불러 본 적이 없는 거 알아요? 그래도 그거 때문에 보고 싶지 않은 것은 아니고 그 아이를 보고 있으면 너무 힘들어서 그래요. 아기 때는 한 시도 떨어지면 못 살 거 같았는데, 효선이가 점점 크면서 그 사람이 지켜보고 있는 거 같았어. 그냥 닮은 정도가 아니라 내가 윗방에 있을 때나 건넌방에 있을 때나 효선이만 보면 무서웠어요. 참 이상하지... 꿈에서도 보고 싶은 사람이었는데 효선이가 내가 사는 모습을 지켜보고 있다는 게 무서웠다니까. 형님이 키우셨으니 망정이지, 아니면 내가 못 살았을 거야. 혹시 나중에 효선이 만나면 엄마가 정말 미안했다고 전해줘요. 정말 많이 많이 미안해하더라고."
그녀는 끝내 둘째 정호에 대해서는 한마디도 하지 않았다.

4.

오랜만에 깊은 잠을 자고 아침에 일어났을 때 작은고모는 방에 없었다. 마당에라도 나갔나 하고 내다보았으나 마당에는 강에서 올라온 안개 조각들만 엷게 깔려 있었다. 갑자기 어제 늦도록 이야기를 나누다 내 방으로 가기 위해 그녀의 방을 나올 때 나를 쳐다보며 '미안해서 어떡해요'를 여러 번 말하던 모습이 번개같이 머리를 스쳤고 나는 불길한 예감 속에 어제 그녀가 앉아서 울던 물가로 내 달렸다. 내일이면 집에 갈 수 있을 거야. 그냥 빨리 집에 가고 싶어.

"그러니까 어제는 분명 집으로 간다고 했다면서요? 그런데 물속으로 들어가요? 그리고 정확히 이 지점에서 걸어 들어갔을 거라는 건 어떻게 금방 알았어요?"
경찰은 이해할 수 없다는 듯 여러 번 캐물었지만, 물가에 놓인 작은고모의 신발과 민박집 담요를 확인하고는 더는 묻지 않았다. 아니 어쩌면 비통해하는 내 몰골을 보고 그쯤에서 그만두는 것이 상책이라고 생각했을 것이다.

작은고모가 서럽게 울던 그 물가 근처에 천막이 쳐지고 제상이 차려졌다. 강을 보고 차려진 제상 앞을 터놓고, 나머지 세 방향은 열네 걸음마다 기둥을 박고 흰 광목을 둘러 사람들이 들어오지 못하게 했다. 무녀는 높은 장대에 하얀 비단을 길게 매달고 그 끝을 갈가리 찢어 놓았다. 그리고 장대 꼭대기에는 작은고모의 옷과 신발을 걸어 놓았다.

찰랑거리는 물가에 쇠로 만든 사각 탁자를, 다리 네 개가 물에 잠기도록 강에 들여놓았다. 그리고 그 위에 커다란 징을 올려놓았다. 강바람에 하얀 비단이 펄럭이자 무녀는 징을 두드리라 시키고는 소매 넓은 춤사위를 허공에 저으며 혼백을 부르기 시작했다. 징을 칠 때마다 강과 산들이 소스라치며 일어서고 무녀의 넋두리는 애절하게 수면을 타고 퍼져 나갔다. 무녀는 이틀 동안 먹지도, 자지도 않고 물속으로 들어간 작은고모를 불렀다.

"명아야 어여 나오너라. 어머니 혼백도 여기 와 있고 아버지도 와 있다. 그곳은 네가 있을 곳이 아니니 이제 그만 나오너라."

큰고모는 강물을 손바닥으로 치며 통곡하고 울었다. 근동 마을 사람들이 하나둘씩 모이고 며칠 전 이곳에서 얘기를 나누었던 한 씨 노인도 왔다. 그들은 두런두런 그녀에 대해 이야기하기 시작했고 긴 세월을 넘어 정 참판 집안의 불행한 이야기들이 무녀의 넋두리 사이로 들려왔다. 그들은 제상 앞에서 모두 절을 했는데 한 씨 노인은 엎드려 오래도록 일어나지 못하며 눈물을 지었다. 그러나 그녀는 떠오르지 않았다. 잠수부들도 돌아간 늦은 저녁에 무녀가 나를 불렀다.

혹시 작은고모와 있는 동안 그녀가 지니고 있던 무언가를 내가 가지고 있는가 물었다.

"이게 뭐야?"
민박집에서 작은고모가 내게 불쑥 손을 내밀었는데 그녀가 내민 손에는 작은 반지 상자 같은 것이 들려 있었다.
"열어보지 않는다고 약속해 줘요."
"알았어요, 근데 왜 이걸 나한테 줘요?"
"반지 같은 거 아니야."
그녀가 웃었다.
"이거는 나한테만 필요한 거... 가지고 있다가 이 담에 나 죽으면 화장할 때 같이 태워줘요. 아무리 생각해도 조카님밖에 부탁할 사람이 없어서 그래. 정호 아버지한테는 너무 미안해서..."
"근데 이게 뭔데요?"
"그냥 물어보지 말고, 응?"

나는 절대로 열어보지 말라고 부탁했다는 말과 함께 무녀에게 주었다. 무녀는 반지 상자를 보자마자 몸을 사시나무 떨듯이 떨면서 받아서는, 제상 위에서 강을 바라보며 사지를 벌리고 납작 엎드려 있는 흰 돼지의 코앞에 놓았다. 그리고 휘영청 밝은 보름달 아래서 춤을 추며 넋두리를 다시 시작했다. 강물이 달빛을 받아 반짝이다가 화들짝 놀란 징 소리에 산산이 부서지고 있었다.

"명아야 오라버니도 예 와 있다. 어머니 아버지 이제 오라버니까지 와 있으니 어여 나오너라. 어여... 나와."

징 소리는 더욱 빨라지고 무녀의 춤사위도 점점 더 빨라졌다.

"강물을 다스리는 신령님이시여 그 아이를 보내 주소서. 이제 잠시만 놓아주시면 새 옷 단장시켜 돌려보내 드리리다. 간절히 비오니 산 자들과 죽은 자들 모두 모여 이별이나마 하게 해 주소서. 강 신이시여..."

징 소리는 무녀의 넋두리를 싣고 보름달이 비늘처럼 부서지는 강물 위로 멀리멀리 퍼져 나갔다. 그리고 그 보름달이 쇠말산 위에서 화관처럼 빛날 때 사람들이 웅성거리며 강 쪽을 가리켰다. 흰 돼지가 바라보고 있는 방향으로 그리 멀지 않은 곳에서 무엇인가 떠 올랐다. 무녀는 신들린 춤사위를 마무리 짓지도 않고 허우적거리며 강물 속으로 뛰어 들어갔다. 작은고모는 물속에서 사흘이 지난 사람 같지 않게 금방 잠든 얼굴로 떠올라 그녀를 끌어안은 무녀를 눈물짓게 했다. 큰고모의 통곡 소리와 함께 그때까지 흩어지지 않고 있던 마을 사람들이 모두 울고 있었다.

(끝)

마지막 주문

1.

여전히 손님 하나 없이 혼자 우두커니 앉아 있는 여자를 보고 종원은 오늘은 기어코 말을 붙여 보리라 마음을 단단히 먹고 문을 밀고 들어갔다. 연희동은 사러가 쇼핑쪽이 주요 상권이라 연희삼거리가 목이 좋은 자리는 아니었지만 그래도 얼마 전에 건널목 신호등도 생기고 주변에 상가도 제법 생겨서 술손님이 그렇게까지 없지는 않을 텐데, 가게는 항상 비어있었다. 아니 단 한 번도 그 안에 그 여자 말고 누가 앉아 있는 것을 본 적이 없었다. 종원이 그렇게까지 그 가게 상황을 잘 아는 것은 그가 다니는 독서실로 가는 건널목에 딱 그 가게가 있기 때문이고 매일 그 앞을 지나다니는 시간이 대충 사람들이 술마시기 좋은 저녁 시간이기 때문이었다. 파란 불을 기다리며 서 있는 짧은 시간에도 술집 안의 고즈넉한 풍경은 좋다기보다는 왠지 안쓰러웠다. 그런 류의 술집으로는 보기 드물게 전면이 통유리로 되어 있어서 밖이 어두워지는 밤이면 안이 더 잘 보였는데, 한창 유행하기 시작한 토종 학사주점 스타일이긴 하지만 그보다는 실내가 더 정갈했다. 언제부터인지 모르지만 창가에 바짝 다가앉아 거리 풍경을 내다보는 그녀에게 이상한 끌림을 느낀 이래 도무지 무엇에 마음을 빼앗겼는지 종원은 아무리 애를 써도 평정심을 유지할 수가 없었다.

처음 들어갔을 때는 독서실에서 평소보다 조금 늦게 나와 자정이 가까운 시간이었다. 주인 여자가 유리창에 가까운 자리에 턱을 괴고 앉아, 함박눈이 나풀거리며 내리는 밖을 내다보고 있었다. 뭔가 모를 에로틱한 분위기에 끌려 자기도 모르게 문을 밀고 들어간 것인데, 자리에서 일어서지도 않은 채 여자가 종원에게 던진 첫 마디는 '어서 오세요'가 아니라 '눈이 참 이쁘게 내리죠?'였다. 허공에 대고 하는 말 같았다. 종원은 그러네요 하고 자리에 앉았다. 오늘은 안주가 없어요 하면서 무성의하게 맥주만 가져다 놓고 다시 눈 내리는 창밖에 넋을 뺏긴 여자는 어딘지 모르게 말을 붙이기 힘든 분위기를 풍기고 있었다. 설사 그렇지 않다고 하더라도 종원에게 있어 모르는 여자에게 말을 건네기란 지금 하는 공부보다 더 어려운 일이었다. 여자의 쓸쓸한 뒷모습을 보면서 맥주를 한 병 마시고는 눈이 그치자 일어서 나왔었다. 일주일 전의 일이었다.

"또 오셨네."

내가 지금 뭐하는 건가 하는 종원의 자격지심인지는 몰라도 손님이 와서 반갑다는 표정은 보이지 않고, 오히려 학생이 이런데 자주 오면 안 좋다는 표정 같았다. 지난번에 왔을 때 짧은 머리 때문인지 고등학생 아니냐고 정색을 하고 물어서 오늘은 아주 예비군복 바지를 입고 왔는데도 그를 보는 표정은 여전히 아랫사람을 보는 표정이다. 이 여자는 몇 살이나 먹었을까 하고 생각하면서 종원은 가느다란 대나무를 엮어 만든 가림막이 쳐진 자리에 앉았다. 그나마 이 자리가 밖의 시선으로부터 뭔가에 가려진 유일한 자리였다.
"오늘은 안주가 있어요?
"마른안주만 있어요."
목소리도 안주만큼이나 말라 있었다. 제대한 지가 얼마 되지 않아서 여기저기 술집을 많이 다녀보지는 않았지만, 주인이 이렇듯 무심하고 건조하며 불성실하기까지 한 술집에 손님이 없는 것은 어쩌면 당연한 일일지도 모르겠다고 생각하며 종원은 마른안주를 시켰다. 여자는 떡갈나무 잎사귀 모양으로 만들어진 나무 그릇에 땅콩과 마른 생선포 등속이 담긴 안주를 맥주와 함께 내려놓고는, 땅콩을 하나 집어 들더니 바로 껍질을 까서 입에 넣는다. 군대에 다녀온 사이에 세상이 많이 바뀐 건가 하고, 종원이 멍하니 자기가 돈 주고 시킨 땅콩을 먹는 여자를 보는데, 여자는 하나를 더 집어 입으로 가져가며 종원의 어이없어하는 표정을 본 듯 그제야 먹어도 돼요? 하고 묻는다. 종원은 대답 대신 고개를 끄덕여 주었다. 여자는 땅콩을 두어개 더 집어 들고는 다시 창가로 가 앉았다.

"고시공부 하죠?"

종원이 맥주잔을 만지작거리며 여자의 뒷모습을 넋놓고 보고 있는데 창가에 앉아 바깥 풍경을 무심한 듯 보던 여자가 돌아앉으며 묻는다. 얼른 눈길을 돌렸다. 진짜 알고 싶어서 묻는다기보다 공부 안하고 왜 여기 앉아서 술 처먹냐고 묻는 것만 같다. 종원은 스스로 자신에게 심각한 자격지심 문제가 있는 것만 같다고 느꼈다. 어떻게 아느냐고 물으려는데 여자가 벌떡 일어나 걸어오더니 맞은편 자리에 털썩 앉는다. 그 몸가짐에는 이 술집을 손님 덕에 먹고 사는 영업장이 아니라 자신의 집에 있는 홈바 정도로 생각하고 있다는 숨길 수 없는 속내가 보인다.

"밖에서만 안이 잘 보이는 거 아니에요. 여기서도 밖에 지나다니는 사람들 아주 잘 보여요. 어떨 때는 손가락에 낀 반지까지 보이는 걸...."

여자가 손가락을 튕기듯이 가게 유리문 쪽을 가리킨다.

"보니까 뭐 형법이니 민사소송법이니...법자가 들어간 책만 보이던데, 예비군 바지까지 입고 다니면서 그런 책 들고 다니면 뭐...고시족들 아닌가....조금 있으면 이차 시험일 텐데, 일차는 붙었어요?"

종원은 어라? 하면서 대답 대신 고개를 끄덕여 보였다. 거리를 무심히 흘러 다니는 사람들 중에 사법고시 일차가 뭐고 이차가 뭔지 아는 사람들이 별로 없을 것이다. 혹여 거기까지는 알고 있다 하더라도 그 시험을 언제쯤 보는지에 이르러서는 상금 타는 퀴즈 시험에 나와도 맞추지 못하는 사람들이 대부분일 것이었다.

"머리가 좋은가 보다. 일차 붙고 이차 시험이 코앞인데 이렇게 술을 마시고."
 비꼬는 말투가 맞다...고 생각하며 종원은 자신의 자격지심 탓이 아니라고 결정을 내렸다.
 "돈이 많은가 봐요. 손님 기분에 대해서 전혀 신경을 안 쓰는 거 보니."
 "공부하기에는 아까운 사람이네."
 그녀는 깔깔거리며 웃고는 일어서서 주방 쪽으로 가더니 양주병과 잔을 가져왔다.
 "여기서 같이 한 잔 마셔도 되지?"
 어라 이제 아주 말을 놓는구만. 얼핏 봐도 자신보다 나이가 더 든 것 같기는 하지만 그렇다고 말을 그렇게 막 놓아 버릴 만큼의 나이 차이도 아닐 것 같은데, 마치 형제 많은 집의 막내쯤 되는 동생을 대하듯이 하는 말투였다. 그러나 종원은 그녀의 말투에 별로 신경이 쓰이지는 않았다. 자연스러움과 자신감은 그 무엇보다 강한 무기라고 하더니 지금 그녀가 보여주는 행태가 그랬다. 하기야 어떡하든 말 한 번 붙여 보려고 벼르던 참이니 말투 따위야 아무럼 어떠랴. 왜 내가 자꾸 여기를 오고 싶어 하는 것인지 답을 알 수 있다면 욕먹고 뺨을 맞아도 대수가 아니지 싶었다. 지금 내가 이러고 있는 게 제정신인가.
 "한 잔 줄까?"
 양주 한 잔을 입에 털어 넣은 그녀가 종원에게 잔을 건네며 물었다. 내일 첫 시간에 있을, 종원이 제일 힘겨워하는 형법 강의가 술잔 위에서 잔영처럼 나타났다 스러졌다. 종원은 대답없이 손을 뻗어 잔을 받았다.

"오늘만 한 잔 하고 이차 볼 때까지 죽도록 하면 되지 뭐, 머리 좋게 생겼네."

그녀의 반말을 들으며 종원도 그녀가 하듯이 받은 술을 입안에 털어 넣고 그녀에게 잔을 넘겼다. 목구멍부터 불에 덴 듯 화끈거리는 술이 자신의 존재 가치와 위치를 확인시키며 식도를 넘어가는 동안 종원이 자기도 모르게 인상을 찡그리고 있었는지 그녀가 종원을 보고 웃었다.

"근데 여기서 양주도 팔아요?"

"아니...이건 내 술이야"

"근데 왜 반말이세요? 나이가 얼마나 되시는데?"

"말하는데 나이가 무슨 상관이야? 기분이 언짢으세요, 아저씨?"

그녀의 표정을 보면 자신을 업수이 여기거나 반말을 해도 좋을 어린 사람으로 생각하는 것 같지는 않았다. 그저 우리 둘은 그런 자질구레한 설명 같은 거 필요 없는 사이다, 라고 여자가 말하는 것 같아서 조금 더 야릇한 기분이 된 것이 종원의 솔직한 심정이었다. 종원을 한 번 쓱 본 여자가 빙긋이 웃으며 술잔을 받았다.

"그리 억울해할 것도 없는데...내가 지금 처음으로 손님 테이블에 앉아 주고 있는 거라구요, 아저씨..."

점점. 그러니까 자기가 내 앞에 앉아 주는 게 뭐 대단한 거라 이거야? 종원은 갈수록 태산이로구만 하는 심정으로 자기 앞에 놓인 맥주잔을 들어 단숨에 들이켰다.

"내가 이 집에 어울려요?"
여자는 정색을 하고 종원의 코앞까지 질문을 들이대다가 이내 거두면서 다른 소리를 했다.
"아니다, 그렇게 물어보는 게 아니지... 나 이 집 주인같아요?"
이건 또 뭔 소린가. 주인이 아니면 직원이라는 말인가. 지난 한 달 동안 지나다니면서 이 술집에서 이 여자 말고는 아무도 본 적이 없으니 당연히 주인이겠거니 생각한 종원은 어깨를 으쓱해 보였다. 요즘 한창 유행하기 시작한 몸짓이었는데 언젠가 한 번 해보리라 한 것이 오늘 처음으로 해 본 것이다.
"멋있네 그런 제스츄어. 서양 애들만 어울리는 줄 알았더니 그림이 너무 괜찮다. 그러고 보니 총각...잘 생겼네..."
그녀가 머리를 앞으로 내밀어 종원의 얼굴에 거의 닿을 만큼 가까이 들여다보며 마치 그림을 보듯이 무표정한 얼굴로 말했다. 더 이상은 못 참는다. 종원은 거의 코앞에서 고개를 약간 옆으로 돌려 자신을 뜯어보고 있는 여자의 입술에 기습적으로 입술을 갖다 대었다. 눈에는 눈 이에는 이. 당신이 그렇듯 무례하니 나의 무례도 견디시기를. 그녀는 움찔하기는 했지만 얼굴을 피하지도 않고 입술을 받고 가만히 있었다. 종원은 그야말로 입술 터치만 하려다가 그녀의 아랫입술을 조금 빨아보았다. 루즈도 칠하지 않은 그녀의 입술에서 막 먹은 땅콩 맛이 났다.

2.

"사면이 돼도 복학을 안 하겠다고?"

"네 . . ."

종원은 공연히 주눅이 들어서 바닥을 쳐다보며 운동화를 비벼댔다.

"그냥 한 이삼 년만 사법고시 해 볼랍니다."

"곧 복학 허가가 떨어진다잖아. 대통령 취임식 때 맞춰서 국민화합 차원에서 해 준다더라. 그리구 졸업 일 년 남았는데 학교 다니면서 준비해도 되잖아? 학점은 신경 쓰지 말고"

독일 박사라는 것을 인생 최고의 자부심으로 삼고 있는 선생은 안경을 벗어 닦으며 큰 은덕이나 내리는 듯이 야릇한 미소를 지었다. 성은이 망극하여이다. 빙신.

"어렵게 조교 자리까지 뽑아 줬더니 휴학하고 사법고시를 해 보겠다고? 배부른 소리 하고 자빠졌네. 그리고 너하고 사시하고 궁합이 맞는다고 생각하냐?"

지랄. 그러면 너하고 교수라는 직업하고 어울린다고 생각하냐. 종원은 여학생들을 벗겨놓고 학점을 준다는, 야비하게까지 생긴 그의 얼굴을 쳐다보며 장난스레 머리를 조아렸다.

"에구 교수님 왜 이러십니까...그저 분풀이 한 번 해 보려구요. 어디 잘난 놈들이 사는 세상은 어떤가 해서 잠깐 구경 좀 갔다 오려구..."

"잘난 놈들? 잠깐 구경? 햐 이 자식 봐라, 아주 건방이 하늘을 찌르는구나. 너 이 새끼 앞으로 나한테 학점이니 조교 자리니 주둥이 놀렸다가는 아구창이 날아갈 줄 알아. 가 봐 인마"

그는 분이 안 풀리는 듯 신경질적으로 돌아섰다.
"잘난 놈들? 쥐뿔도 없는 거지 같은 새끼들이 꼭 그 지랄 들을 하더라니"

선생은 종원의 뒤통수에 마지막 분풀이를 했는데, 종원은 거지라는 단어가 귀에 박히자, 뒤로 돌아서서 그야말로 아구창을 날리고 싶은 맘을 꾹 참고 문을 밀고 나왔다. 자신을 위해 어렵게 복학부터 조교 자리까지 챙겼을 것을 생각하니, 학생들로부터 어용교수로 멸시는 받고 있으나 개인적으로는 이해를 못 할 바도 아니었다.

종원은 반정부 집회가 열리고 있는 금잔디 광장 잔디밭을 가로질러 야외무대로 올라갔다. 왠지 다시 돌아올 것 같지 않은 학교에 마지막 인사라도 하고 싶은 심정이었는데, 이 학교에 입학해서 삼 년 동안 학교를 뒤집으며 다녔지만, 산을 등지고 있는 제법 넓은 교정에서 마음에 드는 곳은 여기뿐이었다. 종원은 가방에서 소주병과 새우깡을 꺼냈다. 학교에서 제발 술들 좀 쳐먹지 말란 말이다. 그게 그렇게 지키기 어렵냐? 그러면 학교에 제발 짭새 놈들 좀 못 들어오게 해주세요, 그게 그렇게 지키기 어렵습니까? 종원은 이빨로 술병 뚜껑을 따서 입에 대고 단숨에 벌컥벌컥 들이켰다. 야외무대 한쪽 구석에 둘러앉아 회의를 하던 학생들이 일어나 잔디 광장으로 내려가 어깨동무를 하고 잔디밭을 돌기 시작했다. 파쇼타도 독재타도 전두환은 물러가라. 귀에 못이 박히게 들어온 말이었다. 그래 백날 목구멍이 터져라 소리 질러 봐라, 두환이가 꿈쩍이나 하나, 빌어먹을. 어디 숨어있다가 튀어나왔는지 학생 수보다 더 많은 사복경찰이 덮치자 학생들이 이리저리 도망을 치기 시작했다. 이제 이 지겨운 그림도 끝이다. 잘 있어라 나의 청춘아, 빌어먹을 파쇼 떨거지들아.

"학교도 안 마치고 고등고시를 한다고?"
 몇 번이나 사법고시라고 정정을 해줘도 아버지는 여전히 고등고시로 부르고 있었다. 아버지에게 고등고시란 대학을 졸업하고도, 특별히 영광스러운 가문의 자식들이나 하는 공부였다. 제대하던 날 바로 불러, 이제 퇴학을 당해 학교도 못 다니게 되었으니 무엇을 하려느냐고 물어서 자세히 설명을 했건만 오늘도 일 끝나고 들어와서는 종원을 불러 앉히고 또 같은 질문을 하는 것이었다. 아버지에게 종원은 너무도 억울한 자식이었다. 자신이 충성을 바쳤던 나라가 하나밖에 없는 아들에게 내린 처벌이 억울한 게 아니라, 믿었던 아들의 행태가 자신에게 너무도 가혹하고 그래서 억울한 것이었다.
 "수도 없이 네게 말했다만 니들은 빨갱이 시절을 겪지 못해서 그런 것이다. 돌아가신 박대통령이 아니었으믄 우리는 벌써 절단이 나도 났고 국민들 태반이 굶어 죽었을거다. 그 은공도 모르고 민주주의니 뭐니 몹쓸 짓만 하다가 그예 군대에 끌려가지 않았니? 학생일 때도 하라는 공부는 안 하고 데모만 하러 다니더니 이제 군대까지 다녀와다 늦은 머리로 더 힘든 공부를 한다고? 그 공부는 어디서 하는 거냐? 학교도 다니지 말라고 퇴학시킨 나라에서 고등고시 시험은 보라고 허락은 하는 거고?"

종원이 어릴 때부터 안방에 걸려 있던 박정희 대통령 사진은, 그가 암살을 당하고 전두환의 국보위 서슬이 퍼래도 여전히 위풍당당하게 걸려 있었다. 종원은 흘깃 사진을 한 번 쳐다보고 저 사진 좀 그만 걸어놓으세요 하려다가 입을 다물었다. 때로는 무식도 죄악이다.
"저 아래 삼거리 근처에 있는 독서실을 다닐 거에요. 따로 돈 달라는 말은 안 할테니 보태 주시던 등록금만 2년 동안만 주세요."
종원의 말이 자꾸 기어들어 가고 있었다. 남의 허드렛 일을 다니는 아버지보다 자신이 더 남루하게 느껴져서 목구멍이 막혀왔다. 아버지는 마치 벽에 걸린 사진 속의 인물에게 허락을 구하려는 듯이 사진을 올려다보았다.
"너 알다시피 친구와 함께 어렵게 꾸려가던 출판사가 망한 후 여기저기 제본하는 일을 다니는데 그 일도 나라가 이 지경이 되고 보니 일거리도 없어서 어렵구나. 그저 너 졸업하기만 기다리고 있었는데 . . . 하기야 그냥 청평서 선생질이나 하고 있을 것을 공연히 헛바람이 불어서 서울에 올라온 내 잘못이 크기는 하다. 일단 알았으니 건너가라. 생각이 바뀌거든 다시 얘기하고."
아버지는 돌아앉아 담배를 물었다. 종원은 이 정도 수준에서 아버지의 반허락을 받았다고 생각하니 좀 싱겁기도 했다. 아버지가 저 정도로 말하는 것은 '네가 알아서 해라'라는 뜻이었다. 그러나 아버지에게 혹시나 하는 희망을 너무 일찍 가지게 만들었을지도 모른다고 생각하니 종원은 어떻게든 가족들이 모르게 시험 준비를 할 걸 그랬나 하는 후회가 잠시 일어났다 사라졌다. 성급한 게 아니라 배수진이야.

3.
진희에게

어쩌면 여기 미국에서 보내는 마지막 편지일지 모르겠다. 그저 어디로든 떠나야겠다는 생각뿐이었는데 이제 결정을 했어. 이곳에서 이렇게 모르모트 신세로 죽음을 기다릴 수는 없지 않겠니? 희귀병이라고 관찰을 오는 많은 의사들이 내 생명에 대해서 관심이나 있을까? 그들이 관심을 갖는 것은 자신들도 잘 모른다고 실토했던 내 병에 대해서겠지. 그중에 어떤 인간들은 나로 인해 논문 하나 제대로 써서 의학 전문지인가 뭐 이런 데서 이름깨나 알리려고 벼르고 있을 것이고. 그러긴 싫어. 네가 같이 가자던 인도의 사원에 대해서도 많이 생각해 봤는데 맘이 안 내키네. 내가 가지고 있는, 앞으로 그리 길지 않을 시간 동안 가장 하고 싶은 일이 뭘까 하고 며칠을 생각해 봤어. 그러다가 문득 오랫동안 잊고 살았던, 우리가 어렸을 때 손잡고 돌아다니던 동네 골목길들, 빨래하는 엄마들 등 뒤에서 물장난하던 연희동 시냇물, 안산의 거북바위...이런 것들이 보물찾기하던 소풍날처럼 떠오르더라. 다들 죽음을 앞에 두면 그렇게 되는 것일까? 이 미국이라는 나라는 내게 무엇이었을까. 왜 그리 한시도 쉬지 않고 미친년처럼 살아온 것일까. 이제 그 거리로 돌아가 하루 종일 우두커니 앉아서 그 거리를 흘러 다니는 사람들을 보고 싶어. 그리고 그 그림 속에서 나도 살아 있다는 느낌을 갖고 싶어. 지금으로서는 그게 내 바램의 전부야.

죽음에 대해서는 이렇게 단어로도 쓸 만큼 많이 담담해졌어. 발

병한 걸 알고도 오랫동안 사실을 말해주지 못해서 미안해. 지금도 네가 얼마나 놀라고 있을까 생각하면 더욱 미안하고. 그치만 이해해주겠지? 여기 의사들도 잘 모르는 병이라는 소리 듣고 나도 너무 놀라고 당황스러워서 어쩔 줄 몰랐어. 의사들이 말하는 그 심리적 단계들을 다 거치고서야 비로소 펜을 들게 되었네. 지금 네가 궁금해 하는 거 알지만 우리 그 말은 묻어두자. 단지 지난 반년 동안 나로서는 최선을 다해서 그들에게 기회를 줬다는 것만 알아주면 좋겠어.

그동안 너한테 많이 고마웠는데 이제야 고마웠다고 말하네. 네가 아니었으면 나도 내 동생처럼 한국말 발음도 제대로 못하는 코메리칸이 되어 있었을텐데 그거 생각하면 네게 참 고맙지. 그래도 그 녀석 지금 한창 잘 나가고 있어. 어릴 때부터 우리 뒤만 졸졸 따라다녔잖아. 너한테는 누나 소리도 잘 안 하고 막 이름 부르고 그래서 싸우기도 엄청 싸웠지. 미국에 와서도 내 뒤만 졸졸 따라다니더니 대학도, 전공도 같은 거 하고, 나보다 이 년 늦게 지방 검사 됐어. 나는 너하고 마지막 통화하고 바로 사직서 냈고.

네 제안을 받아들일까 생각중이야. 하여튼 곧 만나서 얘기하자. 엄마가 자꾸 따라 나서려고 해서 지체되고 있는데 엄마가 이곳은 어떻게 하고 따라 가시겠니? 나 혼자 가게 될거야. 연희동 거리와 그 거리를 걷는 사람들이 너무 보고 싶어.

너의 은경이가

은경에게

울지 말고 씩씩하게 와.. 공항에 나갈게. 준비는 다 해놨어.

너의 진희가

비행기가 도움닫기를 시작했다. 열려진 창으로 보이는 거대한 엔진이 요란한 굉음을 내며 비행기를 움직이자 활주로를 달리는 바퀴의 진동이 은경의 온몸에 신경세포를 거슬러 일으키며 그대로 전해져 왔다. I hate this . . . 은경은 자신도 모르게 짜증이 가득한 목소리를 내고 말았다. 창가 쪽 좌석에서 눈을 감고 있던 어머니가 눈을 뜨며 묻는다.
"지금 뭐라고 했니? 진통이 와?"
어머니가 손가방을 열려고 하자 은경은 손을 잡아 저지했다.
"아무 것도 아니에요."
"하긴 진통제도 자주 먹으면 좋지 않다더라. 그래도 많이 아프면 참지 말고 얘기해."
그녀는 안쓰러운 눈으로 딸을 보고는 다시 창밖으로 고개를 돌렸다. 앞바퀴가 땅에서 떨어져 들리는가 싶더니 곧 몸이 뒤로 제껴지면서 비행기가 하늘로 솟구치는 것이 완연히 느껴졌다. 잘 있어라. 다시 돌아오지 못할 땅이라고 생각하니 은경은 착잡한 마음을 가누기가 어려웠다. 한순간도 한국은 물론, 그 어느 땅이라도 미국 밖에서 살게 되리라고 생각한 적이 없었다. 한국은 은경에게 그저 어린 시절의 기억이 가물가물하는, 군사정권인지 독재정권인지가 불쌍한 국민들을 억압한다는 개발도상국일 뿐이었다. 조국이라는 생각도 절실히 없었고 가보고 싶다는 생각도 별로 없었다. 단지 지금도 애틋하게 자신을 찾아오는 친구인 진희를 만나러 두어 번 다녀왔을 뿐이었다. 은경은 엄지로 미간을 지긋이 눌렀다. 엔진의 굉음과 먹먹한 압력 때문인지 머리가 지끈거렸다.
한참을 헐떡이며 올라가던 비행기는 어느새 수평을 유지하고 있었고 엔진 소리도 한결 부드러워졌다. 딩동 하고 머리 위에서 벨이 울리고 안전벨트가 어쩌고 하는 안내방송이 나오자 어머니가 고개를 돌렸다.
"그래도 미국 병원이 나을텐데, 해보더라도 미국에서 끝까지 해봐야지 한국에는 뭐하러 가니.."
"엄마 그 얘긴 이미 끝난 얘기야. 그리고 내 병은 미국에서도 처음 알려질 정도로 희귀병이라 한국이나 미국이나 마찬가지라잖아. 자기네가 고칠 수 있는 거 같으면 이렇게 순순히 보내주겠어? 아빠를 봐서라도 절대로 안 보내주지."
은경은 손사래를 거두어 다시 미간을 눌렀다. 이렇게 누르고 있으면 한결 진통이 덜했다. 돌팔이들이 여기에 원인이 있는 것을 모르고 있는 것은 아닐까.
"그나저나 진희네가 아직도 그 동네서 살고 있다는 게 신기하구나. 미국 다녀간 게 한 삼 년 됐나? 그때 혼담이 있다고 하더니 시집은 갔어?"

그녀는 시집이라고 말해놓고는 아차 싶어서 힘없이 얼버무렸다. 그리고는 힐끗 딸의 얼굴을 보았지만 아무 표정 변화가 없었다.
"한 삼 년 살다가 이혼했대요. 애도 없고."
은경은 미간 쪽을 지긋이 누르던 손을 떼고 창가쪽으로 고개를 돌렸다. 은경은 창밖으로 번개가 번쩍 할 때마다, 바다처럼 끝없이 펼쳐져 있는 구름이 보랏빛 섬광에 순간적으로 물들고 있는 것을 넋을 놓고 바라보고 있었다. 하얗다가 푸른 빛으로 이윽고 보랏빛으로 바뀌는 그 순간들은 너무도 짧고 아름답다고 생각했다. 목을 창가 쪽으로 쑥 빼고 보려니 엄마의 얼굴이 은경의 귀에 닿았다. 따듯한 온기가 전해져오자 은경은 공연히 울컥하는 마음이 되어 곧 창가에서 떨어졌다.
"그런데 엄마, 연희삼거리가 어디야? 우리 미국으로 올 때는 연희동에서 그 쪽으로 넘어가는 길이 없었다가 얼마 전에 생겼다는데. 그 길로 넘어가면 모래내가 나온다는데?"
"연희삼거리는 왜?"
"그 근처에 진희가 장사하는 가게가 있대."
"그래? 걔 공부 잘하지 않았나? 서울대 나왔잖아? 어디 좋은 회사 다니지 않고 장사를 한 대? 뭔 장사?"
은경은 엄마를 돌아보았다. 공부 잘하고 훌륭한 사람은 장사같은 거 하는 거 아니야, 라고 엄마의 눈은 말하고 있었다. 엄마가 만들어 놓은 훌륭한 사람의 모범답안에 맞추어 지냈던 성장기의 모든 시절들이 파노라마처럼 하나씩 은경의 눈앞을 스쳐 지나갔다. 아시아에서 온 천재 소녀, 장학생, 박수갈채, 트로피와 상장들... 최연소 카

운티 지방검사...어쩌면 그것들은 자신이 이루어 나간 길이 아니라 앞에서 엄마가 닦아놓고 자기는 그저 손을 흔들면서 지나갔던 것이 아니었을까. 시험을 보면 같이 밤을 샜고 은경이 아프면 엄마도 같이 아팠다. 고등학교 때 은경을 파티에 데려가려던 남자 아이는 기겁을 하고 도망가서 은경은 학교에서도 소문난 왕따였다. 그녀에게는 데이트를 청하는 남자는커녕 아예 학교 친구조차 하려는 남자도 없었다.

미국으로 이민을 가기 전 은경네가 살던 집은 대문만 나서면 바로 장사꾼들과 장보러 나온 사람들로 북적이던 시장통에 있었다. 아침부터 저녁 늦게까지 각종 소음들로 시끄러웠고 햇볕이 쨍쨍한 대낮에도 장바닥은 늘 질척이는 오물로 범벅이 되어 있었다. 하얀 운동화를 신고 마른 땅을 골라 딛으려고 폴짝이던 기억이 은경에게 어렴풋이 남아 있었다.

"엄마 그거 기억하세요? 아빠가 우리 은경이는 이 담에 커서 뭐가 되고 싶냐고 물어봐서 내가 생선 장사라고 했다가 엄마한테 무지하게 혼나고 막 울었던 거?"

"그런 적이 있었나? 그렇게 말 잘 듣고 착한 너를 엄마가 혼낸 적이 있다고?"

엄마는 정말 뜻밖이라는 듯 고개를 갸우뚱거렸다.

"그 장면은 내게 평생 상처가 되었어. 나는 우리 집 바로 앞에서 생선 장사 아줌마가 큰 칼로 생선들을 잘라주고 돈을 받고 하는 것들이 너무 재미나게 보이고 나도 저런 거를 잘 할거 같아서 한 번 해본 말인데 엄마가 정말 무시무시할 정도로 화를 냈지. 한 번만 더 그런 소리 하면 내쫓아 버린다고 말이야. 엄마 그때 나한테 왜 그랬어? 겨우 열 살짜리가 아무 생각 없이 해본 말인데. 엄마가 정말 무서웠지. 그 이후 얼마 안 지나서 미국으로 간다고 해서 나는 나 때문에, 내가 크면 그 시장에서 생선 장사 할까봐 멀리 떠나는 줄 알았다니까."

"....그랬니...."

엄마의 목소리가 축축하게 젖는 걸 느끼며 은경은 고개를 돌리고 눈을 감았다.

4.

빌어먹을. 종원은 탁 소리가 나게 책을 덮어버리고 자리에서 일어났다. 형법 강의를 한 번 망친 것일 뿐이라고 생각했는데 그걸 메꾸는 작업이 계속 진도가 나가지 않았다. 집중이 안되고 머릿속은 온통 땅콩 맛이 가득 배어있던 그녀의 입술 생각뿐이었다. 참으로 한심한 일이라고 스스로 생각하면서도 머리에서 떨쳐낼 수가 없었다. 몇 번을 더 갔지만 왜 그녀만 보면 반갑고 설레는 대신 가슴이 먹먹해 오는 지 알 수가 없었다. 시험 때문에 초조해진 종원은 다시는 가지 않기로 결심을 했다. 그녀가 내다볼 창을 피해 일부러 다른 길로 다니기 시작했지만 집에 도착해서도 선뜻 집안에 들어가지를 못했고, 독서실에서는 한 시간을 제대로 앉아 있을 수가 없었다. 알 수 없는 열정에 몸이 들떠서 하루 종일 허공을 딛고 다니는 것 같았다. 이제 아버지에게서도 허락을 받은 상태라 결국 시간과 집중력과의 싸움인데 이 시험은 보나마나한 전투같다는 무력감이 하루 종일 종원을 괴롭혔다. 며칠을 사투를 벌이다가, 피하기만 한다고 해결될 일이 아니라고 느낀 종원은 가방도 들지 않고 독서실을 나섰다.

눈이 녹아 질척거리는 길을 마른 땅을 골라 딛지도 않고 터벅터벅 일부러 먼 길을 돌았다. 아무리 진정이 안되는 마음이라도 그녀를 보러 가기에는 아직 해가 너무 많이 남아 뻔뻔한 시간인 것 같았다. 삼거리에서 명지대 쪽으로 발길을 잡아 언덕길을 올라갔다. 차도는 많이 녹았는데 급경사에다 산 그늘이 진 길이라, 사람의 왕래가 뜸한 인도는 아직 미끄러운 얼음길이었다. 종원은 잠시 그만 돌아설까 생각하다가 계속 앞으로 나아갔다. 언덕 꼭대기에서 아래를 내려다보며 저 아래에 있는 홍제천까지만 내려갔다가 돌아오면 적당한 어둠이 내려서 자신의 치부를 한결 가려줄 수 있으리라고 생각했다. 자꾸 미끄러지는 걸음 때문일까, 독서실을 나설 때보다는 머리가 한결 맑아진 것 같았다. 겨우내 얼어 있다가 시내를 이루고 흐르는 홍제천 가에 왔을 때 종원은 숨이 멎는 것 같았다. 벤치에 앉아서 먼 하늘을 바라보고 있는 여자. ...그녀였다. 종원의 가슴은 쿵쾅거리다 못해 폭발할 것만 같았다. 큰 소리로 불러야 들릴 수 있는 거리였지만 종원은 마치 그녀가 자신의 심장 소리를 듣기라도 한 듯이 허둥대며 건널목의 가로수 뒤로 몸을 숨겼다.

그녀가 앉아 있는 벤치로 가려면 건너야 하는 건널목의 신호등이 녹색으로 여러 번 바뀌었지만 종원은 움직이지 않고 그 자리에서 그

너를 바라보며 오래도록 서 있었다. 그녀 역시 석고상이 된 듯, 미동도 하지 않고 고개를 약간 들어 먼 곳을 응시하고 있었다. 얼마나 시간이 흘렀을까 종원은 돌아서 그녀와 반대편 방향으로 홍제천을 따라 모래내 방향으로 걷기 시작했다. 그녀에게 다가가려는 자신을 뭔가가 강한 힘으로 제지하고 있었다. 지금 다가가면 헤어나올 수 없는 무엇이 바로 그곳에서 자신을 기다리고 있는 것만 같았다. 종원은 허겁지겁 도망치듯이 발걸음을 빨리했다.

모래내 시장은 대낮의 붐비던 활기를 정리하고 밤의 또 다른 열기를 준비하고 있었다. 시장통의 소란함도, 오가는 자동차의 경적 소리도 종원의 귀에는 들리지 않았다. 이제는 집으로 갈 수도, 독서실로 돌아갈 수도 없었다. 이렇게 가벼운 의지를 가지고 사시를 준비했다니, 일차 붙은 것도 기적이네. 얼마를 걸었을까 종원은 걸음을 멈추고 이제 막 장사를 준비하는 포장마차를 쳐다보다가 의자를 하나 빼서 자리에 앉았다. 종원을 흘낏 보던 남자는 좀 기다려야 한다고 했고 종원은 속으로 이제 가진 건 시간밖에 없게 됐네 하면서 고개를 끄덕였다.

5.

"이 아저씨가 오늘 공부도 안하고 어디서 술을 이렇게 많이 마시고 왔대? 지금 막 문을 닫으려던 참인데 어떡할까? 좀 봐줄까요 아님 쫓아낼까요?

여자는 종원이 매일 앉는 자리에 털썩 앉아 담배를 꺼내 물자 다가와 맞은 편에 앉으면서 웃었다. 종원이 불을 붙이려하자 라이터와 담배를 뺏어 옆으로 밀어놓았다.
"안 하시던 담배는 또 어디서 갑자기 배우셨을까? "
그녀가 후후 하고 웃었다.
"고시 공부 때려치러구요. 담배야 뭐 제대하고 공부하려고 끊었으니 다시 피운다고 그리 억울할 것도 없구요."
종원은 담배갑에서 다시 하나를 꺼내 물었다.
"참을 수 없는 존재의 가벼움이라는 말 알아요? 내 존재가 이렇듯 쉽게 허물어지는 거라면 뭐 그리 애써서 세워놓을 것두 없지요. 근데 그쪽 이름은 뭐에요? 나는 종원이에요. 강종원."
여자가 라이터를 켜서 종원의 담배에 불을 붙여주더니 자신도 뺏어 놓은 담배를 집어 입에 물고 불을 붙였다. 긴장한 표정으로 몇 모금 빨아 보더니 기침을 심하게 하고는 곧 비벼 꺼버렸다.
"이거는 내가 절대로 못 할 줄 알았다니까."
얼굴을 찡그리며 담배를 비벼 끈 여자가 종원이 담배 피우는 것을 한동안 바라보다가 일어서 밖으로 나가더니 밖의 간판과 입구 등을 모두 끄고는 셔터를 내렸다. 쇠바퀴 굴러가는 요란한 소리와 함께 밖의 거리 풍경이 순식간에 차단되는 것을 종원은 멍한 눈으로 바라봤다. 세상 무엇이든 원할 때마다 저렇게 닫아 버릴 수 있다면 얼마나 좋을까. 그나저나 영업이 끝났으니 가라는 뜻인가. 종원은 담배를 비벼 끄고 일어섰다. 얼굴을 봤으니 되었다는 심정이었다.
"가지 말고 앉아 있어요. 오늘 나도 좀 마셔야 할 거 같아. 종원씨, 내 이름은 은경이야. 허은경. 종원씨보다 내가 더 힘들고 아프지만 오늘은 내가 종원씨를 위로해줘야 할 거 같네. 무엇 때문에 힘들어 하는지 잘 알고 있으니까. 나도 그것 때문에 힘들었어."
 그녀는 주방쪽으로 가면서 빙긋 웃어보였다.
 뭐라는 거야. 종원은 더 자존심이 무너지기 전에 나가야 한다고 생각했지만 마음 뿐이었다. 실내는 온통 그녀의 향기로 가득 차서 술이 깨어가는 자리를 그녀의 향기가 다시 채우고 있는 지경이었다.
 "당신 누구세요?"
 양주병과 샐러드 비슷한 안주를 가져온 그녀가 가져온 것들을 다 내려놓기도 전에 종원이 물었다. 정말 절박한 질문이었다. 도대체 누구인데 이토록 나를 어지러이 흔들어 놓고 웃기만 하고 있느냐 하는 심정이었다.
 "여기 안 오려고 했는데. 나 자꾸 여기 오면 안돼요. 도대체 당신 누구세요? 나한테 왜 이러는 건데요? 아니지 당신은 내게 아무 짓도 하지 않았지…..내가 왜 이러는 건데요?"
 "오늘 나하고 한 잔 하자. 그치만 우리 아저씨가 많이 취하지 않았으면 좋겠네."
 여자는 양주를 따라 한 번에 마셨다.
 "오늘도 안주는 없지요?"
 "다음에 오면 꼭 만들어 줄게. 내가 자신 있게 만들 수 있는 요리가 딱 한 가지 뿐인데 여기 재료가 없어서 그래요. 아직도 내가 주인 같아요? 지나다니면서 이곳에 손님이 있는 거 본 적 있어요?"
 "나 강종원이라고 해요. 그쪽은 이름이 뭐에요?"

여자가 손으로 입을 가리고 웃었다.
"딴청 하는 걸 보니 취했네."
"아 참, 은경씨... 허.은.경.씨.... 근데 은경씨는 누구세요? 왜 나 공부도 못하게 이러고 있냐고요. 나 이거 못 붙으면 죽어야 돼요. 배수진을 친 거라구요, 알아들어요? 근데 지금 내가 어떻게 된 건지 나도 모르겠는데 왜 그렇게 웃고만 있냐구요, 젠장"
종원은 앞에 놓인 술잔을 들어 벌컥 마셨다. 그 전 같이 목은 뜨겁지 않았는데 자꾸 눈물이 나왔다. 고등고시는 아무나 하냐? 아버지의 초라한 목소리가 귓가에서 무너지고 있었다.

부드러운 손이 자신을 어루만지고 있었다. 눈을 떴다고 생각했는데 방이 어두워서일까 모든 것이 희미할 뿐 눈앞에는 아무것도 보이지 않았다. 여기가 어디지? 종원이 기억을 더듬으려 애쓰는데 등 뒤에서 자신을 안고 있던 목소리가 귓볼을 간지럽힌다.
"깨셨네? 물 좀 줄까?"
그녀의 목소리인 것을 확인한 종원은 용수철처럼 윗몸을 일으켜 뒤를 돌아보았다. 그 사이 어둠에 눈이 익었을까 낮은 조명 속에서 그녀의 얼굴이 희미하게 보였다.
"어떻게 된 거냐고 묻지 마. 아무 일도 없었으니까."
그녀도 천천히 몸을 일으켰다. 종원의 눈앞에 가까이 얼굴이 다가왔다. 자신의 몰골을 짐작할 수 있는 종원은 상대적으로 너무도 선명하고 깨끗한 그녀의 얼굴에 당혹스러운 신비감마저 느꼈다.

"그렇지만 아무 일도 없는 채로 이곳을 나가기는 싫어. 아무 말도 하지 말고 그냥 나 좀 안아줘요."

조금 슬픈 표정으로 그녀가 말했다. 그리고는 다시 몸을 눕혀 종원을 향해 두 팔을 벌렸다.

"나 당신에게 할 말이 많아요."

종원은 그녀를 내려다보며 또박또박 말했다.

"알아요, 철부지 아저씨. 어제 그렇게 말을 많이 하고도 또 할 말이 남았어요? 이리 와. 이제 가진 건 시간밖에 없다면서? 나는 가질 수 없는 것을 가졌네."

종원은 팔을 굽혀 은경의 가슴에 얼굴을 묻었다. 그녀의 가슴에서 아카시아 향기 같은 달콤한 냄새가 났다.

"어제 내 부탁대로 해줘서 너무 고마웠어. 그렇게 많이 취해서 서투르고 아프게 자기에게 안기고 싶지 않았어. 나한테 자기 얘기를 해준 것도 고맙고. 아마도 내가 종원씨를 만나려고 그 먼 길을 왔나 봐."

내가 어제 무슨 얘기를 어디까지 했을까 하는 생각도 잠시, 둘은 마치 오랜 연인처럼 서로를 애무하기 시작했다. 은경씨, 나 은경씨 사랑해두 돼요? 여자의 손가락이 종원의 입술 위에 닿았다. 아무 말 하지 말아요. 그냥 천천히 오랫동안 나 좀 안아줘요. 종원의 팔에 그녀의 눈물이 떨어졌다. 나 처음인데 이상하게 맘이 편하네. 다들 많이 무서웠다고 하던데. 종원씨 나도 이제 약속을 지키니까 종원씨도 어제 약속 꼭 지켜 줄 거지?

그녀가 말을 시작하자마자 종원은 어제 있었던 일들이 하나 둘씩 기억이 나기 시작했다. 알았어요. 이제 다시 힘이 생긴 것 같아요. 나 머리 좋거든? 은경씨도 그랬잖아요. 머리 좋게 생겼다구. 은경은 종원의 머리를 두 팔로 감싸고 긴 입맞춤을 시작했다.

6.

멀리 가게가 보이자 종원은 뛰어가고 싶은 마음을 억누르며 멈춰서서 안경점 거울에 비친 자신의 넥타이를 고쳐 메었다. 생전 처음 메어보는 넥타이지만 자신이 봐도 그럴듯하게 보였다. 손에 든 꽃다발을 이리저리 다듬어 만지고서야 종원은 문을 밀고 들어갔다.

"어서 오세요"

어라? 무심한 척, 눈에 보이는 대로 아무 곳이나 앉으려는 종원의 귀에 다른 목소리가 들렸다. 은경은 늘 인사를 하지 않아서 어서 오세요 라는 소리가 귀에 생소하기도 했지만 목소리도 그녀가 아니었다. 여자는 종원을 보고 웃으며 다가왔다. 종원이 두리번거리자 여자가 종원을 뜯어보듯이 찬찬히 보더니 손으로 입을 가리며 놀란 목소리로 물었다.

"혹시 종원씨 ...? "

어리둥절하는 종원을 자리에 앉히고 여자는 친한 사람을 마주하듯 종원의 손을 잡았다.

"예비군복 안 입어도 금방 알아보겠네 뭐..2차 시험 붙었군요?"

" ..... "

"은경이가 그쪽을 보고 싶어 할 때마다 나한테 얘기를 참 많이도 했어요. 들뜬 목소리였다가 처량한 목소리였다가. 아주 잘 생기고 늘 예비군복 바지를 입고 다니는데 이번에 올 때에는 꼭 양복을 입고 꽃다발을 들고 올 거라고 하더니 어쩌면.... "

종원은 들고 있던 꽃다발을 테이블 위에 올려놓으며 은경을 찾으려 주방 쪽을 바라보았다.

"종원씨한테 많이 미안하다고 그러던데... 한국에 와서 처음으로 펑펑 울었어요. 은경이하고 어릴 때부터 친구인데 그렇게 우는 거 첨 봤어요."

여자는 종원을 빤히 쳐다보더니 조금 일그러진 표정으로 말했다

"은경이를 울린 남자가 누군가 질투했어요. 그렇게 독한 애를 울게 만든 사람이 누군가 하고.. ."

그녀는 종원이 계속 자신의 얘기에 귀를 기울이지 않고 두리번거리자 한숨을 쉬고는 계산대로 갔다. 노란색 봉투를 꺼내 잠시 망설이며 생각에 잠기더니 머뭇거리는 걸음으로 다가와 종원에게 내밀었다. 종원은 떨리는 손으로 봉투를 열었다. 몇 장의 사진과 자신의 이름이 적힌 편지가 있었다.

종원씨에게

무슨 말을 해야할지...
왜 이렇게 될 거라는 걸 짐작도 못했을까요.

왜 누군가가 나로 인해 상처를 받을 수도 있다는 것을 전혀 생각하지 못했을까요.

그것도 상처를 치유할 시간도 주지 않고 떠나야 하는 사람이 어떻게 이렇듯 무책임할 수 있을까요. 미안해요... 내가 너무 이기적이었어.

그저 사람들 사이에서 시끌벅적하게 살던 어린 시절이 그리웠고, 그 사람들 속에서 내 생을 마무리 하고 싶었어요. 거리를 다니는 사람들의 얼굴들을 보면서 나도 그 사람들이 되어 보고 같이 걸어보고, 짧은 시간이나마 평범한 사람들이 평생 사는 추억 같은 것들을 가지고 떠나고 싶었어요. 하지만 종원씨는 내 계획에 없었는데... 가게 앞을 스쳐 지나가는 종원씨 모습을 처음 보자마자 너무 빨리 한순간에 사로 잡혔어. 어떻게 내가, 당신이 언젠가는 이 가게 안으로 들어올 거라는 상상을 시작하게 되었을까요. 그렇게 당신은 내 앞에 섰고 나는 그 운명에 전율했지요. 종원씨의 혼란과 내 절망을 어떻게 말로 설명을 할 수 있을까요. 그저 웃을 수 밖에요. 어쩌면 정말 다시 만나고 싶지 않았는지도 몰라요. 아니 종원씨 말대로 내가 어떻게 된 것인지, 어쩌자는 건지 몰랐다는 표현이 맞을 거에요. 그럴거야. 왜 내 눈에 띄었냐구요. 훌훌 떠날 준비를 하려 그 먼 길을 왔는데. 이제 정말 종원씨 때문에 가는 길이 더 힘들어졌다구. 그러니 너무 억울해 하지 말아요. 나도 가고 싶지 않아요.

종원은 도대체 이 편지가 무슨 말을 하는지 알 수가 없었다. 단지 어디로 떠난다는 단어만 펄떡이는 물고기처럼 계속 눈앞에서 뛰고 있을 뿐이었다. 종원은 쟁반에 이것저것 담아서 들고 오는 여자에게 편지를 들어 보이며 이게 무슨 말이냐고 물으려다가 그녀가 가져온 것들을 천천히 다 내려놓을 때까지 기다렸다. 양주와 함께 화사한 도자기 그릇에 담긴 생소한 음식이 종원의 앞에 놓이고 있었다.
"이거 무슨 말이에요? 은경씨가 어디로 갔다는 뜻인가요? 다시 돌아오지 않는다는 건가요?"
여자는 종원을 물끄러미 보더니 감정이 복받치는 듯 입을 가리고 주방 쪽으로 뛰어가더니 울음이 터지는 소리가 들렸다. 종원은 다시 허겁지겁 편지를 읽었다.

그래도 종원씨 덕에 남자를 사랑하고 사랑받는다는 게 무엇인지 어렴풋이라도 알고 떠날 수 있어서 다행이에요. 행복하다는 게 뭔지 잊어버린 지 오래지만 아마 이런 느낌이 아닐까 생각해. 합격을 축하해요. 나는 나쁜 검사였지만 종원씨는 분명 좋은 변호사가 될거야. 그리구 진희가 만들어 줄 안주는 내가 가르쳐 준거에요. 종원씨가 약속을 지켰으니 나도 지켜야지. 그래두 내가 처음 사랑한 사람의 마지막 주문인데.
이제 안녕. 이 근처를 지나 다닐 때면 내 생각을 해줘요. 얼마간 지나면 힘들지 않을거야. 그때가 되면.... 힘들지 않아도 될 때가 되면 이 앞을 지나면서 내게 안녕, 하늘 나라에서 잘있지? 라고 말해줘요. 웃으면서.

(끝)

〈2015년 한겨레 공모전 수상작〉

무제 (원제:서로 미워하지 않는 자들의 난투극)

훈련소 본부 쪽에서 지프차의 불빛이 번쩍하고 이쪽으로 방향을 틀었다. 직감적으로 당직 사령의 순찰차라는 생각이 들자 눈앞이 캄캄해졌다. 바닥에는 이미 카빈총의 개머리판으로 철모를 강타당한 이 하사가 널브러져 있었다. 나는 그를 일으키려다가 다가오는 불빛을 한 번 쳐다보았다. 머릿속이 하얗게 비어가는 느낌이 들었다. 끝장이다. 착검한 채 들고 있던 총을 내동댕이치고 후문 쪽으로 달리기 시작했다. 후문 밖은 마치 잔뜩 흐린 그믐밤처럼 시커먼 아가리를 벌리고 어서 오라고 손짓을 하고 있었다. 그래. 어차피 내가 버텨내기는 불가능한 곳이다. 씨팔, 어떻게든 되겠지….

1978년 10월 논산 연무대 훈련소에서 입대 6개월차 이등병이 탈영을 시도하는 중이었다. 분명 후문 위병소 근처에서 싸움을 시작했는데, 어떻게 그렇게 멀다고 느꼈을까. 위병소를 지나 후문 기둥을 나가는데 뒤에서 이 하사가 부르는 소리를 들었다. 절규에 가까운 소리였다.

"야, 유 이병…."

멈칫 뒤를 돌아봤는데 이 하사가 철모를 짚으면서 몸을 반쯤 일으키고 있었다.

"같이 가든지, 여기 있든지 해야지, 나보고 어떻게 하라고. 빨리 안 오냐?"

후문 너머 어둠은 어서 오라고 유혹하고 있는데, 머릿속에선 지난 4개월간의 고통이 생생하게 스쳐 지나갔다. 빨리 여기를 벗어나야 한다는 생각밖에 없었다.

충청북도 증평에 있는 37사단에서 전·후반기 훈련병 교육을 받고 논산훈련소에 배치되었을 때 다른 훈련병들이 복권 당첨됐다며 부러워해서 어깨까지 으쓱했었다. 뭐하나 남들에게 부러움을 살 일이 없었는데 군대 와서 출세했다는 것이었다. 그러나 채 한 달도 지나지 않아, 마지막 발악을 하는 유신정권처럼, 망가져 가는 유신군대의 똥물을 뒤집어쓰고 허우적대는 자신을 발견하곤 절망하는 중이었다.

"어떤 새끼야? 지금 '이 하사님'이라고 한 놈이?"

37사단에서 같이 전입 온 김 이병이 경끼를 일으키는 아기처럼 벌떡 일어나 '이병 김○○' 하며 복창을 했다. 불과 이주일 전 그 아수라판에 끼어들어 초주검이 됐던 나도 자신도 모르게 몸을 부르르 떨었다. 일과가 끝나고 내무반장인 고참 이 하사가 하사들과 어울려 밖으로 나간 사이에 고참 사병의 군기잡기가 시작된 것이다.

"야 이 새끼야! 너보다 두 달밖에 안 빠른데, '님'자가 그리 잘 붙냐? 같은 이등병 대우 하라고 그랬지? 뒤로 취침! 이 새끼 봐라? 아주 오늘 날궂이를 하는구나? 야! 야삽자루 갖고 와… 내 이 새끼를."

그날 김 이병은 저녁 점호를 받기 전까지 두어 시간을 그야말로 내무반 바닥을 기어다녔고 결국 저녁도 제대로 먹지 못했다. 그래도 원산폭격한 채로 군홧발에 머리를 차이고 쇠파이프로 허벅지가 터질 때까지 맞은 나에 비하면 양호한 편이었다. 같은 사단에서 훈련을 받은 동기였지만 나설 수도, 한마디 거들 수도 없었다. 스스로가 너무 비굴하게 느껴졌지만 아직도 제대로 누워 잘 수도 없는 나로서는 어쩔 수 없는 일이었다.

당시 논산훈련소 경비대대에는 일반 경비중대와 기동타격대 5분대기조가 있었다. 기동타격대 신입하사 전원이 단기하사로 채워졌는데 계급장이 모두 황금색인 장기 하사와 달리 단기하사들은 윗부분이 빨간색으로, 색깔이 달라서 사병들은 그들을 '단풍하사'로 불렀다. 그들은 보통 전·후반기 2개월 훈련을 마치고 오는 사병과 달리 6개월 훈련을 받고 전입을 오는, 병장 위의 계급이었다. 그러나 하사 계급장이 아니꼬운 고참 사병들은 이제 막 전입 온 이등병에게까지 막말을 하도록 강제하였던 것이다. 자신들을 하늘같이 떠 받드는 이등병들과 단풍하사들을 같은 선에 정열을 시킴으로서 계급 우위를 무너뜨리고 싶은 것인지도 몰랐다.

 단풍하사들에게 존칭이나 대우 해주는 것이 눈에 띄면 고참병에게 갖은 고초를 당해서, 신입이긴 마찬가지인 단풍하사들과 이등병들은 서로 마주치지 않기 위해서 애쓰는 중이었다. 단풍하사들의 고통도 사병과 마찬가지여서, 고참 하사들은 신입 하사들이 병들에게 놀림감이 되고 나면 얼마나 그들을 두들겨 댔는지, 밤마다 기동타격대 내무반 뒤에서는 그야말로 곡소리가 끊이지를 않았다.

 "유 이병은 집이 어디야?"

 저녁 점호가 끝나고 2인 1조 야간근무를 나가면서 내무반이 조금 멀어지자 이 하사가 친근한 목소리로 물었다. 담장을 따라 죽 늘어선 주황색 경계등 불빛 아래로 난 오솔길을 걸으며 잠깐 포근한 느낌을 받았던 것 같다.

 "서울…."

 말꼬리를 어쩔 줄 몰라 그저 얼버무렸다. '~이야'라고도 못하고 '~

입니다'라고도 못하는 심정은 당해본 사람만 안다. 후문까지 나란히 걸어 나가며 처음으로 대화를 나누었다. 문이 서로 마주 보는 맞은편 내무반인 데다가 아침저녁으로 식당에서 마주치면서도, 대화는커녕 공연히 말 섞었다가 고참들한테 시달릴까봐 눈길 한번 주고받지 않았는데도 직감적으로 나는 그가 다른 사병들과는 달리 나에 대해 반감이 없다는 것을 알았다. 나 역시 이리저리 시달리면서도 고참들이 그를 놀려먹을 때 짐짓 모르는 척 딴청을 피우거나 자리를 피함으로써 그에 대한 동병상련을 보여주었다.

"몇 살이야?"

다시 이 하사가 물었다. 아마 나이라도 자기가 더 먹었으면 하는 마음이었던 것 같다. 하지만 나이도 같았는데 생일도 내가 빠른 것을 알자 둘 다 말이 없었다. 아무리 고참들이 닦달을 해대도 단둘이 있는 상황에서 하사에게 막말을 하기란 불가능한 것이었고 그렇다고 해보지도 않은 높임말을 하기도 뭐해서 그가 무엇을 물으면 그냥 어정쩡하게 얼버무려 나갔다. 처음에 같이 근무를 서라고 명령을 받을 때만 해도 후문까지 짧지 않은 거리를 친하게 대화를 나누어 보리라던 맘과는 달리 그저 어색하기가 이를 데가 없었다. 그나마 몇 마디 나눈 후에는 말없이 후문을 향해 걸어나갈 뿐이었다. 무슨 말이라도 하고 싶었으나 답답하기만 할 뿐 시작을 할 수가 없었다.

경비대대는 훈련소 4대 문을 비롯한 크고 작은 문들의 위병과 담장 옆 초소에 경계근무를 나가는 것이 주 임무였다. 높은 사람들이 드나드는 훈련소 정문은 위병장교와 고참병들이 근무를 나가고 후문도 중간 고참들이 나가는데, 왜 그날 신입 하사와 이등병을 후문 책임자와 소초병으로 내보냈는지 지금 생각해도 이해가 가질 않는다. 그렇게 별 대화 없이 걸어서 후문에 도착했고 선임 근무자와 근무 교대를 하면서도 별 탈은 없었다. 훈련받은 대로 착검을 한 채 자리에 서자, 힐끗 보던 사병 고참이 이 하사에게 후문 근무 처음이냐며 반말로 몇 마디를 했는데, 이 하사는 대꾸도 하지 않고 위병소 안으로 들어가 버렸다. 늘 그렇듯 살가운 말 하나 없이 근무 교대는 이루어졌고, 이 하사는 위병소 안으로 나는 근무대 위로 올라가 허리에 경계총을 하고 섰다.

주간근무와 달리 야간근무는 여유가 있었다. 꼭 근무대 위에 있지 않아도 되었고 착검한 총도 허리에 대야 하는 경계총 대신 어깨에 메어도 됐는데, 단 위병 책임자의 결정에 달려 있었다. 위병소 안의 이 하사 쪽을 한번 힐끗 보고 나는 경계총을 내려 어깨에 메고 근무대를 내려와 후문 주위를 왔다 갔다 했다. 근무 교대할 때 맘을 상했기 때문일까. 이 하사의 목소리가 달라져 있었다.

"야, 유 이병! 경계총 똑바로 하고 근무대 위에 올라가 있어."

나 역시 갑자기 명령조로 바뀐 그의 목소리에 적응이 안 된 탓이리라. 그래도 그리 심각하게 생각지는 않으며, 들릴지 안 들릴지 쥐꼬리만큼 걱정하며 혼잣말처럼 대꾸했다.

"심심하면 그냥 잠이나 자라. 다들 이러는데 뭘. 그래도 꼴에 조장이라 이거지?"

"유 이병, 일루 좀 와봐."

아무 생각 없이 위병소로 다가갔던 나는 이 하사의 일격을 맞고 뒤로 나가떨어졌다. 위병소 안에서 밖으로 비쳐지는 강한 불빛 때문에 안의 상황을 전혀 보지 못하고 다가갔다가 별이 번쩍하고는 그 다음에 누워 있는 나를 발견한 꼴이었다. 지금 생각해도 딱히 이 하사에게 화가 난 것 같지 않았다. 누구에겐가 모를 격렬한 화가 명치 끝에서 올라왔다. 그러나 그때의 나에게 이 하사는 이 위선 덩어리 군대와 부조리한 현실에 대한 분노를 표출할 단 하나의 대상이었다. 나는 그에게 덤벼들었고 치고 받으며 뒹굴다가 급기야 메고 있던 카빈총의 개머리판으로 그의 머리를 내리쳤다. 도대체 우리는 누구하고 싸우고 있는지도 모를 지경이었다. 그는 그리 큰 저항도 하지 않고 그저 나를 붙잡고 내 화를 말리려고 바둥댔는지도 모른다. 하여튼 미워하지 않는 사람들 사이에서 유혈이 낭자한 싸움은 벌어졌고 당직 사령의 지프차는 우리를 향해 곧바로 달려오고 있었다.

후문을 향해 달려나가던 나는 다시 돌아와 멍하니 서 있었다. 이

하사가 내 총과 철모 등속을 챙겨주더니 빨리 근무대 위로 올라가 있으라고 독촉을 해대는데, 멀리 보이던 자동차의 헤드라이트는 위병소 앞에서 불빛을 돌리고 있었다. 이 하사가 '근무중 이상무'를 복창하고 딴에는 철모를 깊숙이 내려쓴다고 썼지만 당직 사령의 눈을 속일 수는 없었다.

귀찮은 것을 끔찍이 싫어하는 당직 사령과 여러 가지 운이 따라주어 영창행은 면했으나, 나는 결국 나중에 교육연대로 자원 신청을 해서 탈영 아닌 전출을 하고 말았다. 쇠파이프로 사정없이 두들겼던 중대장이 전출 명령지를 들고 나에게 했던 말이 지금도 기억에 생생하다.

"탈영하려고 했다며? 앞으로도 두 번쯤은 더 있을 거다. 미친놈, 아무리 그렇다고 하사 얼굴을 그따구로 만드는 놈이 어딨냐?"

그 사건 이후 이 하사와는 오히려 더 친해졌다. 둘이 있을 때는 말을 놓고 지냈지만 누가 곁에 있을 때는 고참한테 맞거나 말거나 깍듯하게 '님'자를 붙였다. 내가 시작해서일까. 내가 교육연대에서 상병을 달 즈음에는 경비대대에서 감히 이등병이 신입 하사들에게 말을 놓는 일은 없다고 전해 들었다. 교육연대로 전출을 가기 전날 저녁에 이 하사는 구하기 힘든 소주를 들고 몰래 내게 왔다.

"너나 나나 다 피해자지 뭐. 교육연대는 더 힘들다던데 나 때문에 미안하다."

"아냐 기왕 군대 생활하는 거 보초 서는 거보다 조교가 폼나지 않냐?"
"그래 우리 군대 생활 잘해서 무사히 제대하자고. 나중에 내가 정문 근무 서게 되면 너 외출 외박 나갈 때 열외로 통과 시켜줄게, 알았지?"

(끝)